一个人的冒险

杨匡满 著

東方出版中心

图书在版编目(CIP)数据

一个人的冒险／杨匡满著. 上海：东方出版中心，2009.8

ISBN 978-7-80186-997-5

Ⅰ.一… Ⅱ.杨… Ⅲ.纪实文学—作品集—中国—当代 Ⅳ.I25

中国版本图书馆CIP数据核字(2009)第068787号

一个人的冒险

出版发行：东方出版中心
地　　址：上海市仙霞路345号
电　　话：62417400
邮政编码：200336
经　　销：全国新华书店
印　　刷：昆山亭林印刷有限责任公司
开　　本：710×1020毫米　1/16
字　　数：220千
印　　张：16.5
版　　次：2009年8月第1版第1次印刷
ISBN 978-7-80186-997-5
定　　价：28.00元

目　录

Contents

罗布泊的太阳等我回家

是谁诱惑了我去罗布泊

当我的双脚跨进丰田越野车的一刹那，我知道自己没有后悔的余地、退缩的余地了。命运将把我抛向罗布泊。

说实在我心里是一直犯嘀咕的。我跟新疆科学院那两个痴迷新疆考古史的学者，还有中央电视台那几个小青年小女子一起去探险？尽管队中也有中国社会科学院文学所理论室、古典室、民间室的几个研究员，但他们都是一些能大块吃肉、大碗喝酒的自称是“酒协主席”至少是“秘书长”一类的主，要嗓门有嗓门要肌肉有肌肉。而且奇怪的是，他们大都很少有机会出差，更不用说是到新疆；甚至有人还是第一次坐飞机，那种新鲜感是不容置疑的。而我可是跑遍全国的“老江湖”了，跟他们一起去发什么疯？

听说我要去罗布泊，我的亲友们无不瞪大了眼睛，那眼神里的潜台词无非是：你多大了？发什么少年狂？甚至是：你活腻了，想找死啊？我则轻描淡写地安慰他们：我不过是去边上走走，体验体验生活而已。

然而罗布泊这个名字竟是如此的吸引我。这个意味着荒凉、干渴、失踪以及死亡的名字，100年前多少支西方探险队在那里全军覆没，它的流沙淹没过多少跋涉者干枯的身躯和倒毙的骆驼们的骨架；26年前我的老乡彭加木在那里失踪并留下一个荒诞的谜；就在10年前，还是我的一个争强好胜的老乡余纯顺，因为偏离了一点点路线而被罗布泊的太阳晒成了肉干。

然而我知道，如果我失去这次机会，就将意味着永远失去，人生常常是这样。

诱惑我去罗布泊的主要是两个人。

一个是杨镰。杨镰尽管是中国社会科学院文学所的研究员，但他的学术成就主要在新疆的历史和考古。他是“老三届”知青，当年在巴里坤草原放过军马，是五年还是六年？这不重要了。那些老牧马人一看他走路时候膝盖弯曲的样子就知道他曾长年骑马，如今他一看见马就有一种小腿要打哆嗦的感觉。他后来考上新疆大学，再后来考到中国社会科学院。其实他的小说、他的纪实文学作品更有影响，他早在20世纪80年代就在《当代》上发表过长篇小说，后来又发表长篇纪实文学《最后的罗布人》，出版了《亲临秘境——新疆探险史》等六七部研究新疆的著作。所以他早就是中国作协会员了，早就是中国探险界的大腕了，早就是“天山学”的权威了。所以他早就让我有几分敬畏了。当然，我更敬畏的还是他父亲杨晦，杨晦是辽宁省辽阳人，前北大中文系系主任。杨晦“五四”时是北大学生。凡是北大五六十年代的老师、学生无不称他“晦老”。“晦老”的经历只两件事就足以让所有的人肃然起敬：一是五四运动时学生火烧赵家楼时，他是第一个跳进赵家楼的热血青年；二是30年代他就是左联的文艺理论家。我在60年代初听过晦老的文艺理论课，惭愧的是如今全还给了他老人家。唯一记得的细节是那时经常饥肠辘辘，晦老的课又近中午。下课铃响过了，晦老还讲在兴头上，于是我们这些坏小子就在桌子下面偷偷地敲搪瓷饭盆，晦老还耳背常常听不见。这时候就靠晦老的助手了，助手走到晦老面前，跟他大声耳语：下课铃早响过了，同学们饿了。于是晦老笑笑呵呵地再说上一两分钟：今天就到这里吧！需要补充的事情是，就在昨天，杨镰说起父亲生前曾对他说，火烧赵家楼的那一把火其实不是他点的，是赵家楼里人自己故意弄的。以后这事情以讹传讹，杨晦的英雄行为被夸大了。但是不管怎样，历史已经在这里定格了，这个细节并不重要。

第二个诱惑我的是我的小兄弟张瑞田。他是中国作协会员和中国书法家协会会员。这也是条东北汉子。他一多半豪气一小半忽悠。两年前他暂且撂下他擅长的国际关系史特别是东北亚史的研究，跟中国科学院一支探险队到亚马逊河漂流、考察了上千公里，还在食人鱼的眼皮底下游了上千米。他回来写了一本《探险亚马逊》，还真迷倒了一些好猎奇的读者，特别是少男少女。他跟杨镰早就气味相投，一起策划了这次罗布泊之旅；他也正好带上几本他得意的新作。我跟他说：你这一本书就可以征服一个人，特别是一个小姑娘。罗布泊之旅的全部计划、人员，都是他和杨镰商定的。他这样忽悠我：没有事的，就当作出去散散心嘛！我们就在罗布泊的边缘走走，都是住宾馆，累不着你，也没有风险的，你就跟我们去吧。实在不行你就在宾馆等我们，我陪你还不行吗？他这么一说我就没话了。他是个快乐的人，喜欢热闹的人，什么场合都不怵的人。他在越是陌生人多特别是女性多的场合越能说笑、越能超水平发挥。比如说有一次饭局，有一半人是首次见面。一位女士递过一张名片，他一看：啊，叫李静，巧了，我以前有过7个女朋友，有6个叫李静的。只这么一句玩笑话，熟悉的也罢、陌生的也罢气氛都起来了。

其实还有一个诱惑我的人，那就是已经去世70多年的瑞典探险家斯文赫定。28年前我去珠穆朗玛参加中国–伊朗联合登山队时，就读了他的《亚洲腹地旅行纪》。1895年春天，刚刚30岁的斯文赫定在叶尔羌河边的一个小村装备了自己的第一支驼队：八峰优良骆驼、三只羊、两只狗，外加一只公鸡、十只母鸡；可以供整队人员食用三四个月的粮食和足够的冬装；再就是三支长枪、六支短枪，还有蔡斯相机和近两千张底片。这样精良的装备让蒙昧的村民咋舌。但斯文赫定致命的疏忽是没有检查所带的水是否够用，轻视了流动沙丘所造成的困难。他是夏天出发的，从西向东，去寻找和田河。一路上，骆驼死光了，驼夫死光了，眼看和田河遥遥在望，可所带的生灵都死光了。斯文赫定自己因为干渴，皮肤都成了羊皮纸。奄奄一息的他在月光下挣扎着遇到一汪积水的池沼，那池沼竟然在枯水期因为有泉眼而没有干枯。斯文赫定用白铁罐头盒一口气喝了二三十罐水，然后脱下他那双靴子舀水，靴子居然滴水不漏。他用树棍子挑上两靴子水返回来救活了他已经倒毙的老仆人斯拉木巴依。那双靴子是他在斯德哥尔摩一个老鞋匠那里定做的，特别结实，鞋匠问他要了 6 个克朗。这以后斯文赫定每年都给老鞋匠 6 个克朗，以感谢他的救命之恩。这双靴子如今陈列在斯德哥尔摩的博物馆里。半年之后，斯文赫定重整旗鼓回到和田，并且在 1896 年的春夏之交进入罗布泊。他仔细记录了罗布人的生存环境、生活方式，调查了罗布泊一个半世纪以来位置的变迁。1899 年，斯文赫定再次进入新疆。他有备而来，他带够了结成冰的水，目标是测量罗布荒原。驼队在荒原雅丹之间艰难跋涉。他记录了上万个数据，拍摄了成千张照片。1900 年，1901 年，他的探险在继续，这一年 3 月，他在牵骆驼的罗布人的帮助下，终于发现了《史记》、《汉书》上记载的气势恢弘的楼兰遗址。这一发现直接引发了丝绸之路热与新疆探险热，全世界开始重新审视西域文明的内涵。楼兰、罗布泊、雅丹等一串名字成为学者们熟知的新名词。斯文赫定回到瑞典时举国欢腾，斯德哥尔摩几乎是倾城出动迎接英雄归来。古斯塔夫国王在宴会上动情地说：今天，让我们一起呼喊斯文赫定的名字！

斯文赫定博士 70 岁时还最后一次到过罗布泊，为当时的国民政府勘探从甘肃进疆的公路路线。

斯文赫定终生未娶。他爱过一个姑娘，他失恋了。他决定远离开她，越远越好。于是他来到中亚，成了举世闻名的探险家。

这种英雄崇拜的情结在我心里一直存在。我要去看一看斯文赫定的足迹，哪怕只是一个脚印。

我就这样去的北京南苑机场，登上了那种失事概率相当高的TY-154型飞机，在飞机上吃了一餐公社食堂水平的盒饭，4小时后来到了库尔勒——我们去罗布泊探险的前进基地。

我们的车队和我的1号车

昨天晚饭后开了30分钟的预备会。我才知道我们队伍全称是“中国社会科学院罗布泊探险科考队”。杨镰是我们当然的队长。他的致辞不到10分钟：介绍成员，车队人员的分配，明天起床、出发、早餐的时间；他强调了安全，还有环保，已经给各车准备了垃圾袋，一定不要把垃圾扔在罗布泊。随队的还有罗布泊及库尔勒所在的巴音郭勒州的州委常委兼宣传部长，他受州委委托，全程陪同，一定要确保队伍的安全。他叫德力夏克·肉孜还是德克力夏·肉孜？我一直没有弄明白，反正这里的人无不叫他德常委。德常委是维吾尔族人，红脸膛，人高马大，豪爽又幽默。他强调的除了安全还是安全，他问了汽油带了几桶，矿泉水带了几箱，别的我都没有记住，反正并没有内地宣传部长的一句哪怕是半句套话。预备会之后也没有誓师出征之类那一套形式。

今天是2006年8月12日。库尔勒的清晨很凉，我要套上较厚的长袖子衬衣。那些火力旺盛的小伙子当然是T恤衫短裤党。

库尔勒邮电宾馆门口没有彩旗没有锣鼓，我们就像是一趟平平常常的旅游。

我乘的车是1号车。这是昨晚队长宣布的。全车队一共8辆车，按习惯，回避4号这个不吉利的数字。最末一辆是9号。都是清一色的越野吉普。其实还有第10号，那是大卡车，辎重车，先拉给养到我们宿营地。给养里有西瓜、羊肉、大米、面粉、蔬菜、矿泉水和备用汽油、车胎等，还有若干帐篷。

从2号车到8号车，乘员分别是德常委、罗布泊所在的尉犁县委、新疆《探险》杂志、新华社新疆分社、中央电视台以及中国社会科学院的人。队长杨镰殿后，坐9号车。需要提一笔的是社会科学院的成员中有一名特殊的小队员，他是刚刚考上北京大学法语专业的准大学生，他是跟他的父亲一起参加这次探险的，他的父亲是社科院文学所理论室主任，曾在瑞典留学多年，而他自己也在瑞典度过童年。这一对来自斯文赫定故乡的父子，也构成了探险队的一道风景。

我的1号车是墨绿色的，4个红色大字是"新疆探险"，加上网址。晨风吹乱了我们这些出征者的头发，我就在车跟前留个影吧，说不定是个绝版呢。

我明白1号车的意义。头车就是羊群里的头羊，它快后边的羊群就快，它转弯羊群就跟着转弯。所以说头车的司机相当于宇航飞船的指令长也可以。那么杨镰呢？德常委呢？他们就是牧羊犬了！就是指挥台的总指挥了。

1号车的司机叫李伟杰。我知道，未来几天里我们的命运就交给他了。这是一条典型的西北大汉。他脸庞黝黑而宽阔，一副饱经风霜的样子，可实际年龄还不到40岁。他给我的第一印象是他的壮实和自信，他让我想起电影《红高粱》的男主角，敢往酒缸里撒尿敢带心爱的女人钻高粱地。我问他的第一句话是：你这是第几次进罗布泊？他说，说不清了，有过二三十次吧。他这一句话就让我心里特别踏实。他接着补充说：你们坐我的车就说明了你们对我的信任，是一种缘分。

"头羊"把我们几个人的行李、食物、矿泉水箱子和摄影器材一一在后备厢里码放整齐，连气都没有喘一口。

1 号车的四条汉子

“头羊”一手握住方向盘一手拿起了对讲机。8 台车每台都配备了对讲机，全车队还有一部海事电话。

“各车注意了，准备出发。保持距离，不要超车。”李伟杰发出第一条指令。

1 号车上的乘员除了我，还有张瑞田。副驾驶座上是中央电视台的小赵——赵宇。小赵随身不离地扛着笨重的摄像机，时不时要把头、一只手和机子都伸出车窗之外拍前方的风景或后面的车队。他仅以一只手扶住车里的握把，这是很吃力也很危险的工作，一下子让我感觉到当摄影师的不易和他的敬业。

小赵原来是北京广播学院毕业的，就是现在的中国传媒大学。我问他到过哪些地方？他说那可海了去了，从中国最东部与俄罗斯接壤的地方直到西藏的中国尼泊尔边境。他刚刚 30 岁，这让我羡慕不已。我 30 岁呢？刚参加过你争我斗的“文革”，刚经历了脱胎换骨的五七干校，好不容易回到北京工作。

小赵和电视台同来的三个人都属于央视 10 频道，叫做《绿色时空》，专做环保、探险一类节目。我问他最爱去什么地方？他说当然是边疆和僻远的乡村，凡大城市都是一样的，没有意思。

小赵话不多，累的时候就怀抱着他的摄像机小息，往后的几天里他总是这个姿势，就像一个战士抱着他的重机枪一样。

这时候我就同李伟杰说话，问他的经历。李伟杰上过高中，是那种中专技术学校。毕业后到一家兵工厂当工人，兵工厂不景气了，要散伙要转产了，他于是自己下海，在库尔勒开了一家小小的电脑公司。钱当然还是赚了一点，可没有劲。2002 年他第一次开车去探险旅游，这一下迷上了，不可收拾了！他跟测量队，跟野生动物保护队，跟地质队，跟旅游团队……反正就跟南疆、跟罗布泊干上了。从东到西，从南到北，他都穿越过罗布泊。他的越野车都换过了。荒原探险是跟喝酒抽烟似的能上瘾的，这一点我二三十年前在国家登山队体验生活时已经强烈地感觉到了。尽管有危险，有饥寒交迫的时候，而且大多数登山活动都发生过死人的事。但一旦登顶成功，一旦征服了一座新的山脉，那种喜悦、那种狂热是无与伦比的。这就叫前赴后继，这也是对遇难战友的最好纪念。

李伟杰的经历让我增加了许多安全感。在罗布泊，单人徒步或者单车穿越是最危险的。当年在罗布泊确实也常有军事基地的战士失踪的事，比如一个战士清晨出去解手了，再也找不到了，两年后才发现了一具拄着冲锋枪的干尸。

我们可是一支远比当年斯文赫定也比 26 年前的彭加木装备精良的车队，还有李伟杰这样的沙漠猛男做“头羊”，我想我足可以在后座上放心地观景甚至睡大觉。

我忽又记起昨天杨镰跟我闲聊时的一句话：其实，彭加木跟我们的区别是当时还没有矿泉水。罗布泊的水是盐卤，不能喝，只能靠带水，或者找到干净水煮开。我想杨镰的话尽管不完全，因为当时也还没有海事电话，但杨镰把最主要的东西说了出来，这就是：水。10 年前上海的余纯顺只身穿越罗布泊，本来准备工作应该说是可以的，替他打前站的人每隔三公里为他预先放好了水，可他偏离了方向，以致酿成悲剧。

不到8点，车队就穿过库尔勒的林荫大道，向南，向东驶去。在车上，我给一位好朋友发了短信：我代表库尔勒和罗布泊人民向你问好！朋友回信：多吃点库尔勒梨，也代我问候罗布泊人民。我还给上中学的女儿发了条短信：老爸要进罗布泊了，前方可能没有信号了。女儿的回信出乎我意外也让我大笑，信就5个字：罗布泊万岁！

许多时髦东西是不可能万岁的，而罗布泊当然能万岁。女儿那5个字的信是对的。

第一个昼夜中的18个小时

库尔勒到尉犁县城的公路相当好，50来公里，沿途有胡杨树林，还时而有草地。塔里木河的一段也曲曲弯弯地出现，那水也清清爽爽，岸边有矮矮的柳林和芦苇。在一处岔路口，还立着这样的大广告牌：罗布村落，渔家风情，住宿餐饮，休闲娱乐。我哑然一笑：如果罗布泊是这样，我们就是纯粹的郊游了。

车队没有在县城停留，而是直奔30公里外的铁干里克。那是新疆农垦第38团的团部。当年的农垦团部什么都有：商店、医院、学校、汽车农机修理厂、加油站、公安、法院、招待所。五脏俱全。

为了赶路，我们从库尔勒出发时没有吃早饭。现在是新疆时间10点，也就相当于北京时间8点。铁干里克的兵团招待所为我们准备了极其丰盛的早餐，从油条、包子、馕，到粥、豆浆，到各种小菜、鸡蛋咸蛋，还有好几样热炒。这就不是早餐而是壮行酒席了！杨镰招呼我们：这可是进罗布泊前最后一顿真正的饭食了，大家一定多吃一点啊！

11 时许，车队加满油离开铁干里克，向东北方向拐。车队绕过一处有稀疏胡杨林的村落，沥青路变得越来越窄，往后便是土路。终于，眼前出现了茫茫沙漠。我有点神经质地一声大叫：罗布泊到了！

“头羊”李伟杰没有叫。他拿起对讲机：各车注意跟上。前面没有信号了，手机没有用了，一定要开对讲机。5 号车听到没有？请回答。9 号车听到没有？请回答。

车队进入沙丘地带。一个个沙包跟小山头似的，有的沙包上还有一撮草棵，像一个秃子忽然长出几根头发，比漫画里的三毛还显得滑稽。而那沙粒，就跟粉尘那么细，车轮一过，就扬起一团浓雾，常常挡住了后车的视线。

后面的车注意了：再往前手机没有信号了

越野车加足油门，一会儿狂奔，一会儿狂颠。一会儿前轮子陷了，不得不倒一下，重新绕道。沙漠里有时有两个以上的车辙，就看你头车怎么选路了。这样的景象，是我前三次来新疆从未经历过的。那些望不到边际的沙丘，让我一下子想到达卡尔汽车拉力赛。

李伟杰一会儿往沙丘上冲锋，一会儿乖乖地绕道，全凭他的经验和直觉。

我用两只手拽住把手，免得颠坏了腰。我忽发奇想，问李伟杰：你怎么不参加达卡尔拉力赛呢？李伟杰笑笑：那我还不够资格！

这一段沙包路不过十来公里，走了整整一个多小时。进罗布泊有许多路或者不叫路的路，我不明白为什么选择这一条，是给我们这些书呆子先来个下马威吗？

小赵在如此颠簸的车况下，还常常肩扛着机器伸出头去拍外景，这太难了。有时候后车跟不上，这倒好了，小赵干脆跳下车，在路边支起三脚架，等着拍后来的气喘吁吁的越野车队。

大约中午1点来钟，我们经过一个叫甘草场的地方。它无非也就是两三排小平房，当年是农垦的一个连队，专门采集供药用的甘草。于今为了环保，不收甘草了，连的建制也撤销了，连人影都见不到了。但是在罗布泊里，这些砖砌的房子显然是一个重要的标记。

这也是我们从罗布泊边沿向它的腹地前进的标记。

车队从甘草场径直往东、往东。沙包渐渐平缓，代之以一望无际的戈壁。哪儿是路？没有的，有车辙的地方就有路，这路是通向生命还是死亡？还是转一圈之后又回到原地？你就自己判断吧！

今天天气晴朗，晴朗也意味着干热。德常委后来说，今天是41摄氏度。那么在没有一棵树、没有一根草的戈壁滩呢？至少有60度。湿度是多少呢？近乎零。你只是觉得老是渴，想喝水，身上热得发烫，可又没有汗。那汗还没有从皮肤里出来就蒸发了。

这就是罗布泊啊。

过大戈壁的那一段是开得最快的。车队简直在赛车，因为这“路”可以说有十几个足球场那么宽，又难得平坦。李伟杰不得不发出警告：不要超车，保持队形。

戈壁之后又一段沙丘路，虽然比不上先前那一段难走，可8号车不见了，它陷在那里了，几次挣扎都出不来。车队只好派一台车回去拖，其余的车原地休息。正好下午3点，相当于北京中午1点。杨镰

荒漠上的午餐

和德常委宣布：吃午饭！于是就在戈壁滩60来摄氏度的高温下，借着把越野车后盖掀起来造成的一点阴凉，大家掰囊的掰囊，切瓜的切瓜。倒也带了火腿肠一类食品，可没有几人有兴趣。最受欢迎的是袋装的榨菜和雪里红。

弄了半天，今天的目的地是什么？在戈壁滩赛车吗？

我这回出来乐得省心，没有看日程安排，反正张瑞田跟我一个车。其实看也没有用，那上面就一行字：下午到新开屏看一处洞窟和一处墓地。

8号车跟上来了，车队继续东进东进！北边隐隐约约的是绵延不断的库鲁克塔格山，库鲁克塔格的意思就是干山。山的背面就是吐鲁番盆地了。

前方的地貌有些怪异，在下了一个坡之后，出现一大片雪白的盐碱地，平缓得就跟飞机跑道似的。再往前，还是盐碱地，但有一些矮得仅到膝盖的芦苇，有的还冒着绿绿的尖。这就是说，这儿的地下还是有水的。而在戈壁和这片盐碱地的南边，影影绰绰有一大片平房的样子。我以为是阳光太炽烈，以致造成我海市蜃楼的错觉。我问李伟杰：那是房子吗？李伟杰说：是的，那就是当年基地的营房，里边柏油马路、篮球场、油库都有过。我国参加禁止核试验条约之后，这里就废弃不用了。

难怪，路边有时候会见到水泥的路标。见到这些路标我都很高兴，因为这是人类活动的踪影啊！

盐碱地往前，大片大片的雅丹地貌出现了，也有河水流过的踪迹。或许在若干年前，这里的生态环境还是可以的，人类可以勉强生存的。

李伟杰的车在河谷里转悠。原来今天的目的地：一处佛教洞窟就是他无意之中发现的。他一次驾车追拍野骆驼的途中，发现了这些洞窟。于是杨镰紧跟着来了，于是把我们也带来了。

这罗布泊北沿发现佛教的洞窟有什么意义呢？一千年前，伊斯兰文化已经统治了中亚直到新疆东部乃至靠近河西走廊。那么这些洞窟是什么时间开挖的？里面有些什么？会不会像敦煌壁画那样？这就是专家们感兴趣的了。

洞窟到了。在干枯的河床两旁，是七八米高的河沿，像两堵墙一样，土质很有黏性。就在离河底三四米高处，两岸都有等距离间隔也等距离高的洞窟。那形状像陕西的窑洞，可很小，也很浅。显然是人类活动的痕迹了。里边有没有佛龛或者壁画呢？据杨镰说是有过的，但已经被岁月，被过往的人破坏了。我们踮着脚上前，怎么也看不出个所以然。杨镰还一再告诫我们：不许靠得太近，不许动洞窟里一撮泥土。看来，内行跟外行就是不一样，不然要你考古学家干什么？

说实在，即使社科院的几个研究员，也都不是这一行的，七嘴八舌没说出个所以然。张瑞田虽说在亚马逊是勇士，是半个专家，到这洞窟前也犯傻了：怎么里边看不到东西呢？他作了一个大胆的推测：莫非是40年前核试验时战士的掩体？聊备一说吧！

靠着土墙吃了几片西瓜。不知从哪里飞来两只苍蝇，竟让我感到十分亲切：这毕竟是我进罗布泊以来见到的唯一的活物。此前赵宇和李伟杰说见到过一只黄羊，可惜我没有见到。已经八九个小时了，罗布泊连一只鸟都没有啊。

探险队到达的第一个“景点”，它真是佛教遗址吗？

太阳已经偏西，车队绕出河谷，绕开雅丹地貌，驶向今天的第二个目标：太阳墓地。太阳墓地就在一个叫开屏的地区，离两个小时前我看到的营房不远。一处地势较高的戈壁上，许多露出地面的残留木桩，居然围成一圈圈直径三米左右的圆形，圆与圆之间还有过道的样子。那圆里就是墓葬，墓主人已经运到了楼兰展览，于是这古尸也就被称为楼兰美女。这也是眼下时髦的语言，比如说，只要是女作家，再丑也是美女作家。

这些木桩经久不腐，已经存在了百年还是千年，我不得而知。但至少说明罗布泊曾经有过相当的人类活动的空间，那么多的树桩，也说明罗布泊至少是开屏那一带曾经有过相当好的植被。

我们在楼兰美女的安息地拍了许多照片，中央电视台的小赵和他的同事们就更不必说了。比起那个佛教洞窟，太阳墓地自然更有说服力。

现在是北京时间傍晚 7 点了，罗布泊的太阳还高高挂着，而且热力依旧。德常委发话了：大家抓紧，两个小时赶回去吃羊肉、吃饺子了啊！问他离宿营地还有多远，答说：不远了，一百多公里，不到二百公里吧。

罗布泊的第二个“景点”：太阳墓地。楼兰女尸就是从这里出土的

离起床已经整整12小时，车这么颠簸连打个盹都是不可能的。我实在是累得不行了。可听德常委那么一说，精神就上来了。不就是两个小时嘛！

车队沿着来路，时而在干枯的盐碱沼泽吼叫，时而越上戈壁狂奔。早一点到家吧，早一点把自己放平，哪怕只有一块毯子。

9点了，家还没有影子。罗布泊的太阳倒是忠实地守在地平线边，迟迟不肯落下去。莫非它曾经夺去了太多的生灵，今天静坐在那里忏悔。10点了，终于没有余晖了，天完全黑下来。

李伟杰的对讲机响了，是后面车的呼叫：1号1号，9号车没有跟上来。

李伟杰显出他的老练和沉稳：不要紧，这地方就一条路，前面的车放慢点速度就行。

11点，前方出现了一盏灯光。我欢呼道：到了，我看见灯光了！李伟杰没有吭声。等到跟前一看，原来就是上午经过的甘草场。电线杆子上一盏孤零零的灯让我空欢喜一场，不过既然见到灯光，宿营地肯定不会远了。

我问李伟杰：大概还有多少公里？李伟杰说：50公里吧。

我一算，再熬一个小时吧。

车灯照出了路旁的水泥路标，车队似乎拐上了当年农垦区的公路。由于年头久了，这些路都成了搓板路。车为了赶路，颠簸得更厉害了。此时小赵无事可做了，他让我坐到副驾驶座，可以少颠一点。然而没有多少用，我依然用两只手分别握住两个把手，来减轻腰部的冲击。

右前方又有灯光了，这一回我冷静了。果然，这是一处矿山。车队从一处河道往左拐时，由于轮子扬起的尘雾，后车很难看见前车的去向。

李伟杰拿起对讲机呼叫，果然，5号车没有回答，也不见了。估计在应当左拐时，它在河道里直行了。

整个车队在茫茫暗夜中停下来，继续呼叫，没有回答。这地方有移动通信的信号吗？几乎所有人都掏出手机，回答是一片盲音。

这一下杨镰、德常委和尉犁县的人可急了。这可是戈壁滩啊！这可是罗布泊啊！5号车是新华社新疆分社的车，那司机可是才进过一次罗布泊的生手，何况现在是夜晚。

所有的7辆车都回头对着来路，开亮了大灯。所有的人都在旷野里大叫。

没有回应。

午夜1点了，三方紧急会议也就五分钟。决定留一台车回去接应5号车，其余的车出发去宿营地。

这一回离宿营地真的不远了。车队突然感到湿润和凉爽，车轮越过一道道浅浅的水流，车两旁出现了一片树林。树林意味着人家，意味着村庄。有一辆摩托车在村口等着，据说已经等了四个小时了。

大约半小时后，终于到达今夜宿营的乌塘村了。村办公室简陋的大门口，早就支好了桌子凳子，煮好的手抓羊肉、面条、西红柿炒鸡蛋、青椒炒土豆等菜蔬早已经准备停当，我们一下车就端到了桌上。几个维吾尔族妇女在那里忙碌，村里人说：他们等了四五个小时了。

可不是，我们从跨上越野车那一刻起，已经整整18个小时了。这是罗布泊之旅的第一个昼夜啊！

我问李伟杰：今天走了多少公里？李伟杰说：里程表上显示是760公里，迷过路的车就有800公里了。比北京到沈阳还远，可一个是沙漠戈壁、一个是高速啊！

哪里还吃得下切成大块的羊肉？我只喝了碗面条汤，吃了几口素菜，就拖着行李和两条腿，摸着黑，迈向村子的另一头。杨镰照顾我，把我、张瑞田、还有《探险》杂志的两个人安排在维吾尔族老乡家。维吾尔族老乡把里间的大炕让给我们，自己一家睡外间。探险队的大部分人就在吃饭的那小片空地旁边搭帐篷，钻睡袋。

一个最让人兴奋的消息是5号车回来了。杨镰的一部老式的摩托罗拉手机拨通了5号车上《探险》杂志小齐的电话。原来5号车司机年少气盛，叫他别超车他偏超了车，以为只要朝着前面的灯光开就能到达目的地，结果该往左拐弯时没有拐，车跑到一处有灯光的矿上去了。全队人如释重负，都可以安心睡觉了。

我没有洗脸洗脚，怎么爬上炕都不记得了。朦朦胧胧之中，鸡已经叫了。

往后的几天里，我们常常学着德常委，学着新疆人说话：到那里嘛，不远，5公里——你就做50公里的准备吧；到那边嘛，不远，一会儿就到了——你就做5个小时的准备吧！

从罗布泊升起的国旗

醒来才看清我住的住所。这间土坯垒的屋子还很宽敞，顶上和四壁都是花色的毛毯。一张大炕睡我们四个人也很宽敞，炕上也是毛毯。这儿毕竟不富裕，毛毯是化纤的，躺着有一些扎人。墙角整齐地叠放着许多被子和毯子。我们是里屋，外屋住着主人一家四口。外屋还有一台电话，一台电视。电视有雪花。这个村子靠太阳能发电，是政府资助的，电压还不稳。里外屋也没有门，只有一条布帘。我们的来到肯定给主人带来了不便。

同屋人还在鼾声如雷，我一个人轻手轻脚走出了房门。《探险》杂志的两个人什么时候上的炕我都不记得。

房东一家早早起来了。房东的小姑娘叫古丽米拉，六七岁的样子；还有个男孩，七八岁吧。他们不大懂汉语。

院里有水桶。我问房东要了个水舀子，抹了把脸，漱了口，就到院子外面转悠。罗布泊的清晨还有几分凉意。

原来就在离院门不远的树下，有一泓澡盆大小的水池，还是流动的，上面有水流下来。一些村民提着大塑料桶来这儿取水，甚至有开着摩托车来的。我想这就是这个村子的生命之泉了。其实村子的周边还有溪流，一股小小的溪流绕过村子，村民随时可以洗脚洗手。

我在村里漫步。这是仅 30 户人家的小村，在罗布泊西北角。这是千山怀抱之中巴掌大的小小绿洲，地图上叫兴地。兴地是个乡的建制，但是个很大的范围，足有三两万平方公里，海南岛那样大吧。这个叫乌塘的村子，新疆地图上没有，它恐怕是这三两万平方公里中唯一的村落了。它在库鲁克塔格山的山褶子里，所以有阴凉，所以有树林，所以有了溪水有了人家。

除开两间村卫生所和村办公所是砖墙，村子是清一色的土坯房，平顶。夸张一点说，就像你电视里看到的阿富汗的村落。但这里不同的是家家院子外还都有了卫星接收器，看来现代和原始可以如此和谐。也几乎家家都有摩托车，这是村民与外界联络的最好工具。怎么没有见到驴车、马车或者骆驼？我想那都是过时了。从乌塘村到最近的城

村子里唯一的清真寺

市库尔勒要走 200 多公里，主要还是县乡一级的公路；就是到尉犁县城也要四五个小时。

我复又转回来。原来就离我住处数十米处，有一所学校：一排砖房，也就 4 间教室；一片篮球场大小的空地，由一圈杨树围着；杨树外面，则是棉花地，也不大。再往外，就是荒漠了，向远处延伸，直到那赭红色的，寸草不生的干山。那干山，也就是地图上库鲁克塔格山的余脉。

教室前的一个旗杆说明了一切。一面国旗垂挂在那里，我想它会随着太阳一同升起。

教室门都开着，黑板上还有字和算术公式。墙上张贴着“八荣八耻”的维吾尔文标语。

刚刚是清晨，已经有孩子来这里玩耍。我一下子有一种亲切感。

校舍旁还有个葡萄架，挺大的，在葡萄架下开个政治局常委会都可以了。这是新疆特有的景色了。

就在葡萄架下，一个一头卷发的维吾尔族小伙子和我打了个照面。我说，早上好！他听得懂，脚步停了下来。果然，他是小学的代课老师，

全校的学生差不多到齐了

他刚刚从尉犁县的师范学校毕业，当然能说一点汉语了。他叫乌曼，从乌曼那里我知道，这所小学一共才17名学生，分6个年级。一共两个教师，自然什么都教。学校边上，还有一个小院，是村里专门为老师盖的。小院的边上，不多的空地上种着一些玉米、西红柿、青菜和南瓜。或许是分给教师的“自留地”了。因为他们得自己开伙。乌曼来了刚几个月，他还没有结婚，一两个月去一次尉犁县城，他女朋友在那里。乌曼说他最远到过乌鲁木齐。

今天探险队的日程是去一个叫做“山国遗址”的地方。我听成了“三国”，问哪三国？是焉稽之类吗？张瑞田说：就是叫“山国”。我还是第一次听说古代西域有一个国家叫“山国”的。

吃早饭时，杨镰说：昨天大家累了，今天很轻松，不到二百公里，半天就打个来回了。

有了昨天德常委说的“两个小时就到了，那里包好饺子等着呢”的经验。我估计杨镰这半个新疆人说的“半天”，怕有七八个小时。就算10点出发，下午五六点能回来就不错了。我知道明天我们的日程还很紧也很长，我就决定自己留在村里休整。张瑞田说：别说是你，我都累得不行了。这样吧，我跟杨镰说，我们两人不去山国了，我陪你在村子里转。

杨镰很痛快：杨老师你好好休息。中午饭怎么办？辎重车还有人在，我跟村里说说。

我说你就别操心了。我知道，在新疆，客人是饿不着的。

我真实的想法是看看学校。或许是我的父母都长年从事过乡村教育，都是陶行知先生的追随者的缘故。再就是今年6月我错过了去四川考察少数民族地区教育的机会，今天碰巧了，正好补上一课。

大队出发之后，我和张瑞田就悠哉悠哉地在村里转。张瑞田也没有想到这30户居民的小村有学校。尽管现在是暑假，一些孩子因为近，还是跑到学校里或做作业或玩耍。我们跟他们一起拍照，孩子们特别兴奋。

教师住的小院的门总是开着的。我们干脆朝那儿走去。一个中学生模样的女孩子刚好从院门口走出来，我们问：可以进去看看吗？意外的是这女孩的汉语相当好，比我清早碰到的乌曼好得多。女孩子请我们进院子，进屋。那屋子比起我们房东古丽米拉家要宽敞亮堂，墙上挂的炕上铺的毯子也要讲究些。女孩子很快叫来了她爸爸，那就是学校唯一的教师了。我们在很矮的炕上盘腿坐下，女孩子的母亲也来了，为我们端来了热茶。

老师叫艾哈买提，40岁的样子，穿一件T恤，戴一顶列宁帽。如果在北京街头，你会以为是个老实巴交的卖羊肉串的。艾哈买提会汉语，可没有他女儿好。女孩子叫卓尔古丽，15岁，已经在县城四中读高一了。这在内地，在汉族孩子中，都是读书早的。她正好放暑假，回来帮妈妈干家务

在卓尔古丽家做客

活。我递给她一张名片，她一下子读出我名字。而内地许多中学生都不见得认识我姓名中的“匡”字的，这又让我一惊。卓尔古丽说她喜欢文学，读过鲁迅、郭沫若。在罗布泊遇到这样的女孩，倒也新鲜了。我和张瑞田这回来新疆恰好带了几本新出的书，于是回房东那儿就取了一本纪实文学《探险亚马逊》和诗集《手挽手的温暖》，鼓励卓尔古丽以后到北京上大学，将来从事汉维文学的翻译工作。

我好奇的是村子里30来户，一百几十口人靠什么生活？卓尔古丽告诉我们，这是个定居的牧民村，牧场在山坡的那边，牧羊狗也在山坡那一边。卖羊是村民唯一的收入。难怪从昨晚到现在，村子里只有鸡鸣没有狗吠。

我们还问了艾哈买提的收入情况，他说一个月有1 400元的样子。应该说还可以。当然他有老人要赡养，全家7口人，也不宽裕。这所小学除了17名学生，还有6个孩子进了学前班。正式的教师就他一个人，乌曼刚来几个月。他们要教6个年级，确实很辛苦。

我们正谈着，又进来了3个人，他们都是兴地乡中心小学的：校长买哈木提和教务主任阿不都黑力，教代数的艾尔希力。教务主任是学化学的。他们都是8月9号那天，晚上11点 出发，凌晨4点赶到这儿的。就是为了等我们，一起参加座谈会。他们就住艾哈买提家。这让我们感动不已，今天可是13号了呀！

买哈木提和张瑞田两人一见就互相端详。张瑞田说：你看看，你是维吾尔族，长得像汉族；我是汉族，长得像维吾尔族！大家都大笑，一下子仿佛是很熟的朋友了。

从他们那儿我们知道，小学的学费是全免的，钱从中心小学出。我们还知道，教师的双语培训已经开始，4年以后，这所小学就可以用双语教学了。这双语当然不是内地的汉语和英语，而是维语和汉语。我想，在罗布泊有这样的教学条件，是很让人高兴的了。

校长和教务主任说到艾哈买提：在他之前，换了许多教师了。有的教师呆不了几个月，就要求调走了。而艾哈买提是外地来的，一干就是17年。这让我们对艾哈买提这样的乡村教师肃然起敬。

猜一猜：三个人中哪个不是新疆人

艾哈买提的妻子已经在院子里忙碌，洗菜切菜。艾哈买提家要留我们吃午饭。我和张瑞田说，我们先去村里走一走。我们的本意是找个小卖部，买上两瓶酒。哪里想到，刚刚经过我们房东家，那个六七岁的小姑娘古丽米拉就直跟我们招手。我们进院一看，原来房东家已经做好了拉条子，也就是新疆最平常的拌面，叫我们一起吃。盛情难却，我们只好就坐在院里，跟古丽米拉一家老小一起吃起来。不过我们只吃一碗就连说饱了饱了，因为要留点肚子去艾哈买提家继续吃。

我们复又去村里找小卖部，转了两圈才在昨天进村的村口找到。这是一间简陋的土坯房，门口没有牌子，还上着锁。看来营业员不在。无奈之下，我们只有折回艾哈买提家。他们已经在炕桌上摆好了两三样菜，有豆角、黄瓜、洋葱、西红柿、青椒，羊肉是风干的，都切成丁，烩在一起。中间是一盆米饭。于是我们吃完了拌面接着吃盖浇饭。买哈木提、阿不都黑力、艾尔希力也在一起，正好说说笑笑。

午饭后我就发困，张瑞田也熬不住了，我们就回房东家休息。我躺不久就醒了，太累了反而睡不踏实。我的同伴半分钟就打开了呼噜。

大约五六点，在北京已经下班准备晚饭了，在新疆是下午的好时光。学校旁的葡萄架下又铺上了毯子，原来县委的宣传部长来了，还有一个没有见过的老者。于是中心学校的校长、主任、数学教师，又在一起喝茶、喝酒。自然，下酒的洋葱、黄瓜也是少不了的，这一回羊肉可是新鲜的手抓肉。

我和张瑞田路过，这就跑不了了！我是不能喝酒吃肉的，就靠探过险的小老弟了。那个老者是谁呢？不问不知道，一问吓一跳，原来是这个村子的前任支书，他的爷爷就是当年给斯文赫定当过向导的阿不都热依提。乌塘这个地方，早在清朝的地图上就有记载，那时已经是个驿站，叫做乌盖提布拉克，维语里是柳树泉的意思。俄罗斯探险家普热瓦尔斯基和瑞典人斯文赫定绘制的地图上，也有关于兴地的记载。普热瓦尔斯基还在离这儿不远的地方发现过野马。当年这儿的人口也应该说比现在兴旺，水草也丰茂得多。一百多年来，环境恶化了，人口自然少了。如果再下去呢？乌塘村会不会整个迁走？我就说不好了。不过据杨镰这位新疆学家说，一个美国气象专家预测，罗布泊每三百年有一次丰水期，未来的一次正好是 21 世纪初。这位美国大佬的话灵光不灵光？我们只有拭目以待了。

探险队下榻的罗布泊腹地的新地乡乌塘村

酒还在喝着，我架不住就告退；张瑞田英雄了一场，也回房东家呼呼大睡。晚8点了，车队还没有影子，我庆幸没有去那个“山国”，否则就躺在罗布泊出不来了。

直到快10点，天完全黑了，车队才回来。队长杨镰一瘸一拐，已经走不动的样子。电视台的小青年小女子也是一身疲态，倒是社会科学院几个加入“酒协”的研究员说话还有点精神。我说：不是说半天就打个来回吗？没有人答腔，还是社科院的靳大成研究员向我做出了权威的解释：一天不是24小时吗？那么半天就是12个小时。我哑然失笑也恍然大悟：你既然来新疆，就得跟上新疆人的思维啊！

这个大大的兴地乡小小的乌塘村，这几天所以来了那么多州里、县里的客人，就是因为有我们科考队的到来以及随之而来的中央电视台。第二天早上，电视台就在小学拍摄升旗仪式。

当太阳从库鲁克塔格山余脉的那边像抛物线一样把阳光抛洒过来，杨树林沐浴在一片静谧的光照之下，扩音器里传出了《义勇军进行

乌塘小学升旗仪式。我觉得它的意义同天安门广场是一样的

曲》。老师艾哈买提还是戴着列宁帽站着，两个大一点的孩子负责升旗，其余20个孩子，包括学前班的，站成两排，也不算特别整齐；戴红领巾的，不戴红领巾的，都向冉冉上升的国旗行礼。有意思的是大部分孩子的队礼都不标准，那手掌朝外翻着，有点电视上巴基斯坦或印度大兵行礼的模样。我只好暗暗地笑，可毕竟孩子们的神情是那么庄严，那么可爱，毕竟他们让我非常感动。我想，在这儿看升国旗跟在天安门看升国旗，意义是一样的。

德常委代表州、县领导讲了话，杨镰代表探险队讲了话。杨镰还代表探险队向小学捐款2 000元。这是事先商量好的，这笔钱用于修建一个厕所。因为在这个地区，大概也因为雨水太少，家家户户没有厕所，居民没有建厕所上厕所的习惯，往远处走几步就方便了，男女老少都一样。所以不少西部地区的孩子到北京上学，老师给他们讲的第一件事情就是上厕所。所以探险队决定捐建一个厕所，让罗布泊未来的主人从小养成文明的习惯。

天幕下的太阳在等我们回家

升旗仪式过后，车队就出发了。我和张瑞田把在库尔勒时发的睡袋和探险队的文化衫，一股脑儿送给了房东古丽米拉家和中学生卓尔古丽。我还是28年前在珠穆朗玛登山时候使用过睡袋，我想我不会有机会再用它们了。

我们还是1号车。我昨天没有去“山国遗址”多少是个损失，我就问车上人：遗址都有什么？车上人说，其实也就山岩上有一些西域古文字，谁也没有看懂。看来这探险没有大学问就等同旅游了，要是连社科院那些“酒协”的骨干，连杨镰都不能解释，只有请季羡林老先生了。

但是我想，若是证明了这一带曾经有过人类活动，就没有白来。

一个月后我问曾在一个炕上睡觉的《探险》杂志的小齐：那个“山国遗址”究竟怎么样？

小齐说：你不去也对，否则把你身体拖垮。山国遗址是听当地人说的，正好是《汉书》上记载的那个位置。那儿的岩石上有一些文字，但真的上去一看，说它是文字也勉强，也可能是大自然形成的，反正拍照片拍不清楚。所以未必就是山国遗址。况且古代那个“山国”，有多少国民？几百人还是几千人？很难说。探险就是这样，去一次就发现有价值的东西了？那不太容易了？人家斯文赫定到新疆多少次，一次就一年两年，在一个地方被困，一困就一月两月。当然，现在有卫星帮忙，有越野车代步，不一样了。

我若有所悟。

“头羊”李伟杰依然呼叫着：5 号车，跟上没有？ 9 号车，跟上没有？

车队经过一处矿山，这是稀有的蛭石矿，是尉犁县的一个重要产业，也说明罗布泊已经有了工业。有许多矿车在那里装载，但见不到人影。我忽然记起，来库尔勒的TY-154 飞机上，与我邻座的是一位胜利油田的工程师，他说他们油田已经开始在罗布泊打深井了。

车队随即转向东北方，转向库鲁克塔格山的山褶子里。这里的植被比起前天进入罗布泊腹地要好得多了，尽管还是戈壁，但已能常见到红柳、胡杨、芦苇和其间穿梭的麻雀、跳地鼠。据李伟杰说此地还有许多可以制成冰毒的麻黄草。再往前，一条溪流曲曲弯弯往东去，溪流两旁更是不时出现一些钻天杨和看来已经几百岁的榆树。这样的地方该是有人家的。果然，昨天见到的阿不都热依提老人就住在这山沟里。他的家背靠着椅背一样的寸草不生的褚色干山，门前一泓泉水。一排土坯小平房，一个葡萄架，一圈篱笆里种着玉米、土豆、西红柿、黄瓜一类作物。羊群放在远处。这可真正是世外桃源了啊！就这一家人。

看来杨镰、德常委和阿不都热依提都是老朋友了，大家便在路边啃囊，切瓜，杨镰他们进去安排下午的饭。

车队继续进发，去看一处岩画，据说是当年斯文赫定的学生贝克曼发现的。可前面的溪流越来越宽，水也没过了车轮，水中间还有许多挺大的乱石。于是除了两辆勇敢的车吼叫着闯了过去之外，其余的车都知难而退，就停在溪边。司机们背靠着山岩，有阴凉，有瓜吃，也是难得的休息。大队人马涉水进沟。杨镰说：半小时就到了。这一回我已经认为杨镰也是百分之百的新疆人了。我问司机：个把小时能回来吗？司机说，3 个小时回来就不错了。

我看过内蒙古、宁夏的岩画。我想我还是保存实力吧，因为回库尔勒的路还很长很长。

我脱了鞋，到对面背阴山坡，听司机们胡侃了。我这才知道，新华分社 5 号车的司机是第二次进罗布泊，而杨镰在的 9 号车司机是第一次进罗布泊，难怪李伟杰对他们分外担心。

5 个司机，一个我。司机们清一色都是移民的后代，他们父辈或是跟王震部队进疆的官兵，或是 60 年代内地的知青。

他们议论的话题没有柴米油盐，他们一个个都是政治家，这让我刮目相看。新疆 50 年来政坛的变迁，人员更替的因果，他们了如指掌。甚至包括德常委在伊犁工作时候有什么政绩，为什么调他到库尔勒，为什么升了一级，他们都分析得头头是道，让我茅塞顿开。原来政治家不光在上层，百姓之中，民间也有。他们的分析有时比上面还要透彻，还要一针见血。

司机们把西瓜放在溪流中冰镇，怕水把瓜冲走，就把两个瓜一起放进网袋，再压上一块石头。果然，一个小时后切瓜，瓜又凉又甜。

果然，大队人马是 3 个半小时后回来的。我问张瑞田：那里的岩画怎么样？张瑞田说：不去吗？遗憾！去了吗？也遗憾。或许许多景点都是这样。难怪邵燕祥最近一首诗的题目就叫《没有去过的地方就不要再去了》，他的诗道出了很深的人生真谛。难怪我在北京的楼道里遇到邵燕祥，跟他说我要去罗布泊的时候，他瞪大眼睛看了我好几秒钟没有说话。

杨镰催促大家快上车，说那边饭已经准备好了。

回到阿不都热依提家，葡萄架下已经铺开了毯子。手抓羊肉，煮南瓜，还有囊。已经是北京时间4点了，所以这顿饭不知道算午饭还是晚饭。其实杨镰早说了：是下午饭。电视台的小赵他们可是不会放过这机会的，他们在葡萄架下架起机子，采访杨镰和阿不都热依提。此前，杨镰表扬了他的司机老郭（其实才30来岁，应当叫小郭），说刚才遇到一辆抛锚的卡车，老郭就停了下来，问有什么要帮忙的？卡车司机说没有关系，老郭接着就给了他两瓶矿泉水，杨镰又追加了两瓶。在沙漠在戈壁，人和人就是应该这样。如果那台车真有问题一时半时走不了，多了4瓶水就能支撑好几天了。这儿可是什么信号都没有的啊！这位老郭我刚才已经认识了，他跟李伟杰在兵工厂是同事，下岗以后开了个汽车修理厂，是李伟杰动员他参加探险队的。

下午5点了，原定晚9点前回到库尔勒宾馆的。杨镰催大家出发。偏偏这时候，"酒协" 主席靳研究员叫开了：你看那儿一个马槽，怎么有点怪。这一说不要紧，杨镰马上说：大家先等一等。他跟着就跑过去，10来分钟后兴奋地回来说：就是罗布人的独木舟，一点没有错。马上让他们送博物馆。杨镰喜笑颜开，腿也不瘸了。

由于中央电视台的人要返回乌塘村补拍一些学校的镜头，车上人员要作些调整。小赵下去了，换成了一位维吾尔族女大学生毕业生，她是这次活动的翻译，也是志愿者。其实在库尔勒的准备会上杨镰介绍过了，因为基本上没有一起行动，我们没有记住她的名字，只知道她是德常委的千金。

上来一位年轻姑娘，气氛就活跃了。

张瑞田问她：维吾尔族姑娘都叫古丽，你怎么叫苏比呢？

苏比说：我的名字是爸爸起的，苏比诺尔是曙光的意思。

张瑞田说:难怪。名字跟人一样美。

我说:你大学毕业了?不像吧。

苏比说:我都研究生毕业了,25岁了,老了。

张瑞田说:你像个中学生,肯定虚报了年龄!

普天下的女士都是喜欢别人夸她美、夸她年轻的,事实上苏比确实长得小巧玲珑,跟她又高又壮的老爹不大一样。苏比在中央民族学院毕业,学的是法律,现在正在库尔勒看看有没有合适的工作。

苏比问到张瑞田时,我这个小兄弟拿出了他的杀手锏:送你一本吧,上面有我的名字、照片。一册《探险亚马逊》,果然让苏比觉得她这位同车的人有不一般的经历。

张瑞田开始"忽悠"了:我在亚马逊游泳的时候,差一点被食人鱼吃了呢。

苏比惊讶地张大嘴:那么危险你都敢去呀。

张瑞田继续忽悠:在国际航班上别人都以为我是阿拉伯人。到了巴西我就买了把手枪别在腰上,可以壮胆嘛。别人不敢抢我,还以为我是抢劫犯呢!

苏比已经是一脸崇拜。张瑞田真真假假继续往下忽悠:你是维族,你看我长得像维族吧?其实我是满族。

我禁不住捂住嘴笑,连李伟杰都听出张瑞田在忽悠,笑出声来了。

可单纯的苏比一脸好奇:你真是满族吗?

张瑞田说:可不是。你是伊斯兰教,我是萨满教。我们不同民族,不同宗教之间,可以和谐相处,有友谊,还有爱情嘛!你要是到北京,哥哥请你吃饭。

我和李伟杰再次笑起来,哪里又冒出来个萨满教了?大概连苏比都不相信他是萨满教,笑得前仰后合。

这就是人在旅途啊!找点开心话,再漫长的路途也显不出来了。当晚到了库尔勒,苏比下车回家了,张瑞田问我:她叫什么古丽?我说：不是古丽是苏比，苏比诺尔，你连人家名字都记不住，还友谊还爱情呢！两天后苏比给张瑞田发来短信：你是个骗子。我从网上查了你的资料，你不是满族也不是萨满教，你是汉族的。苏比把车上的玩笑话当真的了，我们哈哈大笑。

车队一直往西，往西。正对着西边的太阳。那大漠的太阳似乎是银白色的，悬挂在地平线上。它又似乎十分眷恋这片大漠，半小时，一小时，几乎是一动不动。它是在等着，等我们这些迟归的旅人啊。

电视台的车走了，新华社的车也先走了。剩下我们 5 辆车。下午 9 点，太阳终于恋恋不舍地落下去的时候，我问李伟杰：离库尔勒还有多少公里？李伟杰说：大约 100 公里。也就是说：比预期的又要晚两个小时了。

偏偏这时候，李伟杰的对讲机里传来后边车的呼叫：1 号，我的车快没有油了！

李伟杰马上停车，等后边的车跟上来，去看车上的仪表。李伟杰说：没事，你的油比我的还多呢？

于是继续上路。李伟杰说：像这样的越野车，油表出现警告时，再开 100 公里没问题。

偏偏对讲机里传来另一辆车的声音：1 号，我的车也没有油了。

李伟杰嘴上对我说：你看他们吓成那样，腿都打哆嗦了。可他略一思索，马上对着对讲机说：前面路口往南，先去 38 团。

38 团是离车队最近的有加油站的地方，离这里约 70 公里。在沙漠戈壁，没有油跟没有水的后果是一样的。

车队折往南面。这是一条当年兵团修的简易公路。这也意味着车队被迫要绕道，要多走两个小时。

我以为这 70 公里也就个把小时。可半个车轮常常陷在沙里，想跑都跑不起来。

突然，车停了。李伟杰说：车胎爆了。

一车人都下车，果然，越野车右侧的后胎爆了。李伟杰手脚很快，拿出千斤顶和别的工具就钻到了轮下，我们根本插不上手。后边一辆车正好赶到，司机也下来一起帮忙。李伟杰一边换轮胎一边喊：用对讲机呼一下，看9号车跟上来没有。

他最担心的9号车，队长杨镰的车没有回应。打手机吧，就跟前天夜里那样。手机也不通，我们所有的手机都试了。

轮胎倒是换好了。可怎么办？

当然，这条路上没有岔路，迷路是不可能的，一定是车出事情了。

李伟杰依然没有表情地说：等一等。

其实我们心里都在说：等下去，一个都不能少。

天完全暗下来了。大约半个多小时后，听到了来路上汽车的轰鸣声。我们高喊：9号车到了。果然是9号车。司机老郭说：车胎爆了，对讲机没有电了。

大家长长地出了口气。车队继续往南，往南。能隐隐约约看到近旁有电线杆子了，大家知道，迷路是不会了。

突然，前方发现灯光。我又一次拿起对讲机欢呼：后边车注意，前方有灯光，我们快到了。

快到了？这70公里怎么比700公里还要漫长啊。

又不知过了多少时间，两侧出现了树林，树林后边隐隐约约有建筑物。紧接着，汽车上了柏油马路。

这一下完全可以放心了。尽管5辆车只剩下一个备用轮胎了。李伟杰把车停下：等一等大家吧。

这里一定有信号了。我们纷纷打开手机，给家人报平安。

女儿一听是我声音急了：老爸你怎么3天没有电话呀！

我说：那是没有信号。你老爸已经3天没有洗脚洗澡洗头了，现在离宾馆还有一百几十公里呢。

可不是，因为绕道先去加油，我们迫不得已走了离加油站最近，离库尔勒却最远的路线。

38团加油站灯火辉煌。加油站旁有一片玉米地，有一个水龙头。我在水龙头下使劲冲了冲脸。

车队折向西北。往后的路程，两旁不时有路标，有各种指示牌。果然，到库尔勒还有一百三十多公里。但是无论是司机还是乘客，心情是绝对放松了。整个车队就像一支小夜曲，在“沙沙沙”的伴音中，在塔里木河边的沙丘或是树林之间缭绕。我反而没有一点睡意了，一会儿哼雷振邦的《怀念战友》，一会儿哼斯美塔那的《沃尔塔瓦》。偶尔往后座看两个年轻人，张瑞田正襟危坐像个阿拉伯绅士，而小姑娘苏比干脆歪倒在他肩头睡着了。

再见了，罗布泊！我相信你的广袤会万寿无疆，而你的荒芜却不会久长。因为人们在你那里播种了太多的爱，还有诗。

2006年10月17日追记于北京潘家园

莫斯科：惊魂七昼夜

俄罗斯第三大城市新西伯利亚机场的国内候机厅不大，还显得有些陈旧和空落。俄罗斯的航班正点率极高，旅客周转快，这或许也是不急于修缮和扩建候机厅的原因。当然，1990年以来经济大滑坡，目前也只是恢复期，没钱恐怕是最主要的。

是尤里驾着他的旧丰田送我来机场的。尤里是新西伯利亚中国武术的教练，今年已有47岁，可看上去刚刚30出头，这在往往显老得早的俄罗斯人中很罕见，我想这跟他多年习武并恪守中国式的健康生活方式有关吧！他多年师从原黑龙江武术馆馆长、既当过《北方文学》小说编辑后来又当《精武》杂志主编的马福林。老马在塔斯社工作多年，现已在新西伯利亚定居，一般是半年做水果集装箱生意，半年在俄罗斯大地或回国漫游，间以读书和写小说，这在闯荡俄罗斯的中国商人中可谓凤毛麟角。老马今天也来送我，和我同行的是《中国工人》杂志的老郭。本来老马要全程陪我们去莫斯科的，可正被一个新到的生意上的合作者，其实是只想到俄罗斯发横财对俄罗斯什么都不懂的土包子缠得焦头烂额，于是只好让我们自己去。老郭20世纪60年代大学毕业，如今只会一句“哈拉少”，我多少还能对付几句，于是老马让我给老郭当

“翻译”，说好翻译费一天20美元。那20美元当然是老马掏，而且是戏言。于是我这个半聋半瞎的，带一个全聋全瞎的去闯荡莫斯科了。

这一天是2002年10月24日。10月23日深夜和24日早晨我们没有看电视新闻，对莫斯科发生的事情还浑然不觉。如果按原定计划，我们该在20日或21日出发的，老郭和那个生意人、也是他的老乡晚到了西伯利亚，于是我们的行程也只好推迟。

飞机是下午2∶30起飞，我们12点半就到了机场，按莫斯科时间还是早晨8点半。俄罗斯都是10点上班，也就是说，大多数人或许正在睡梦里。大厅里没有几个人，柜台还没开始办登机手续呢。

大厅里有两台悬挂在空中的电视机，正播新闻。尤里盯着看了一会儿，跑过来比画着对我说，莫斯科出事了，是“切庆依”劫持人了。尤里说得快，我的俄语“丫丫呜”，只知道车臣恐怖分子又起事端，往下就听不懂了。我不知道起初为什么把“切庆依”译成了车臣，或许译者是个山东人。

我问尤里：有没有人死了？尤里说没有。我松了口气。

安检之后，和老马和尤里挥手告别。候机室里陆续到了六七十人吧，但仍然安安静静。我上三楼酒吧去买了一瓶矿泉水，酒吧除服务员外空无一人。

用短笛吹奏的美国影片《爱情的故事》的主题曲，在候机室里轻轻回荡；一只不请自来的麻雀悠然地飞着，时而停在一处已破的顶棚旁边；没有人去注意它，除了我。

旅客提前半小时就登机，飞机提前5分钟就滑向跑道，俄罗斯的航班就这样准确。我的邻座是一位在商店搞经销的小伙子，我们客客气气地交谈了几句，也就各看各的报，各睡各的觉了。我问空姐：有没有《真理报》？空姐说没有。我忽然发现自己是个老古董，问得让人好笑。其实即使有《真理报》，我又能看懂多少？做做样子而已，中国人不是文盲，也像俄罗斯人一样爱读书看报。于是我随手拿了一份英文的《莫斯科新闻》,那更是一种自我安慰。我只看懂了两张并排的普京和俄国沙皇亚历山大三世的照片。报上还没有车臣人劫持人质的报道。

跑道上居然有阳光。我来西伯利亚之后,已经历了三次以上的大雪和数不清的阴雨绵绵的日子,西伯利亚的秋冬之交总是这样。这难得的阳光让人有好心情,何况我们正飞往莫斯科。

5 小时之后,TY-154 稳稳降落在位于莫斯科西南郊的道玛杰特瓦机场,这是俄罗斯的国内航班的机场,如今也包括一部分飞往原苏联加盟共和国的航班。莫斯科太大了,共有 4 个机场 8 个火车站。

新华通讯社莫斯科分社的老周来接我们。老周和老郭是大学同学,有同班同室之谊。原本要接待我们的一位侨领还在哥本哈根没回来,我们干脆就住新华分社了。

莫斯科居然也有阳光。晚秋的林带正渐渐由金黄转为褐黄,落叶覆盖着路边的黑土,更衬托出白桦树的那种洁白;而紧靠在白桦树的背后,是既高大又有纵深感的红松林,就好像威猛的骑士护卫着娇小的白雪公主。

老周说:莫斯科秋天天气不好,昨天刚下过雪。你们来,这阳光也难得。

可老周接着说:昨天晚上刚出大事,几十名车臣恐怖分子在市中心一个剧场劫持了 800 多名人质。老周已退休,是作为“家属”来新华分社的,顺便帮忙做些工作。他不通俄语,再具体的情况他也说不清楚了。他夫人黄慧珠是分社社长。

我这才意识到我们来莫斯科不是时候。劫持 800 名人质,这可是美国 9·11 事件后最大的恐怖活动了。

正值莫斯科时间下午四五点,阳光时隐时现,散淡而清冷。草地和松树点缀着昨夜的雪,接连不断的广告牌从机场路直通向城市中心。即使城市中心也时见大片的林地。广告差不多都是外国公司的,广告牌点缀着秋天的树枝和尚未凋零的叶片。汽车的河流交叉着、拥挤着、奔突着也谦让着。

我在1986年5月出访匈牙利时曾路过莫斯科，并住了三天。16年过去了，莫斯科的汽车多了不知多少倍，当年莫斯科没有广告，只有“光荣属于党”、“一切为了祖国母亲”一类的红色大标语。莫斯科确实变了。

新华分社就在市中心，一处闹中取静的地方。两层工字形建筑加上小院。黄社长很快来看我们，并对自己没能去机场接表示歉意。同时黄社长说，从昨天夜里起，分社已进入非常时期，记者24小时轮流值班，不断往国内发稿。分社总共十来个人，除开后勤、通讯，英文俄文编辑，能上一线的记者也就五六人。

小黄（我们开始称呼她小黄）介绍了事件的基本情况：昨夜莫斯科轴承厂的工人文化宫上演音乐剧，9时多，音乐剧第二幕刚刚开始，突然闯入40多名蒙面手持冲锋枪且身上绑着炸药的车臣匪徒，其中还有女匪十多人。他们将700多名观众及100多名演职员和剧场工作人员全部绑架，而许多观众在一开始还以为是导演的创意呢。恰好《国际文传电讯》的一名女记者奥丽加·切尔尼亚克和她丈夫在看剧，她用手机在第一时间向编辑部发回消息，于是这消息立即传遍并震惊了世界。目前俄罗斯军警已迅速包围现场，但绑匪态度强硬，表示不与俄罗斯政府谈判，只与国际红十字会组织谈。绑匪要求俄罗斯军队一周内从车臣撤军，如不答应将开始枪杀人质；绑匪还威胁说，文化宫内已埋了炸药，如果俄罗斯军队进攻，就引爆，与全部人质同归于尽。至于绑匪的炸药和枪支，是借文化宫即将装修为名，早就陆陆续续运了进来。

小黄的介绍让人毛骨悚然，也让人热血沸腾。如果按老马原先的日程，老郭应于10月18日飞到新西伯利亚，然后我与他于10月20日飞往莫斯科。那么，按我的兴趣和性格，我是很可能要去看这部音乐剧的。这究竟让我后怕呢，还是遗憾呢？

我说：我当过8年记者，我能否跟你们记者去一下现场？

小黄说：不行的，很危险，那些绑匪是很残忍的。再说你没有记者证，进不去的。你们还是在分社附近走走，也要注意安全。

小黄马上要再去现场，回来还得发稿，说完就匆匆走了，留下了一个职业女性干练的身影。她看来已50出头，江浙口音，似乎集斯文与果敢于一体。分社的小伙子都称她黄老师或者小黄阿姨。

天阴了起来，阳光竟那么吝啬。于是我和老郭便由黄社长的“家属”老周陪同，赶紧出去采购明天的面包牛奶。分社食堂只管午餐和晚餐。在俄罗斯，早晨是10点上班，2点常常是午休午茶，连邮局一类服务性行业都是如此。我在新西伯利亚跟老马一起去缴电话费，就跑了三次。在俄罗斯，“休息”是神圣不可侵犯的。更不用说周六周日，人人都去郊外了，你是找不到人的。

我想这一周肯定不一样。普京总统不会休息，俄罗斯政府不会休息，莫斯科的军警不会休息，所有的媒体包括我们的新华分社都不会休息。

新华分社掩映在稀疏的欧洲杨和白桦树荫中，这一幢奶黄色的两层小楼原先是幼儿园，周围只是小马路，显得十分清静，这在莫斯科市中心很难得。整座院子和大门由莫斯科警方派多名警员24小时警卫，当然，分社是要付费的，费用已涨到一个月2 000美元。小黄说，为了大家安全，也值。

暮色将临，空气又湿又冷。今夜和明天又会阴雨绵绵。

时差加上亢奋，我在电视机前守到11点 。

尽管睡前服了安定片，我还是在莫斯科时间凌晨2点醒来了。我干脆又打开电视，半躺着。俄罗斯电视台从《国际文传电讯》披露消息时起，已24小时跟踪劫持人质事件。有事件现场直播，插播评论，还有一个“自由论坛”，可以对此事件的处理各抒已见。从画面上看，轴承厂工人文化宫周围街区已由军警封锁，但住在街区附近的行人秩序井然。有数十人举着亲人的照片，还有举着标语的；有被劫者亲属在警戒线边接受记者采访的。

俄罗斯政府已发表声明：车臣武装分子如果释放全部人质，警方将保证他们生命安全，并让他们到第三国。

电视画面上也出现了布莱尔、布什的镜头，显然是对此事件的谴责。

画面上出现普京总统召见几个官员的镜头，显然是商讨事件的对策。

画面上出现男女绑匪的镜头。男的手持冲锋枪，除一人外均蒙着黑面罩；女的腰里捆着一圈炸药包，握着手枪，也都蒙着黑面罩。那个唯一没有蒙面罩的，就是绑匪的头领。他的身份已经清楚，他叫莫夫萨尔·巴拉耶夫，现年25岁，是臭名昭著的车臣叛军头目，2001年6月被俄政府军击毙的阿尔比·巴拉耶夫的侄子。

有一具尸体被抬出剧院。

在事件没有进展的情况下，电视也插播一些广告，还有军事题材的影片。

就这样，我在半睡半醒中，在亢奋之后的压抑和等待中，等来了一个秋雨蒙蒙的早晨。

老周和小黄的住屋就在走廊的另一处拐角。两口子早早过来，问我们跟家里通话了没有，我们昨天在街上买的电话卡是俄文的，话筒那头的语音提示那么快，当然听不明白，小黄就帮我们代拨。俄罗斯的电信业比不上中国，街上公用电话很少，不像中国几年前就到处都有国际直拨的服务。小黄说，要再不通就到她办公室去，给家里报个平安。

看得出来小黄又是一夜没怎么睡，因为一线记者的消息随时报来她要随时签发。我问她同绑匪的谈判可有进展？她摇摇头说，这大概是普京执政以来最困难的时候了，马上又面临大选。但她相信普京是不会退让的。普京没有也不可能答应绑匪要求，只说政府将尽最大努力保证人质安全。

小黄告诉我们，我国外交部已发表声明谴责恐怖分子；正在美国访问的江泽民主席也致电普京，对事件表示关切，重申我国反对恐怖主义的立场，并相信普京能解决此事件。

窗外的雨时下时停，天始终阴沉着。真是个不幸的周末。莫斯科人和全俄罗斯人都已熬过了36小时了。普京总统正准备启程赴墨西哥参加亚洲太平洋经济合作组织第十次领导人非正式会议，并于会议间歇会见美国总统布什，在发生人质事件后，已决定取消此行，亲自坐镇莫斯科指挥，而改由总理卡西亚诺夫代他前往。

小黄又要去发稿，她劝我们就在院子里走走，外出也别走远，还关照我们别忘带护照。

只好这样了。老周陪我们去附近的名叫“白房子”的地方，那是莫斯科市中心很大的商场。我注意到这里的副食品、水果几乎应有尽有，比起16年前我路过莫斯科时商店里空空荡荡的样子，确是大不相同。这里的蔬菜也比西伯利亚要多好几个品种，除了俄罗斯人看家的卷心菜、洋葱、土豆、胡萝卜和价格很贵的黄瓜、西红柿外，居然还有白萝卜和菜花。小菜中还有莴苣。当然绿叶菜还是没有，这跟俄罗斯人的饮食习惯有关。比如油菜，不光俄罗斯，欧洲人都是不吃的。即便到了春天油菜花遍地。新华社分社的人在自己院子里开了几块巴掌大小的菜地，撒上些油菜籽，那也是解解馋而已。

在“白房子”，各种洋酒也是应有尽有，甚至有中国“伏特加”——俄罗斯人把白酒都称为“伏特加”。价格当然让你吃惊。

在“白房子”附近还有家具店，装饰、布置都极典雅，很有文化气氛。就是价格，至少是中国同类产品的3~5倍，而俄罗斯的木材价格是众所周知的。

沿途我们还看到多处兑换美元的，墙上高高挂着黄牌子，上面写明买价卖价。也就是说，可以公开自由地换来换去，经营者只赚取差价。在西伯利亚，还有个人在闹市街头做美元生意的，比银行还划算，也没听说给人假钞的。警察也从来不管。

雨又飘起来，我们没带伞，匆匆赶回分社，正好赶上午饭。分社食堂的菜是固定的一荤一素一汤，炖肉或炖鱼，炒白菜洋葱或炒土豆；要是从越南菜农那里买到油菜，那对大家是一件兴高采烈的事了；汤则多半是酸辣汤。我忽然觉得在国外工作的不易，危险不说，生活上是够简单、够清苦的。于今在国内，你要是在什么报社电台工作，怕的是什么？怕的是别人请你吃饭，七大盘八大碗把胃都吃伤了。所以才有“与其请人吃饭，不如请人出汗”的说法。说实在，到俄罗斯三天之后，真盼望有人请你吃饭！

不过每次在食堂进餐都是一次小聚会。隔了几个小时，总会有新的消息。一线记者回来换班，正好请他们多侃一侃。

零星传来的消息是：

绑匪虐待人质，一绑匪强迫人质趴下，站起来，又强迫人质趴下钻凳子；

绑匪提出释放 75 名外国人质，但必须由这些国家外交官出面；而各国外交使节未能与绑匪达成释放外国人质的协议；

一名人质胃病急性发作，但绑匪不准医治；至 11点，已有 400 名人质程度不等地需要医治；

绑匪要求于 12 时在红场举行反对车臣战争的集会；

中午时已有 8 名儿童被释放，儿童均受惊吓；剧院人质仅靠小卖部的一点食品饮料，目前已严重短缺，有关送水和食品的谈判未有进展；

释放外国人质问题可望于几小时内解决，但绑匪出尔反尔，不断改变条件；

绑匪已同意医生进剧院进行必要的治疗；

绑匪扬言，如果不答应他们的条件，他们将于 26 日起枪杀人质……

小黄也在食堂出现，并要帮我们这两个客人刷碗。我连说使不得。这样的非常时期让新华社社长给我刷碗？我只是再一次表示，希望跟分社记者去一次现场，哪怕离现场近一点。小黄依然没有答应。小黄新带来一个不好的消息：绑匪逼迫人质集体签名反对车臣战争，还让人质用手机给亲友通电话，要亲友出来游行，向政府示威；一部分人质的亲友已经这样做了，他们举着“普京，还我父母！”“停止车臣战争！”的标语牌去了现场，还有去红场的；今天红场临时封锁了。

而据莫斯科华文报纸《龙》的消息：“25日凌晨3~5时，恐怖分子允许人质中的儿童与家人通电话，并让孩子们转告家人，如果这些家长25日中午12时能在红场举行集会示威，他们将把孩子们放出来。25日11时30分时，红场上陆续出现了参加集会的人群，其中还有俄罗斯著名的导演和演员。

“又有消息说，当时红场附近已戒严，其原因不明。而百姓们则认为这样的集会并不是为政治目的，他们是为孩子的生命抗争。

“另据报道，在25日中午12时25分左右，人质中的8名儿童已被无条件释放，他们中最小的6岁，最大的12岁。目前，这些儿童正在接受心理医生的帮助和治疗。”

这么说，相当部分人质在胁迫之下都站到绑匪那边去了？

雨变成了雾。莫斯科秋季连正午都有这样的雾？我躺在床上，脑子里也是一团雾水。

小黄怕我们寂寞，派她的司机伊戈尔送我们去游览市容，老周自然也是要作陪的。小黄向伊戈尔关照了几句，又匆匆走了。

红场和克里姆林宫是去不成了。我们过乌克兰饭店，沿莫斯科河，能远远望见克里姆林宫的尖塔，有一种酸酸的遗憾也是酸酸的满足。

车直奔列宁山上。列宁山本来是一个观景的好地方，可雾蒙蒙之中，山上山下什么也看不清。倒是有两三对着结婚礼服的年轻人，和他们的亲朋好友，在那里又说又笑又唱。俄罗斯青年的婚礼就这样：三辆四辆小车，八九、十来个好友，鲜花、教堂、无名烈士墓，就齐了；远不如中国今天的青年人那么奢华、那么讲排场。

我想他们肯定已知道身边刚发生的震惊世界的人质事件，不管其中有没有他们的同学、他们的朋友，生活还得照样进行，爱情还得照样进行；该亲吻的亲吻，该结婚的结婚。从他们身上看不到担忧，更看不到惊慌。

小摊上卖的套娃

列宁山上卖旅游纪念品的一些小摊引起了我的兴趣。俄罗斯工艺品中，套娃堪称一绝，大概从俄罗斯回来很少有人不买套娃送人的。我家里已有了几个套娃，可还是忍不住要多看一看。我一眼就发现套娃也有了新花样，不光是漂亮的俄罗斯小女孩，还"与时俱进"，出现了领袖人物和作家的套娃。比如说，有普京像的套娃，里边由大到小依次是叶利钦、戈尔巴乔夫、勃列日涅夫和列宁，这是按时间顺序的，列宁像反而最小；比如说，有毛泽东像的套娃，里边由大到小依次是江泽民、邓小平、周恩来、朱镕基，这又不知按什么排列，在中国人看来有点没有规矩了；还有普希金像的套娃，里边由大到小依次是托尔斯泰、陀思妥耶夫斯基、契诃夫和屠格涅夫，这从时间顺序上似乎也乱套。反正你说它纪念品也行，玩具也行，看着好玩，只是对领袖人物有些大不敬。

更可笑的是套娃中竟然有一个拉登的，我没有打开看也没有买，里边依次有谁也就不知道。我毕竟是反对恐怖主义的。可事后我有些后悔，该打开看一看的，看看在俄罗斯普通人心目中，除开拉登，还有哪四个恐怖主义头领。

列宁山上的莫斯科罗蒙诺索夫大学，笼罩在更浓的雾中，以致你都仰视不到它那辉煌的塔尖。但它巨大的身影依然感染着你。它前面宽广而静谧的大道和士兵般肃立的林荫依然感染着你。在二次大战刚刚结束的年代，当时的苏联政府就新建了如此规模的大学城，其魄力，它对科学和教育的重视让世人赞叹。

伊戈尔又把我们带到胜利广场。这是 1995 年为纪念反法西斯战争胜利 50 周年而建的，占地面积极大，包括纪念碑、展览厅和广场。蒙蒙雨雾中，纪念碑上挺立的武士剑尖向下，直刺脚边的秃鹰。

我们从碑前下台阶时，正好遇到一位长得跟列宁一模一样的人，似乎要跟我们说话。我正想上去问点什么，老周拦住了我说，他要跟你照相，是要钱的。我恍然大悟。在中国，不也有演领袖的特型演员，别说跟你照相，上台挥挥手都要出场费的吗？于是我反而向他挥了挥手，喊一声：弗拉基米尔·伊里奇，就走开了。

还是不停的雾。从前只知道伦敦的雾，原来还有莫斯科的雾。“文革”中读过一本留苏学生写的打印的长篇小说《雾迷莫斯科》，那时自己很“左”，觉得它小资味十足。那故事记不得了，可那雾却记住了。

此刻，那 800 名人质，可也在雾中？

我们沿着阿尔巴特街，又参观了斯巴斯基大教堂。雨蒙蒙中不知不觉已近傍晚。

刚刚回到分社招待所喝了口水，小黄跑来说：看来，不满足一次你的要求也不好意思，这样吧，你们赶快跟我上车去现场，不过千万别乱跑，一定要带好护照。

黄慧珠终于满足了我“请战”的要求，我高兴得几乎是跳起来。

我赶紧拨通了北京的电话，告诉家里我要跟新华社记者一起去现场，我会注意安全的，不用为我担心。而中午时分我已拨通了新西伯利亚的电话，我的朋友马福林不但不为我在莫斯科担心，反而羡慕我有这样千载难逢的机会。他甚至说自己真希望就在人质中，这也是个性情中人哪！

我三下五除二套好衣服，提上数码相机就下到分社门口等车。还是伊戈尔的车。上车时小黄再一次问：可带好了护照？

暮色之中，大批公共汽车等着接应被解救的人质

10分钟后我们就到了事发地点。如果步行穿小路，也就30分钟。我看了一下街名，是杜勃罗夫斯卡娅街。当然，街口，整个横截面都已被警察封锁，虽然没有明确的封锁线。而实际上已形成两道线，第一道非经特许谁也进不去，第二道几乎已是新闻大战的冲锋壕：好多锅盖状的卫星接收器、卫星发射车辆，记者们的各种“远程大炮”——长镜头，“炮口”都对准前方，细雨蒙蒙的前方。看来记者们和人质一样，40多个小时之后，也已疲惫不堪。站着、坐着、聊天吸烟的，什么姿势都有。似乎一切都很平静。难道是大战之前的平静？俄罗斯官方只允许自己安全部门的记者进到第一道线拍摄，我想这是对的，以免给其他记者特别是外国记者造成不必要的伤亡。

第二道警戒线之外，两排足有几十辆、上百辆的大轿车整整齐齐地停在杜勃罗夫斯卡娅街上。可以想见，这是随时准备接应人质、接应伤者或死者的。估计它们在此待命已经很久了。自然还有警车、消防车和急救车。可见莫斯科政府已作了多方面的准备。

小黄同警察交涉着，出示她的证件，没有结果。而此时，正好有一批举着标语牌的示威者，也就十来个人吧，正从警戒线边往外走。示威者也不声不吭，他们似乎也缺少底气，抑或是累了。

反正从这条街上是看不见现场了。小黄说，我们从另一边绕过去。于是我们紧跟着她，穿过两座居民楼，走了一个直角形绕到另一条小街。果然，这条小街人少多了。小黄指着前面：看！那就是轴承厂工人文化宫。我想，这条街或许就是后来报上说的梅尔尼科夫街了。它同杜勃罗夫斯卡娅呈十字交叉。

我顺着她的手势看去，可不是，尽管暮色将临，更兼细雨蒙蒙，那一块巨大的灯箱广告，占了整个文化宫前面一半的面积。哦！这就是24小时电视直播里反复出现的那个镜头。文化宫有三层楼那么高，灯箱广告也有三层楼那么高。苏联时代有这样的传统：大工厂都有很排场的文化设施，绝不亚于城市的剧院。这传统也影响到20世纪50年代的中国，比如哈尔滨轴承厂、齐齐哈尔重型机器厂，它们的工人文化宫都在市里是数一数二的。这就是为什么音乐剧《诺尔德·奥斯特》会在一个工人文化宫上演，又有那么多外国人来看的原因了。

雨似乎越下越大。透过雨帘和那些刚刚落叶的枝条，我凝望着暮色中那绿中带黄的巨大霓虹灯广告，也就是凝望着那个文化宫。我与它之间的距离，大约也就80~100米吧。我和小黄夫妇正想拍几张照，哪怕是模糊不清的照，这时，一个手持冲锋枪、身着迷彩装、戴着头盔

为第一时间报道人质事件进展，各通讯社在剧院对面架起了天线“锅”

的士兵走了过来，以不可商量的口气要我们走开。我这才仔细观察了一下周边情况：这条通往剧场的小街已停放了七八辆军车，许多戴头盔的士兵已坐在里面，静静地待命。正前方，大约离剧场30米处，又有一道岗，也是士兵把守，不让任何人走近。小黄说：昨天我还到了那道岗，今天更严了。我们旁边，也还有两辆新闻转播车停在那里，看不出是什么电视台的。我们要对这两辆转播车拍照，居然也被士兵严加制止。小黄出示她的记者证，也没用。小黄说算了算了，要我们赶紧离开，不要同他们争。小黄是对的，非常时期可以采用非常手段，你不服从，妨碍公务，拘留你几天你是没话可说的。

我忽然想到，这大概就是俄罗斯的反恐利剑——特种部队"阿尔法"！莫斯科华文报纸这样介绍"阿尔法"：

"阿尔法"别动队的历史要追溯到1974年7月。它最初的名称是A小组，隶属于克格勃，1991年改为现在这个名称，隶属于俄罗斯国家安全局。现在它有成员约700人，其中包括一支250人的精锐部队和几支较小的分遣队。别动队成员个个武艺超群，既有百发百中的狙击手、胆大心细的爆破手，也有业务纯熟的无线电报务员、技能高超的解密专家，还有攀岩高手"壁虎"和水中蛟龙"蛙人"。每名"阿尔法"队员都能熟练驾驶各式汽车、飞机、轮船、坦克、装甲步兵战车，擒拿格斗、攀岩涉水、投弹射击、跳伞越野也样样精通。

1993年，俄罗斯民航一架伊尔-86客机从矿水城飞往莫斯科途中，被一名叫扎哈里耶夫的中年男子劫持。"阿尔法"别动队闻讯出击，趁夜色从飞机底部的货舱进入客舱。一场短兵相接，劫持者束手就擒。

1997年，又一起劫机案发生，"阿尔法"别动队临危受命，劫机者被捕，142名乘客安然无恙；10余天后，"阿尔法"又挫败一起劫持瑞典外交官的人质事件，恐怖分子被击毙。

两次车臣战争中，"阿尔法"更是锋芒毕露。

1995年6月14日，车臣匪首巴萨耶夫率200余名武装匪徒，乘车潜入俄南部城市布琼诺夫斯克，将近1 000名政府工作人员和医务人员等劫为人质，要挟俄政府停止进攻格罗兹尼。“阿尔法”别动队奉命来到车臣战场，歼敌任务异常艰巨也非常危险，好在最后联邦政府采取了退让政策，才使几十名特种队员免于牺牲。

1996年，车臣另一匪首拉杜耶夫率领600余名匪徒冲入基兹利亚尔市，把3 000名医生、护士和市民绑为人质。“阿尔法”别动队担任强攻突击队的第二梯队，负责最后解救人质。经过殊死搏斗，人质终获自由……

同“阿尔法”别动队一样担负反恐任务的还有1991年8月成立的“信号旗”别动队。它原隶属于苏联克格勃反间谍局，1991年和“阿尔法”别动队一起转属俄总统保卫局，1993年底解散，后又重建，现隶属俄国家安全局反间谍局。

“信号旗”别动队共有队员约350人，主要任务是反颠覆破坏、反恐怖，保卫重要目标和首脑人物的安全，确保国家大型活动的顺利进行。该别动队所辖的“韦加”特种反核恐怖分队是为了打击核恐怖主义而建立的精锐组织。该分队不仅聘请了反核恐怖专家担任顾问，而且其成员也个个都了解本国和世界主要国家的核反应堆结构、工艺流程等。自组建以来，“信号旗”也功勋卓著……

西方媒体评价：俄罗斯的别动队毫不逊色于美国的“捷尔塔”特种部队和英国的CAC部队，而且在许多方面都超过了他们。

——谁也难以预料人质事件的后果，但现在，普京手中毕竟握有打击恐怖主义的两把利剑，普京不会手足无措的。

……我望着这条小街，真是有点依依不舍，可也只能如此。前面就是两栋居民楼，而前一栋楼的斜对面就是剧场。居民楼前还不时有人往这边走，男女老少都有，看来就是楼里的住户。行人也没带什么行李之类准备逃难，一个个都很从容不迫的样子。难道他们不知道自己就在一群亡命徒的枪口和炸药前面？我忽然深深感到莫斯科人的镇定，俄罗斯民族的镇定。这可是一触即发的战争啊！难怪拿破仑和希特勒都败在莫斯科，都败在俄罗斯。

小黄说：你们看到了，就这些了，只好这样了。

就在我们正要离开杜勃罗夫斯卡娅街的时候，有两辆豪华轿车从我们身边缓缓驶向警戒线。小黄说：可能是某个政要去同劫匪谈判。事后我们从报上知道，那个人可能正是前总理普里马科夫。

晚饭依然在分社食堂。事态没有进展，吃饭的人比前两餐多。小伙子们七嘴八舌地发布着新闻也开着玩笑，有时还得回答我们两个“外来人”近乎常识性的问题。

新闻可依然没有轻松的：

约 14:10，俄罗斯官方否认想与车臣首领马斯哈托夫联络，只是决定那些在车臣有影响的人物应当发挥作用来解决人质问题；

约 14:20，绑匪已列出 97 名人质名单，外国人中有美、德、英和原独联体国家的人；

约 14:25，昨天被打死拖出来的死者身份已确定：叫奥丽卡·尼古拉耶夫娜，莫斯科人，1976 年生。她是一位卖香水的商店服务员；

约 14:30，绑匪要求紧急与印古什前总统电话联系（事实上绑匪一开始就用手机同外界甚至中东某些国家的人联系）；与此同时，给人质送水和食品的谈判也没有进展；

约 14:45，德国外交部确认有两名德国公民被劫为人质；

约 14:50，绑匪特许以前以报道车臣战争出名的女记者安娜·巴里特科夫斯卡娅进入剧院，有一名医生同去；

约 15:10，俄罗斯一位副总理与被劫人质家属见面，讨论解决事态的可能性；

约 15:15，劫匪对巴西记者称，他们任务已完成，如果车臣战事无改变，他们及人质哪儿都不去；

约 15∶20，红十字会驻俄代表与劫匪谈判，要求进入剧院医治病人，劫匪暂时只同意与外国红十字会员接触；

约 15∶30，一些参加红场附近集会的人被警方扣留，护照被没收；

约 15∶50，俄罗斯联邦安全局长在同普京会面后说，如果劫匪释放人质，他们的生命安全将得到保证……

记者们说着说着，就给普京当参谋出主意了。有的主张：要趁劫匪同意送水送食品的时候，把"蒙汗药"送进去；梁山泊好汉不就常用"蒙汗药"吗？有的主张：特种部队应当先打"迷魂弹"，不管好人坏人，统统让他们先晕过去再说。我是第二种说法的拥护者，恐怕也是倡导者。反正坐着说话不腰疼。

作为一家之长，小黄说：看来这事件还得拖一段时间，大家要有准备。办公室的同志辛苦一下，去买些水果点心，大家多注意身体。今天是周末，大家也放松放松。

分社的周末，当然也是年轻人的周末。可在秋雨霏霏的今日，在被西方媒体称为普京的"9·11"的今日，除开去现场值夜班的，他们也只能跟平时一样，聚到会议室里，唱唱卡拉OK，或边吞云吐雾边打打牌。本来他们还可以去看电影，看歌剧。他们中也有人同我一样，本来很想去看那场名叫《诺尔德·奥斯特》的音乐剧的。

我醒来的时候，窗外的雨渐渐变成了雪，大约是 6∶30，天还没有亮。

电视画面里，事态似乎在严重发展：出现了坦克的镜头，剧场里有人奔跑的镜头。还有时断时续的枪声和一声爆炸……

大客车旁停放着黑色的尸袋，不断有伤者被拖出来、架出来，由红十字车送往医院；也有人被双手反铐，显然是被捕的……

门口大厅里有灯光，长镜头里人影奔忙；

第一次出现演出大厅内的镜头：一排红色座椅上，车臣女枪手人困马乏的样子，像是睡着了，可依然蒙着黑色面罩，腰间缠的炸药包闪着银光；也有地上躺的，血迹斑斑的……

有人刚出剧院，记者蜂拥而上……

电视解说的速度太快，我只听出已经打起来了。于是想到既然打了，结果是好是坏也就快了。但画面里一时还没有特种兵在演出厅的镜头。

天渐渐亮了，我赶紧穿好衣服站到走廊里。我多么盼望有分社的人出现，我好马上问问情况。可走廊里空无一人。我忽然意识到：一定是前方记者一个电话，他们都去现场了。我也追悔莫及：昨晚该再跟小黄说一声，一旦有事叫上我。

我只好回屋，却把房门开着。电视里的新闻镜头在滚动播出。

大约 10 点，小黄心急火燎地跑来，她显然是刚从现场回来。小黄的兴奋溢于言表，连讲话的速率都更快了。她说：6 点钟绑匪开始杀人，特种部队马上冲了进去，先打了催眠弹，然后抵近绑匪头部射击，绑匪都来不及引爆炸药。现在战斗已经结束，只用了 40 分钟。绑匪除少数几个逃脱，其余都被打死了；特种部队无一伤亡，人质也只死了十来个；普京这一招非常漂亮！普京已经下令俄罗斯军队加紧进攻车臣叛匪。

小黄说到，特种部队放出风来，准备凌晨 3 点发起进攻，意在拖垮也麻痹对方；特种部队把架势放在剧院正面，却从后墙先炸开一个洞，然后前后左右一齐突击。

小黄说完自然去发稿了，把我们晾在那里兴奋得团团转。楼道里没得转了又转到院子里，完了再转回楼道里。

小黄说的死亡数字，自然是解救人质的战斗刚结束那一时间的统计数字，以后死亡数字不断地上升了，这也是可以理解的。

从电视画面的现场来看，军方只允许一家俄罗斯电视台的记者进入现场拍摄。两位解说员已经轮流解说了 50 多小时，也已显出疲态。我想，所有的现场情况包括数字，也都由俄罗斯方面提供，因为别的通讯社无法得到第一手资料。

午饭居然有炒油菜。据大师傅说莫斯科只有越南菜农种油菜。这是我到俄罗斯 20 天来第一次吃到绿叶蔬菜，实在是美味不过的享受。我想这是分社奖励前方记者的吧，我是碰巧沾了光了。

这一餐吃得自然很轻松。我想，至多再有一天，小伙子们可以不用熬夜了。因为这是一个流血的上午，更是一个人民和正义战胜了邪恶的上午。

午后，终于同原先要接待我们的莫斯科中俄文化交流中心、也是“老北京”饭店的总经理李宗伦先生电话联系上了，他也是昨夜才从哥本哈根回的莫斯科。这样，小黄就派了辆车，把我们送到位于列宁大街 158 号的礼花宾馆去。新华社肯定会对事件作许多后续报道，小黄他们三五天内是清闲不了，陪不了我们的。她为我们创造了一个终生难忘的机会，从我来说，已经感激不尽了。

雪又转为雨，莫斯科的深秋真怪。

礼花宾馆真远，不如说，莫斯科太大，列宁大街太长。它在城市的西南角，离道玛杰特瓦机场倒不算远。如果从列宁大街再往前，还有一

我住的礼花饭店楼下就是赌场

个伏努科夫机场，我记得上世纪50年代我们国家领导人去苏联访问，飞机就是降落在这个机场。

礼花宾馆高24层，在莫斯科的饭店中属三星级，所以凡出租车司机都知道。“老北京”饭店的餐厅就位于它的24层，而18层则是它的客房部。

李宗伦先生以大米粥和包子加各色小菜招待我们，这才是到家的感觉。这也是20天来最合口味、最舒服的一次晚餐了。

关于李宗伦先生，老马已同我简单介绍过。他当知青时在山西插过队，吃过的苦可想而知了。凭着他在表演方面的天赋，“文革”结束后他上了解放军艺术学院，那自然是百里挑一、千里挑一的人才，在电影里出演过领袖人物。他在北京上夜校自学俄语，80年代末，他到莫斯科卢那察尔斯基戏剧学院导演系进修，留在了莫斯科。可以说，从一开始，在全俄罗斯像他和马福林那样有文化背景的商人也罢、倒爷也罢，真正是少得可怜。这也是他能在俄罗斯这样复杂纷乱的经济环境和完全不同的文化背景中能最终站住脚跟，并有所作为的原因罢。2001年7月国际奥委会在莫斯科召开，投票决定2008年奥运会的举办城市。李宗伦先生是莫斯科华人后援团的总指挥。他的组织能力也由此可见。

李先生也实在是忙，在餐桌上，不断有中国人也有俄罗斯人找他。也不断有中国各省的什么商业考察团来吃饭。他还不得不应酬一下。所以，他把我们托付给客房部的从内蒙古到莫斯科大学留过学的小刘，让她关照我们。今天又是周六，明天是周日，都是俄罗斯人神圣的休息日。

在餐桌上，我们得知事件中死亡人数已上升至67人，另一个说法是光是人质就死亡了67人，究竟哪个数字对？回到18楼房间，周围的人都不认识，只好看电视了。小刘一再关照：进门后一定要把门插好。这让我心里不免打鼓，真不如在新华社，安全不说，有看不明白的，还可以随时请教别人。

我依然将电视锁定在新闻频道。

电视上出现了普京穿白大褂看望伤员的镜头;

电视上出现了一个恐怖分子混在人质中被抓住的镜头;还有混在记者中被认出来的,可见当时场面之混乱。我不禁问自己:如果恐怖分子挨着我站着,我能认出来吗?

电视上还出现了特种兵搜捕嫌疑犯的镜头;

而在晚 7:30,俄罗斯新闻台的黄金时段,播出了一部苏联时期拍摄的故事片。我注意到以后接连几天,电视台每天都插播苏联时期的影片。

在既旷达又悠扬的俄罗斯民歌中,一辆由清一色白马组成的三套马车,迎着风雪在原野上狂奔……我会永远记住俄罗斯新闻电视台的这一片头。

还是阴雨天。气象预报温度在零下 1 度到零上 1 度之间。

拉开窗帘,我无奈地望着外边。窗户的隔音不好,礼花宾馆位于列宁大街和另一条大街的十字路口,汽车噪音可想而知。我的对面,远远

我房间对面是原华沙条约国司令部

的，也是一栋近20层的大楼，它占地面积更大、更有苏联时代那种建筑的气派。它前面停放着三四架大型战斗机，还有几辆坦克。我查了一下地图：这难道是莫斯科的国防博物馆？要是真是，趁雨间歇的时候，去参观一下，再到旁边的大片树林里走走，也是这星期天不错的选择。

可我在走廊里问女服务员：那可是博物馆？女服务员答：那儿不是博物馆。我只好纳闷。两天后我才知道，这栋大楼原来是原华沙条约国总指挥部，现在改成了俄罗斯军队的总参学院。有几个中国留学生在那里学习，每天跑过马路，到“老北京”吃饭。李老板念他们是战友，只象征性地收2个美元。

自给家里通话，告诉她们我要去事件现场之后，已有两天与家里没有联络。我用电话卡在房间打，去24楼餐厅打，都不通。这就怪了。我的小女儿如果接不到我电话，她会睡不好觉的。

心神不定之中，我约老郭趁雨小去附近商店。

出得宾馆门，才发现宾馆大厅里比昨天加了一道岗。第一道还是原来的保安，而第二道，也就是进入电梯间的那道，站着两位腰佩手枪的警察，抽查进入饭店人的证件。

事件不是解决了吗？我想是搜查在逃的。早新闻里，各路口都有军警在搜查可疑车辆。而10月26日出版的《龙报》以《俄有关部门加强对外来人口的检查》为题发表消息称：

“本月23日晚在莫斯科发生的车臣恐怖分子大规模劫持人质事件，就像‘9·11’事件使世界发生重大变化一样，无疑会对俄政治、经济生活产生重大影响。同样，对在俄经商、学习的外国公民也将会产生一定影响。

“……莫斯科政府在23日召开的反恐会议上正式作出决定，近期对在此居住的外国公民进行大规模检查，检查的重点是来自高加索和独联体各国的公民，来自这些国家和地区的非法移民，一经查出，立即将其遣返出境。为此莫斯科政府已拨出专款，用于遣返行动所需的专机。

“……据市政府发言人说，市区范围内机场、火车站、地铁等公共场所及其他一切重要设施已加强了对可疑人物的检查。

“……莫斯科近年犯罪率居高不下，其中有40%的犯罪活动是外来移民进行的。”

其实，10月10日我在西伯利亚就遇到过警察盘查。那下午我一个人在老马住的居民楼，有人按门铃。门口出现穿便装的一男两女，一位女的威严地一亮证件，那姿势跟《神探亨特》中的美国警察一模一样。进门就要看我的护照。恰恰老马拿我的护照去警察局办落地签了。俄罗斯的落地签相当于除了使馆同意你入境的签证外，还要在你住的地方报“临时户口”。我急中生智，拿出我的一本诗集，上面有我的照片，还有老马的翻译丹尼娅为我翻译的一首诗夹在其中。看来这还是起了作用。护照不在，但我的身份不像是歹徒而是确确实实的中国诗人。我进一步说明我想看看辽阔的俄罗斯大地，然后写诗。警察们的态度好了，看来没有将我带走的意思，甚至一位女警察念起了我的诗。但他们临走时说，明天还要来，看我的护照。

莫斯科持枪军警盘查的重点是高加索长相的人。据报载：24~25日两大拘捕了30名劫匪同党。而不久又从一辆汽车中搜出一枚威力强大的炸弹和莫斯科库尔斯克火车站的结构图。

礼花宾馆显然是“外来人口”的集散地，现在又值非常时期，因此，加强警卫在情理之中。

出了大门右拐，我想或许能找到商店。百米之外便是居民区。我问一位正在清扫道路的女工：哪儿有卖食品的商店？女工很客气地往后一指。我问：不远？她说：不远。果然，不几步就看见了商店的霓虹灯，而且是24小时店。这在西伯利亚还不很多见。

我大喜过望。进得店里，果然各种食品饮料都有，还有几样蔬菜。门口摆一台游戏机，这倒新鲜。

其实我们就想买一串香蕉和一盒果汁。一位管理员模样的人望望

一群麻雀和一位老者共进午餐

我，说：不工作。我一阵奇怪：不是24小时店吗？我转向另一位女服务员说，我只要香蕉。她倒是给我拿了，还给我拿了橙汁。

出得门来，我还在奇怪那人为什么不想卖给我。

待到回宾馆，第二道口的警察居然又加了人，三个人了。一位年轻点的翻了翻我的护照，看样子是不明白，又交给旁边的老警察。老警察给他指指点点，然后说了句“请！”

我真有一种戒严的感觉。回屋打电话，还是不通。我的心情坏透了。家里还不知道我是死是活呢！

老郭来邀我去他一位江西老乡小赵家吃午饭，小赵是国内一家大公司派出的，她女儿也正好在莫斯科大学留学。雨天没地方可去，只好随他了。反正在国外凡中国人都是老乡。

小赵打出租车接我们。他们公司在外交公寓租了一套三居，条件还是不错的，也安全。

今天是星期天，小赵女儿回来打牙祭，她的一男一女两位同学也是同乡也一起过来了。年轻人结伴出来留学，家人总是放心一些。三个年轻人在国内都考上了大学，分数也不低，可学校、专业不理想，于是干脆一起联系了莫斯科大学，读经济管理系。莫斯科大学也是世界名校，出过五名诺贝尔奖得主，仅次于哈佛等三两所西方名校。

主人为我们准备了六个菜，居然有豆角和木耳。这在莫斯科，在全俄罗斯也是豪华的宴席了。但席间的主题依然沉重。

我从大学生口中知道，24日中午第一个被劫匪枪杀的奥丽卡·尼古拉也夫娜，这位卖香水的姑娘，她是自告奋勇去做劫匪的工作，她说她相信自己能说服劫匪不这样做，她还做人质们的工作，要大家有信心，一定会解决的。她真是太善良了！也是太勇敢了！一点没有人性的劫匪宣称她是俄罗斯安全部门派来的，当即把她枪杀了。

我说，应该给她塑一尊铜像。

人质中有他们经济系的同学。25日晚，有一个成绩不错的女同学，从剧院打电话给老师说：亲爱的老师，我们要永别了，我可能走不出这个剧院了。老师，谢谢你为我做的一切！剧院里还有好几个经济系毕业的学生。

大学生们还讲到：劫匪提出，一个议员进去可以换10名人质。马上就有议员挺身而出。而人质们也都已很镇静，表现出视死如归——这是进去的那位女记者报道的。我一时无语，因为这很让我感慨俄罗斯人民和他们的人民代表的素质。26日的华文报上讲道，莫斯科市市长卢日科夫事发后就迅速赶到出事地，向劫匪提议，自己做人质，替换被劫持的妇女儿童。

大学生们也讲到：老师在课堂上问，人质中怎么没有中国人？一位中国留学生答道：中国人都去赌场了。

——对这一点我倒是不敢苟同。倘若那天李宗伦或马福林或杨匡满在莫斯科，还有新华社的记者，我们中会有人去看去听音乐剧的。纯属偶然而已。几天前在新西伯利亚，我不是刚由丹尼娅陪着，去听新西伯利亚交响乐团演奏瓦格纳和莫扎特的曲子吗？

我向他们问到莫斯科的光头党，因为在我印象中跟纳粹差不多。我还跟其中的男生说：遇上光头党，你得保护女生呀。两位女大学生笑了：恰恰应该反过来，是我们女生保护男生。因为光头党不打女的，也不打老人和孩子，专打三两聚在一起的中国人，他们觉得中国人赚了俄罗斯人的钱。我若有所悟：这么说，光头党有些义和团的味道了？大学生们未置可否。

席间还有一位天津来的农艺师。他曾在离莫斯科600公里的奔萨考察，那里的土地租金就跟送你似的，原先集体农庄的设施修修就能用。他们天津胜利集团准备在俄罗斯大规模投资，种菜，建粮食加工厂和肉类联合加工厂。现在已在莫斯科以南100公里处买下了300公顷菜地，明年起开始上30多个品种。他还说道：俄罗斯农村的人非常朴实，对中国人非常友好。

我们坐了一段地铁再回礼花宾馆。莫斯科的地铁举世闻名，我16年前已领教过。可这一次稍有不同。它固然保持着它的辉煌，但同时依稀显出了它的陈旧。地铁乃至整个莫斯科，就是这个庞大国家的象征。

三匹白马迎着风雪狂奔……

电视里出现军警们收拾残局的镜头。各种随身带的包，车钥匙，绑匪逃走时来不及带的东西；剧院前无人领的车辆；医院前，有人在念住院人的名单；有记者采访幸存者问有何感觉，一个小伙子答说“挺好的”，我想：那么死者家属呢？

明天将举国致哀，悼念死难者，宣布事件结束。据报上说：普京上任以来，已有4次举国悼念——库尔斯克号，伊尔库茨克空难，由于瑞士地面人员造成的德国上空的撞机事件，以及这一次。而这一次是普京最难的一次。

李宗伦夫妇在楼下等我们。很难得，雨停了，阴沉沉的天开了一丝缝。

莫斯科最大的工艺品市场

李先生驾车陪我们去《莫斯科华人报》，这主要是为老郭，他想写一批在俄的中国人，从历史上的直到今天。

车上了列宁大街，我们要从莫斯科的西南角斜穿整个城区到东北角的“人民宾馆”。那也是中国人开的饭店，有两家华文报在那里，中国人的什么皮货市场、小商品市场也在附近。

没有雨，我才注意到列宁大街上隔一段就有音乐剧《诺尔德·奥斯特》的大广告牌。李先生说：我要是早从丹麦回来，很可能去看的。

一路上，许多建筑物挂着俄罗斯的三色旗，以示对死难者的哀悼。

一个多小时才到人民宾馆。我这才感到老马要我在莫斯科采访七八十来个华人的计划是太浪漫了，何况他们各自都还在为生计奔忙。《莫斯科华人报》在人民宾馆 11 楼，编辑部就一间屋、两台电脑；李先生还补充说：三个人两支笔杆子，一张报就撑起来了。这张报是 80 年代当过天安门派出所所长的温锦华先生创办的，当然是赔钱的，报纸多是免费赠送。编辑部旁边是个中餐厅。而《龙报》也在这栋楼里。《莫斯科华人报》创办不到4年，已出400多期，每期24版，够气派的了。从国际新闻到中国、俄罗斯新闻，从《邓小平在被监督劳动的日子》、《开国将帅的故事》到在俄创业华人的特写，留学生诗歌，甚至国内名家的杂文，应有尽有。看来温老板还是球迷，24个版中有两个版是足球，什么孙继海在英超进球、李金羽在国内射手榜上独领风骚，谁谁谁殴打了裁判之类的消息，都不会错过。

趁着老郭抓紧时间翻报纸，李先生给我介绍了许多闻所未闻的事。中国人要在俄罗斯站住脚跟，要摆平许多方面。比如黑社会，你不能得罪它；黑社会不少人以前是克格勃的，本事大素质高，搞好关系它就保护你。黑道也有黑道的规矩，不乱来的。还得联络好警方，甚至特种部队，李先生跟他们也有合作。这些年贿赂在俄罗斯是很普遍的，所以军火能运进莫斯科。给拦路警察塞一张美元，警察问：你车上装的什么？你答说：几袋水泥。警察挥挥手，炸药就运来了。这使我想起老马讲的，一家中国公司在哈萨克斯坦收购废钢铁，一个老百姓说：我家里还有。公司人去一看，竟然是枚导弹。原来是苏联解体时，军队匆忙撤走，老百姓便把军需品甚至军火都搬自己家里来了。

当然，这次人质事件肯定会促使俄罗斯政府加大惩治贪污贿赂的力度。据报载：事件进行中有人不断向车臣劫匪通报警方行动情况，也就是说，劫匪在军警中物色了内奸。好在俄“阿尔法”特种部队计划极其保密，目前内奸也已抓获，此人即是在附近值勤的警察。还是据报载，有人事先给劫匪提供了文化宫的建筑图。这一切，说穿了都与贿赂有关。

我忽然想起昨天在24小时店那个主管不愿卖我东西的事。我问李先生：莫非我像高加索人？像车臣劫匪？李先生看了我几秒钟说：你那顶深咖啡帽子，颜色再黑一点；你的脸型再长一点，就差不多了。我恍然大悟。莫斯科人对车臣人的戒备也是自然的，特别是现在，个别劫匪还没有归案，甚至可以说还隐藏在城市的某个角落，说不定就从你身边走过。10月26日《龙报》上说：俄罗斯特维尔州居民已组成民兵，要消灭居住在当地“银色”村庄的900名车臣人。参加者已被拘留，但州行政长官说，目前很难控制居民的反车臣情绪。

今天出版的《龙报》以《俄罗斯人质危机流血收场 750多名人质获救118名人质丧生》为通栏大标题，报道了人质事件的最新统计数字。也就是说，有更多的人在医院里死去。50多小时水米不进加上精神折磨，很多人已虚弱不堪。和丈夫一起被绑架的《国际文传电讯》记者奥丽加·切尔尼亚克获救后说，绑匪尽量不让人睡觉，大厅亮着灯，没完没了地播放宗教音乐；谁要睡觉就举枪警告……本来，正常人吸入麻醉气之后过一定时间是可以醒来的。《龙报》报道说有50名恐怖分子被击毙，其中男性32人，女性18人，另有3名恐怖分子被抓获；特种部队目前还在文化宫附近的街道和居民楼里进行搜捕。

这样说来，恐怖分子几近60人了。这让人不寒而栗。

《莫斯科华人报》登了普京的电视讲话。弗拉基米尔·普京说：“我很抱歉，没有解救全部人质的生命。今天我去医院，在同一位受害者交谈时，他对我说，‘这没有什么可怕的，恐怖分子是没有未来的。’他说的是对的，恐怖分子没有未来，而我们有。”

普京总统在另一次电视讲话中还说：“如果任何人试图用此类手段反对我们的国家，俄罗斯政府将以适当手段对恐怖分子及其意识形态和财政金融方面的后台采取报复行动，不论这些恐怖分子及后台藏身在哪里。”

听说有些西方媒体批评普京使用了毒性很大的化学气体，车臣非法武装头领甚至说是俄罗斯政府杀了人质。对此，普京的医学顾问维克托·福米内赫声明：没有使用沙林或有毒气体。在慕尼黑接受治疗的有两名德国人质，德国医生也证实只是镇静麻醉剂，不会对神经系统产生影响。

在莫斯科的华人普遍认为，普京尽力了，是劫匪逼得普京别无选择。在如此凶残的匪帮面前，试问，有哪位政治家敢拍胸脯说保证不死一人？

回到“老北京”，第二道岗又增加了警察，进电梯间的门也只容一人通过。所有的人都必须出示护照，不光是对我这样有点车臣面孔的人了。人人平等，我也就坦然了。

雨又开始淅淅沥沥地下起来，真该诅咒莫斯科这鬼天气！

中午都来不及吃饭，我冒着雨，再去宾馆后边小区那个24小时店。这一回我有经验了。未进门，先把我那“类车臣”的毛线帽脱了。我笑眯眯地向服务员要牛奶、酸奶、果汁、点心。完了说：我是中国作家，不是“切庆依”，我就住礼花宾馆。服务员也笑了。

晚饭的时候见到“莫斯科中俄文化交流中心”总顾问徐庚熙先生。原来他就是老马向我介绍的“俄文比中文好的老华侨”。其实他已入了俄罗斯籍。俄罗斯不是移民国家，这是不多见的。他60年代起就在前苏联电台做编辑工作，那俄文水平自不必说，说汉语反而像新疆人。徐先生不仅仅是入了籍，而且是莫斯科的劳动模范。而且他又有记者证。凭这两项中的一项，他乘坐公共交通车、包括地铁都是不要钱的。这很让徐老自豪。

可是徐先生也被警察拘留过。谁让你长着一个黄皮肤的中国脸呢？徐先生当然很从容，他说了一句俄语。警察愣住了：这么纯正的口音！徐先生加了一句：要不要打一个电话问问？警察说：不必了，你可以走了，祝你一路平安。

这让我想起前些年新西伯利亚有个“倒爷”，搞了个假俄罗斯护照，被警察逮住了。一句话问下来，他就不会说了。警察一阵嘲笑：你连俄语都不会说，还“伊万·伊万诺维奇”呢！俄罗斯不是加拿大温哥华，不会英语没关系，考驾照都可以用汉语。

徐先生下面的介绍使我吃惊不小：这礼花宾馆的老板就是车臣人。

车臣人在莫斯科开饭店的不少。所以，这里也是车臣难民的收容所。你想，老乡来了，老乡有困难，你不帮他一下？也是人之常情。当情大于法的时候，也就容易出事。所以，这宾馆目前是安全部门监控盘查的重点。今天莫斯科警方在这一片增加了6个人，特别对住进来的人，一个个查。

我几乎倒吸了一口气。难怪到哪儿都有人提醒你带护照，不然会带来麻烦。

徐先生还说，在莫斯科有好几万车臣人。他指着“老北京”餐厅的一个服务员：你看，她也是车臣人。我一看，那不是天天给我们上菜的阿伊莎吗？头发有些金黄，长得跟新疆人很像。阿伊莎是车臣难民，李宗伦收留了她，100美元1月，还有小费，比一般领退休金的人收入高出两倍。阿伊莎总是很满足的样子，见人总是笑眯眯的。

看来，车臣人不全是恐怖分子，而且绝大部分不是。他们也希望过和平的日子，富裕的日子。车臣人性格热情豪放，当然也骁勇强悍。普希金的诗里就有“车臣人在海边磨刀霍霍”的句子。

那么，车臣问题的来龙去脉是怎样的呢？

《龙报》一篇文章介绍了一些背景资料——

车臣是俄罗斯联邦领土，位于高加索山脉北侧，与格鲁吉亚为邻，面积约15万平方公里，人口超过100万。首府格鲁兹尼是在1818年建立的格鲁兹尼城堡基础上发展起来的。车臣人骁勇善战，信奉伊斯兰教。19世纪，沙俄经过半个世纪的高加索战争于1895年把车臣并入帝国版图。二战期间，苏联政府以车臣人同德国侵略者合作为由，把许多车臣人强行迁出家园。当时有38.7多万车臣人被驱逐到中亚和西伯利亚。直到1957年1月9日，苏联最高苏维埃才决定恢复车臣－印古什共和国的建制，归俄罗斯联邦管辖。

1991年9月6日，即在苏联发生“8·19”事件不久，苏联空军少将、车臣人杜达耶夫依靠武力推翻了当地的苏维埃政权。10月，车臣举行共和国总统和议会选举，杜达耶夫当选总统。11月，即在苏联解体的前夕，杜达耶夫颁令成立“主权国家”车臣共和国，并很快组织了车臣国民卫队。从此，以杜达耶夫为总统的车臣既不签署1992年的俄联邦条约，也不参加1993年的俄议会选举，在“独立”的道路上越走越远。

俄罗斯当局为了维护国家统一和领土完整，于1994年12月出兵车臣。但是车臣武装一直拒绝放下武器，致使这场内战持续了20个月之久，杜达耶夫在这场战争中被打死。1996年底，即车臣非法武装在俄境内先后制造两起重大劫持人质事件后，俄军被迫撤出车臣。1997年1月，阿·马斯哈多夫当选车臣共和国总统后，仍然坚持车臣是“独立国家”，1997年5月，俄联邦与车臣签署和平与相互关系原则条约。但是，车臣领导人始终未放弃其“独立”主张。

为彻底解决车臣问题，俄联邦当局于1999年出动10万大军，对车臣展开封锁和军事打击。经过空中轰炸和地面围剿，大股车臣非法武装被消灭，俄军几乎控制了车臣全境。但是，剩余的非法武装化整为零，部分残余潜入格鲁吉亚潘基西峡谷。他们在车臣内外采取游击战术，频频进行暗杀和恐怖活动。特别是最近几个月，车臣非法武装分子活动猖獗，袭击俄军哨所，炸毁军车，击落俄军直升机。今年8月，俄军一架米-26直升机被车臣武装分子击落，造成100多名军人丧生。

西方国家长期拒绝承认车臣分子是国际恐怖主义，还常用“起义者”或“人质劫持者”来称呼他们。实际上，车臣分子同塔利班有密切联系，比如当过所谓“总统”的扬达尔比耶夫就于1999~2000年两度去阿富汗。西方国家这种暧昧态度在“9·11”之后才有所改变。但就在今天，10月28日，所谓“世界车臣人大会”却要在丹麦哥本哈根召开，俄罗斯方面为抗议此举，普京声明将取消赴丹麦参加欧盟–俄罗斯峰会的活动。迫于压力，丹麦拘留了车臣首领的亲信扎卡耶夫，但以证据不足为由拒绝引渡。然而，车臣问题的国际背景仍然存在。俄警方截获的劫匪打往车臣、土耳其、沙特的许多国际长途电话就是证据。

而在劫匪的“寡妇敢死队”中，不光有车臣的，也有来自中东的妇女。车臣非法武装出奇招也是毒招：从自己丈夫被打死的女性中招募敢死队员。她们出发时不知道自己去哪里，敌人是谁，只知道去参加圣战和为丈夫报仇。俄罗斯素有尊重妇女的习惯，所以俄军警对车臣妇女完全没有防范心理。由此也可见，究竟是谁杀了那么多人质？至于这“寡妇敢死队”的具体人数，一说十几人，另一说二十几人，我想这已不重要了。

据报道：有十几个国家驻有车臣代表机构。俄罗斯最近已向土耳其、卡塔尔、丹麦等国提出，要求他们关闭车臣恐怖分子在当地的代表机构，并引渡犯罪嫌疑人……

雨依然下个不停。原本老郭要我陪他去圣彼得堡，也同小刘说了让她帮忙买票。可我想，目前是旅游的时候吗？是旅游的季节吗？没有安全感也不方便，我的俄语不足以应对复杂情况。我一个半聋半瞎的带一个全聋全瞎的，心里实在没有底！

算了，莫斯科都这么大，俄罗斯不是一两天、一两个月甚至一两年能看得完的。

李宗伦夫妇临时要去上海参加一个艺术活动，这后两天就把我们交给了老徐。老徐已经头发花白，六十七八了吧。可李宗伦警告说，他走起路来，你们赶不上的。

对俄罗斯人的走路之快我倒已习惯。俄罗斯人走路个个腰板挺直，速度近似竞走；只是办起事来像散步，慢慢悠悠。

老徐家在东边。他在红场附近的某处等我们。昨晚他向“老北京”的司机斯拉瓦作了交代，斯拉瓦翻译成汉语便是“光荣”。

斯拉瓦发动了几下他的老伏尔加，不着火。斯拉瓦赶紧带我们到大路口，截了辆车，对司机说了些什么，又要我掏了100卢布给司机，自己就走了。我想，万一他没交代清楚呢？心里打了阵鼓。事后老徐说，斯拉瓦会负责的，应该信任他。

在莫斯科、在全俄罗斯都没有几辆挂牌的出租车，任何一辆车只要主人有空，愿意，都可以载你。你说好去哪里，他说好价，你就上车吧。从西伯利亚到莫斯科，我还没有碰到“宰客”的，尽管没有计程器，到目的地了你会明白司机的要价很合理，并不因你是外国人、外地人而蒙你。这一点，俄罗斯人的诚实给我留下了深刻印象。

这是一辆俄国产的“日古利”，司机红光满面，头发却全白了，门牙也豁了好几个。看样子他有60了。我同他攀谈起来。

我问他生活怎么样？他说：一般，不怎么样。他从前在莫斯科河的船码头工作，10年前就退休了，1个月1 000多退休金自然不够，于是开出租车。老伴在家，女儿在医院工作。

我说：女儿在医院，收入一定不错吧？

他摇摇头：医院收入不高。

我说：你这辆车可是够老的。

他有些得意：40年了。

我想起在西伯利亚，我都见过快50年的公共汽车还在开。那么，他说的40年显然不是虚的。

我忽然想到问问他对普京的看法。

老头伸出一个大拇指：哈拉少！

我说：那么叶利钦呢？

老头把右手手掌伸平，做了个抹脖子的动作。这是我没有想到的。叶利钦不是主动交权了吗？

我转而一想，必是叶利钦时代人们的生活降到了最低点，叶利钦在车臣问题上姑息养奸，得罪了老百姓。据报载：早在1990年，也就是苏联没有解体时，叶利钦就轻率地向地方政权许愿：“你们吞得下多少自治权，我就喂给你们多少自治权！”这就助长了车臣的分裂倾向。1992年更让驻军拨武器给车臣当局。这样，杜达耶夫在叛乱之前已有武装分子13万人，还有大量坦克、火炮、装甲车和反坦克、防空兵器。

于今是自食其果了。

我问：那么戈尔巴乔夫、勃列日涅夫、赫鲁晓夫呢？

面对我这一长串提问，老头晃晃脑袋，右手食指往自己脑袋边划了几个圈，做了个“待我想想”的动作。可到我们下车也没有回答。

红场到了。老徐在等我们。这两天参观列宁墓的几乎都是外国人。同16年前不一样的是，以前红场可以随便进，随便拍照，现在周围都有警戒线。进入之前必须将一切背包寄存，连相机也不例外。而且还像机场安检那样检查参观者。所以，不仅列宁墓不能拍，红场也只能在警戒线外拍，只能拍它的某个角了。

列宁依然安睡在水晶棺里。快80年了，一点没有变。暗暗的光显示出墓地的庄严肃穆。墓地后边，那些陪伴列宁的人们，用大理石塑造

当年共产国际的办公楼离红场不远

的人们，同列宁一起注视着你，注视着今天的莫斯科，今天的俄罗斯。

老徐带着我们穿过中央商场，他一路不是走而简直是跑，我不得不招呼他等一等老郭。

就离红场不远，有当年的共产国际办公大楼，邓小平、蒋经国读过书的东方劳动大学，还有苏联老战士协会。东方劳动大学其实就在我们到过的斯巴斯基大教堂的马路对面，如今已改成地质化学学院，共产国际的大楼也改作了他用。但这部历史仍然不单是活在书本里。在东方大学的大铁栅栏前，我们跟警卫说：邓小平在这里学习过，警卫听说十分高兴。

原莫斯科东方劳动大学，邓小平、蒋经国曾在此就读

时间已过中午，除开老莫斯科徐庚熙带伞，我们两个人被淋得差不多了。

我们就在大学附近的一家咖啡馆里用午茶。一份绿茶，两份红茶，两张鸡蛋苹果派薄饼，加上小费，900 卢布，近 300 元人民币。薄饼不是意大利那种比萨饼，不过是一两张封面纸那样薄得不能再薄的饼。这就是莫斯科的价格。莫斯科人目前喝绿茶很时髦，所以一杯绿茶的价是很贵的。

喝午茶时我心不在焉。今天无论如何要跟家里打通电话，我已知道只有客房部办公室有程控电话，可以用电话卡。让小刘帮帮忙，应该没问题。我要告诉家里：我想提前回西伯利亚，西伯利亚更安全些。那儿还有尤里、谢廖沙、米沙、尤拉……这帮弟兄是很“哥儿们”的。我将从西伯利亚转机，那儿离北京其实很近，4 个小时就到家了。

俄罗斯老战士之家

斯拉瓦修好他的伏尔加是第二天早晨了，老徐关照他送我们去俄罗斯社会科学院东方研究所。按老规矩，老徐在那儿等我们。去东方研究所是老郭的计划，我帮忙拍拍照而已。

今天斯拉瓦情绪不错，原来车上有他女朋友。俄罗斯姑娘漂亮的很多，斯拉瓦这一位也不例外。不但漂亮，性格也开朗，见面就问好，很愿意说话。我们就东一句西一句地聊，在哪儿工作？生活怎么样？家里都有什么人？出过国没有？会不会英语？喜欢民歌还是喜欢“迪斯科”等等。待我问到昨天我问老司机的问题，斯拉瓦就抢过来回答了。

“普京非常正确！”——斯拉瓦不容置疑。

“那么叶利钦呢？”——我问。

“不好！”——斯拉瓦也不容置疑，只是没有做抹脖子的手势。

对其他几位前苏联领导人，斯拉瓦居然跟老司机一样，没有表态。或许他太年轻，跟他们不沾边。

我忽发奇想：那么日里诺夫斯基呢？喜欢他的人不多吧？

斯拉瓦的回答让我意外——很多人喜欢他。

我若有所思：俄罗斯失去了当年超级大国的地位，可俄罗斯人的优越感甚至贵族心理还在，如今又碰上这样的事情。于是一部分人，恐怕主要是年轻人，喜欢民族沙文主义者日里诺夫斯基，这是有它的原因的。

东方研究所多年没有装修，显得很破旧，连地砖都有不少破碎的。

门卫却很严，一直把我们送到要找的办公室，有人接待了才走。这或许也是非常时期才这么做吧。老郭主要想了解蒋经国在苏联的情况，看看有什么新资料，哪怕是过去没有见过的照片。

接待我们的学者都七八十了，有的当年研究过大跃进民歌。可蒋经国是20世纪20年代在那里的，那时东方所的学者们也还没有出生吧。于是彼此互赠了两本书，随便谈了一小时，也就结束了。年代太久远了，那时没有电脑，很少有录音照相，谁会想到保存几张纸呢？

老徐拦了辆车送我们回礼花宾馆。开车的小伙子30来岁，很精神也很儒雅。他有个儿子刚两岁，夫人很漂亮，因而显得很知足。车也是好车，意大利“菲亚特”，七成新。

我拿与斯拉瓦、与老司机同样的问题问他，得到的回答也是同样的。我想，这就不是什么巧合了！

说好50卢布到礼花宾馆的，我多给了10卢布，算是给他儿子的。

据一项民意调查，普京解决人质危机后，他的支持率更高了。尽管到11月7日，死亡人质又上升至128名，但毕竟80%以上的人获救了。在恐怖分子、分裂分子面前，只有用铁腕，没有别的选择。付出一定的代价也是在所难免的。

可喜的是不少车臣上层人士已经看到了叛乱的恶果，如车臣警备副司令亚莫达耶夫等三名准将就于2001年倒向中央。目前车臣经济正在恢复，有20万难民回到了家园，政府安排了10万个工作岗位，学校也已复课。而在我离开莫斯科不久，我从电视上看到普京正同车臣的各方面代表商谈实现车臣长久安定的方针大计。

回到礼花宾馆大厅，我主动地早早地拿出护照，这一回警察做了个"请"的手势，没有看。莫非他记住我了？莫非我今天西服领带，不像"切庆依"了？

下午2∶30的飞机，同来时一样。小黄夫妇来送我们，还是伊戈尔开车。我问伊戈尔：你夫人一定很漂亮吧？伊戈尔说：一般吧。但我看他很高兴。小黄说：他爱人可漂亮了。

还是到道玛杰特瓦机场。七天的冷雨，使得路边的森林颜色更暗了一些。莫斯科明明白白是进入冬季了。这惊心动魄的七昼天，在我人生中将永志不忘。

路边的褐色的落叶铺了一层又一层，它们将和黑土融为一体，去滋养明年的树林。明年的树林一定更绿更高。

那些点缀在松树间的小红果树是什么呢？像无数小蜡烛，又像无数小火把，在冷雨中闪耀着。我在西伯利亚的森林边也常常见到这种小红果树，只是不知它叫什么。小黄说，这就是野山楂，有一首苏联歌曲《山楂树》，唱的就是它。

原来就是它！我在新西伯利亚农业科学院同他们院长和几位院士一起合唱过。彼得·冈察洛夫院长说：我们唱的是一段历史。

一切过去了的都已是历史。我们怀念过去是为了实现更好的未来。我想，那无数的小蜡烛，无数的小火把，还有迎着风雪狂奔的白马，那便是俄罗斯民族不屈的灵魂啊！拿破仑和希特勒百万大军兵临莫斯科城下都没能让她屈服，她会怕几个小毛贼和什么“寡妇敢死队”？

据莫斯科媒体近日报道，俄罗斯政府和军队高层决定将要恢复类似苏联时期军队中的政治机关，并配备像苏军政治委员那样的负责俄军思想教育工作的军官。

另外，尽管演职人员在人质事件中有牺牲，俄罗斯戏剧界已决定，音乐剧《诺尔德·奥斯特》不久将重新公演。

……飞机起飞了，很快穿过云层。云层之上，阳光居然那么灿烂。在我眼中，是从未有过的灿烂啊！

2002年11月，自莫斯科、西伯利亚归来

西西伯利亚笔记

〇、我为什么去西伯利亚

人生中有许多事情是说不清楚的，比如我为什么要去西伯利亚。一个灵感，一次偶然，都会影响一个人的命运，或者人生某个阶段。得意也罢、失意也罢，辉煌也罢、暗淡也罢，其实都只是一个驿站，甚至只是一个标点。

我生性好猎奇，这大概是唯一的解释。别人都能去或容易去的地方，我未必去或者不忙去。别人很难去的地方，无论多么蛮荒，往往最能让我向往、让我激动。

我明明知道，世界上有许多国家、许多地方你是永远走不完的。比如中国、俄罗斯、加拿大、美国、澳大利亚这些幅员辽阔的大国，比如撒哈拉，你即使是总统，是联合国秘书长，最多也只是走遍它的省、它的州罢了，你不可能走遍它的每个乡村。

西伯利亚就更是这样了。多少世纪以来，它是遥远和辽阔的代名词，它是荒寒与服苦役的代名词。世界地图上最大的一块土地就是西伯利亚——广义的西伯利亚，在俄罗斯地图上它分为西西伯利亚平原、东西伯利亚高原和远东边疆区。我记忆中它的总面积该是 1 200 多万平方公里，一查资料才知道它有 1 283 万平方公里，占全俄罗斯的三分之二，几近世界上人口最多的中国和印度两国面积的总和。即使是今天，整个西伯利亚的人口，大概也就是中国和印度的百分之一。而且主要集中在南部乌拉尔到远东铁路沿线的若干城镇。原始森林、冻土带、无人区占了西伯利亚的绝大部分。最聪明最强大的人类，是这里的稀有物种。而且在这里，它不愿繁衍自身。

我所到的，自然是西伯利亚的一部分，一小部分，具体说是西西伯利亚的一小部分。当然，远东我也去过，西伯利亚大铁路我也经历过，并借助它穿越了东西伯利亚，但那都是跑马观花而已。

近 200 年前，1827 年，诗人普希金把他作的两首诗托一位十二月党人的妻子摩拉维奥夫娜带到了西伯利亚的一处矿坑。那里有他的两位朋友：普希钦和尼基塔·摩拉维奥夫。其中一首《寄西伯利亚》这样写道——

在西伯利亚的矿坑深处，
请把高傲的忍耐置于心中；
你们辛酸的工作不白受苦，
崇高理想的追求不会落空。

灾难的忠实姊妹便是希望，
在幽暗的荒原下鼓舞人心；
她将把勇气和欢乐激扬，
渴盼的日子就要降临。

遗憾的是我没能去到当年百余名十二月党人劳作的西伯利亚矿坑。我还遗憾当年俄罗斯许多伟大诗人因为交通、因为严寒恰恰没有到过西伯利亚。

不管怎么样，我去了，经历了，不是官方访问，也不是有钱的旅游者或没钱的流浪汉，而是像一个普通居民那样住了一个月，间或还作些旅行。这在我人生中难得，在我一帮老朋友中也尚未听说有第二人。这就够我陶醉和炫耀一阵子了。我的所见所闻所感所思，免不了肤浅，却都是现货鲜货。

我还想说：我是在2003年春天写下这些文字的，在近乎隔离的“非典”的日子里，我格外怀念你——西伯利亚。我相信，在那里获得“非典”的机会跟获得登月的机会几乎相等。

一、年龄最大的旅行者

我环顾机舱，突然发现自己是这一趟航班上年龄最大的人。真说不上是得意还是悲凉了。

除开十来个俄罗斯人，就是三四十个中国“倒爷”——于今他们的层次提高了，该改称他们为企业家了。那些俄罗斯人多半还是提着大大小小的蛇皮编织袋上的飞机，反正是他们新西伯利亚航空公司的班机，机上又空着一多半座位。俄罗斯航空服务员对这些同胞老乘客是不太在意的。

而从我身后传来的口音，几乎都是南方的，江浙一带的尤其多。10年前的第一代倒爷大都是东北人，江浙人是第二代了。他们谈话的内容，也都与生意有关。江浙这一带人机敏的商业头脑、开阔的视野和闯荡天下的勇气，如今已不亚于广东、福建。他们在欧洲的餐饮、零售业早已占领了大半江山，于今又向俄罗斯这片广袤的、未开垦的处女地进军了。

我多少有点自惭形秽。尽管我是他们的同乡，可只有我，是这趟航班上唯一的、也是孤独的旅行者。

说孤独也不全对。我有个伴：吴军。他是西北一家农业高科技公司的副总经理，去西伯利亚考察投资市场，特别是建立水果批发市场的可行性。而我在西北时以作家身份去过他们公司，与小吴有一面之交。更有趣的是此次我去俄罗斯的身份正是借他们的光，也算是他们公司的“副经理”。邀请信上写着我的“目的”是“考察林业及耐寒作物，参加相关学术会议，以便制定投资和引进技术的方案”——我的作家同行要知道了，一定笑掉大牙。我不知我的邀请人马福林——新西伯利亚源源国际贸易公司的老马，写过不少小说的老马，太极拳打得出神入化的老马——是怎么拟的邀请信，他让俄罗斯朋友翻译这封邀请信时心里打过鼓吗？

反正我在俄罗斯驻华大使馆办签证时心里是打鼓的。因为我明明在《中国作家》工作，明明是去旅游，去体验生活。我哪是什么“副经理”，连小秘都不是。

36岁那一个本命年里，我参加中国—伊朗联合登山队去了喜马拉雅；如今60了，又一个本命年，我选择了西伯利亚。我原本希望中间能去一趟南极，可早早地就胆怯了。好不容易去年认识了一个老马，去西伯利亚的机会再不能错过了。

正好老马同小吴的公司有约，我就鼓动小吴与我同行。尽管小吴是第一次出国，尽管他只能在西伯利亚呆4天。但他会几句英语，我还记得几句俄语，他又比我年轻得多，相互有个关照。我想，这是最佳的旅行组合了。

TY-154准点滑向跑道。这是2002年10月7日，中国国庆长假的最后一天。从北京飞西伯利亚的航班一周只有两次——周一和周五。

晚秋的一场寒风刚刚吹过，阳光很好。比起当年第一次乘飞机进西藏，我倒是很平静。

“空姐”出现了，端着糖果盘子，让乘客自取。这是俄罗斯航班的规矩了。我之所以给空姐加上引号，因为那两位十分富态的航空服务员只能称她们为大婶了。据老马介绍，俄罗斯因为长期的计划经济，职业也常常是终身制，别说是“空大婶”，连“空奶奶”都有。这不免让我吃惊，以至怀疑老马的话是否有小说之嫌。20多天后我乘坐了莫斯科—新西伯利亚航班，说那位空姐貌若天仙也不为过。可见我的怀疑对了，也可见俄罗斯航空还是区分热线和一般航线来安排乘务服务的，像北京—西伯利亚这条线，一周仅两班，乘客也总是稀稀拉拉，安排“空大妈”足可以了。

不过，“空婶”也罢，“空奶奶”也罢，她们送来的奶汁鱼、豌豆胡萝卜烩米饭和水果，还是被第一次出国的陕西老弟小吴接受了，这让我感到几分宽慰。

飞机正在飞越蒙古高原，翼下白茫茫一片。也就是说，从蒙古高原到西伯利亚，已经下过雪了。这雪意味着深秋的来临还是初冬的开始呢？

不知不觉中飞机已飞行了4个多小时。我们不由得贪婪地向翼下张望。

大地已离我们越来越近，根据我的经验，那黑色的一定是松林，那灰褐色的大概是桦树林或杨树林；那么，浅黄色的呈矩形的便是耕地，浅浅的蓝色便是湖沼了。它们都是一团一团，不规则的液体似的流淌在大地上。没有建筑物，看不见城市也看不见乡村。

哦！这就是西伯利亚了。

待见到一条孤零零的铁轨，一条孤零零的公路，也终于出现了些许建筑物，又有一条绿色的带子穿过，我想：这该是鄂毕河了，俄罗斯第三大城市新西伯利亚到了。

飞机在跑道上来来回回磨蹭了足有二十多分钟，停机坪上没几架飞机，这让我们等得不耐烦。就这么提着行李站在机舱过道里。服务员让俄罗斯人先下，而后才让我们这些外国人下。这规矩我在 1997 年去海参崴时就体验过，也就不奇怪了。

终于被允许下飞机了。跑道上劲吹来的风夹带着雪粒，让你先尝尝西伯利亚的滋味。

步行百米，便到了入境海关大楼。与其叫它大楼，不如叫它小楼。仅两层，面积也就一二百平米，三五十个人进去，还显得空空荡荡。我想，选择从西伯利亚进入俄罗斯的外国人，除开几个做买卖的中国人，就是我这样的疯子了。

我们的出境手续比想象的要顺利。此前老马曾告诫我们，俄罗斯海关效率特慢，过关等上两个小时是家常便饭的事。或许是今天人少的缘故吧。唯一要填写的是带进俄罗斯的外币数目，这跟中国海关十几二十几年前差不多。再就是邀请函的复印件千万不能忘，否则你会被原机返回。

老马已在栏杆那一头向我们摆手，看来，西伯利亚之行的第一步还算顺利。

正是中午，阳光和空气都那么纯净。原来新西伯利亚和北京也就 1 个小时时差。

雪后的风刮在脸上，不由得让我早早地取出了羽绒衣。

车就等在楼外，没有几步路。老马的一位朋友萨沙开一辆丰田小面包来接我们。老马介绍说，萨沙当过俄罗斯的特种兵，在中亚服役过几年，如今复员了。我顿时有一种安全感。在北京时老马就跟我吹，要派特种兵来陪我，果然不假。萨沙还能说几句汉语——也就是几句，那是跟老马学的。

从机场进城没有高速也不需要高速。已经坑坑洼洼的沥青路上，往来车辆也不多。路边是空旷的田野，偶有几座圆木垒起的盖着水泥瓦或石棉瓦的俄罗斯乡村式小屋。路边虽没有通常整齐排列的行道树，却时见一片一片白桦树和小叶杨。这里肯定已经过了好几场风雪了，但满树金黄依然，美丽依然，给人一种丰富和顽强的感觉。这片黑土地上生长的秋天，尽管短暂，也不是那么容易被几场风雪征服的。偶尔有几片刚刚掉落的白桦叶、黑桦叶和杨树叶，它们如同金色的小精灵，在道路上打着旋，在阳光中打着旋，就像是专程来迎接我们，来为我们开道似的。

我坐在副驾驶座上，贪婪地呼吸着接近零污染的空气。萨沙的中国话可能比我的俄语还生，我还是用俄语同他交谈。他是地道的俄罗斯族，可出生在哈萨克斯坦。后来我才知道，其实在许多中亚国家，俄罗斯族的人口超过了别的民族。萨沙的头发金黄中带点褐色，蓄的胡子也是，这使他看上去像一匹独狼。他说他最爱的运动是拳击。

我忽然觉得在哪里见过他似的。对了，他简直就是德国队的守门员卡恩的翻版。

有“卡恩”给我开车给我守门，我的心情也像这正午的阳光！

二、我的西伯利亚家

红色大街91号1层，这就是我在未来一个月里的家了。车过鄂毕河桥，就进入了新西伯利亚的市中心。一条长长的红色大街横贯城市，街面上车流如潮，街下边便是地铁。俄罗斯城市的道路还继续沿用苏联计划经济时代的路名，每个城市都有列宁大街、十月大街、红色大街……每个城市都有列宁广场、十月广场、红色广场、马克思广场……每个城市还都有加加林站、普希金路等。难怪有一部苏联电影讲一个人和朋友一起喝醉了酒，乘错了飞机，本来该去莫斯科的去了列宁格勒，那儿也有他要去的街，计划经济时代盖的楼也都一样，出租车拉着他懵懵懂懂地回他的某街某号的“家”，恰好钥匙也能打开，恰好房间的布局都大同小异，于是他就躺到了一位陌生女士的床上休息，于是演绎出一场爱情喜剧来。倘若你没有到过俄罗斯，还真体会不到这出喜剧的真实和趣味。

这是一栋像北京六七十年代盖的4层的火柴盒式板块楼。附近的居民楼大体也都是这样。砖体的外墙没有油漆，因此这楼已经显得相当陈旧。

进入单元的大门倒是漆过的，那种我们曾经熟悉的深绿色。厚厚的铁皮门，开来关去哐哐作响。紧接着第二道是咖啡色的厚厚的木门，在这里就能看到各种采暖的管线了。每个门洞，每一层都是三户，跟北京那年代的板楼一样。再进老马租住的那一套，又是两道门：第一道是裹着皮革和棉层的木门，第二道是铁门。

如此这般下来，西伯利亚再冷的风雪也被挡在外边了。我刚踏进屋，还没有换鞋，就迫不及待地脱去了羽绒衣，甚至连毛衣都穿不住，一件衬衣足矣！这就是西伯利亚啊，老马说，再冷的冬天也是这样。

我打量这套单元房：两居室，没有厅。过道也就2平米，放一部电话，底下几双鞋，也就是它了。房间和厨房都是朝南的，这让我很满意。跟北京那年代板楼不同的是厨房和厕所都还算宽敞，厨房里有3个现成的电炉灶，厕所里有现成的搪瓷浴缸。24小时都有热水，而且一拧开水就是烫的。这让我们感慨前苏联对基础设施的重视，这已经是40年前的老楼了啊！

老马带我和小吴先熟悉周边的环境。我们的住处正好在城市中心。我们处的位置便是加加林站，从楼门口到地铁加加林斯卡娅站也就四五十米，下一个台阶就到。沿着大街，也就是沿着地铁线往南，就是红色大街站、列宁广场站、十月大街站，再往前就是鄂毕河码头；地铁从那儿上地面，过鄂毕河桥，到大学生站，马克思广场站，那儿是新西伯利亚的新城区。其实说新，也是二战以后建的，有三四十年以上的历史了。

早晨十点钟的红色大街

如果从我们住处往北，很快就是地铁北端的终点站——中国人称它兔子广场，直译的话，应该叫田野广场或绿色广场。

倘若从兔子广场再往北，街面明显小了，也没有什么商店，只有公交车一直通向新西伯利亚的另一个机场。这是一个小的国内机场，停的是小飞机，主要是飞往东西伯利亚的雅库次克、克拉斯诺雅尔斯克以及北极圈内的一些小城镇。我们入境的机场是南边的国际机场，主要飞往欧洲、远东和中亚一些独联体国家，停的都是大型飞机。

我明白了我所在的位置，我跟老马说：你放心，我不会迷路了，也饿不死了。新西伯利亚城区有160多万人口，找到列宁广场或者加加林站，就找到家了。一出楼门就有两个居民区内卖面包和杂货的小亭子，一下台阶往右一拐就有一个小超市，而穿过地铁，马路对面是一排大的百货商场，从食品水果饮料到香水电器玩具服装一应俱全，当然品种不会有中国那么丰富，但对我这样生活简单、从不挑挑拣拣的大老爷们，是绰绰有余的了。

站在加加林地铁站口的人行道上，站在通往“家”里的已经被几十年雨雪侵蚀得可以的台阶上，望着那些尽管粘着黑土地的颗粒，尽管坑坑洼洼时不时补缀着沥青，但总体还算干净整洁的街面，望着那些错落有致的旧的板块式建筑，掩映在秋日散淡的阳光和正从金黄向褐黄色过渡的杨树叶间。如果不是那些俄语书写的广告牌，如果不是那些脚步匆匆的高跟靴和早早戴上的各色滑雪帽，如果不是帽下那些褐色或蓝色的眼睛和高高的鼻梁，如果不是远处有一栋造型比较别致、顶部呈三角形的新楼——“贵族商店”，你准以为那是三十年前的某个中国城市。

我知道，新西伯利亚这座城市是19世纪下半叶沙俄修建从乌拉尔到远东的西伯利亚大铁路时逐渐形成的，它在反法西斯战争前后得到长足的发展，才有今天的规模，才成为人口仅次于莫斯科、彼得堡的俄罗斯第三大城市。

但是，它怎么看都像一个穿得干干净净但礼服上打着许多补丁的没落贵族。我的第一印象怎么也排除不了。

列宁广场上的巨型雕塑

该回到我的家里休息了。暖融融的房间，虽然旧，但没有尘土的墙纸，木地板上的塑料地板，都显示着这栋楼的历史和年龄。房间内的家具也是一样：虽然俄罗斯盛产木材，桌椅衣橱还都是用的合成板，不像我国森林已匮乏到了不准采伐而人们却在拼命追求纯木质纯天然的家庭装修。这究竟是俄罗斯人的落伍还是我们的奢华与破坏呢？

我的窗外树枝摇曳，那树仅一两人高，一簇簇地，又不像乔木又不像灌木，还居然是阔叶的，那叶片有点像桑叶，而且至今半是绿色半是金黄。真是难得啊！这可是西伯利亚的深秋啊！此时此刻，它给我带来生命的感觉，给我的快乐也真是一言难尽。

我问老马：这树叫什么名？老马说他也不知道它的学名，他们黑龙江边的老家也有，老家人叫它“刀把子树”。

“刀把子树？”我大惑不解。

三、尤拉、丹妮娅和尤里亚

老马不止一次跟我吹过，他在俄罗斯有一帮很“铁”的朋友甚至是“铁哥儿们”。果不其然，第二天开始就出场了。

我们还正在吃早饭时尤拉就到了，进得门来，脱下一顶“列宁帽”，脱下黄褐色的短棉大衣，就进老马那间大一点的屋子，自己从柜子里搬出打字机，同老马说了一阵什么，就噼噼啪啪打起字来。

我有些纳闷：老马，他吃过早饭了吗，你不问问？

老马说：不用管他。俄罗斯人朋友间也不一定要问吃没吃饭。

我打量起这位尤拉，这是一张十分憨厚的脸，年轻时肯定也很帅气；他中等个子，于今 50 岁上下了，越发有点“列宁”的味道了。

尤拉是来为老马打几份商业文件和邀请函，老马在俄罗斯闯荡了那么些年，口头交流基本不成问题，但形成文字毕竟不行。于是还得打电话，请翻译丹妮娅老太太来。丹妮娅就住附近，不一会就到了。老马既不用招呼喝水倒茶，也不用别的客套，只把情况、要求对丹妮娅说明，由丹妮娅转译过去，就妥了，下边的事就是尤拉一个人的了。

老马说：在俄罗斯，可以省去许多可有可无的礼节、客套，省去许多人际关系上的麻烦。

我若有所悟。乘丹妮娅已经没事，同她聊起天来。不过我还是按中国人的习惯，给这位年长的女士倒了一杯茶。

维利什卡雅·丹妮娅一袭绿色长呢外套，一顶她姐姐织的法式毛线帽，与她小巧玲珑的身材十分相配。她不紧不慢的步子，半转身看你的神情，那种优雅与高贵，会使你想起她年轻时一定是个袖珍小美人，还会使你想起一个人——什么人呢？对了，英国的伊丽莎白女王。

丹妮娅出生在哈尔滨，父亲是十月革命后到中国的“白俄”——这“白俄”于今看来是个很不准确的名词，因为他们之中其实什么阶层的人都有。你不赞成革命或者不参加红军，那么，非红即白，你就是“白俄”了。

据记载，当年到中国哈尔滨的白俄最多时达 26 万人，到上海的也有 10 来万人。当然包括一些北欧人和犹太人。他们中既有有钱的资本家，也有文化人、艺术家，还有小商小贩、仆人和流浪儿。他们带来了俄罗斯的音乐、芭蕾和话剧，也带来了红肠、面包和罗宋汤，还带来了他们的报纸、拳击和枪手。他们和中国人一样承受过日本鬼子的欺凌，他们中许多人同中国人结婚生子，也有部分人后来去了澳大利亚；当然，也有在街头流浪的艺术家，有一年冬天哈尔滨街头发现过冻死的大提琴手。但总而言之，中国人以他特殊的也是古老的宽容接纳了这些失去家园的异族人，并且同他们和睦相处了 40 多年。直到 1960 年前后，中国因为空前的饥荒，加上两国政治主张的分歧，把他们统统遣返回苏联了。对遣返的人，当时苏联方面还审查过，都是工农或劳动知识分子出身；如果是阶级敌人出身，对不起，到澳大利亚去！

其实对很多人来说，苏联，俄罗斯只是他们的祖居国，哈尔滨已经是他们的故乡、童年，甚至是青年。丹妮娅就是1926年出生在哈尔滨的，1953年毕业于哈尔滨工业大学。她被分配到著名的秋林公司工作，但不久，她被遣返回她父母的祖国，却不是故乡。同期回国的有她6个同学，大家都不敢讲汉语。

原来当中国“以阶级斗争为纲”的时候，苏联实际上也是阶级斗争第一。中国人把这些“白俄”或“白俄的狗崽子”看作苏修“特嫌”，苏联当局则也怀疑这些长居中国的同胞。原本他们绝大多数家乡在莫斯科、彼得堡或者附近，于今却不准他们返回苏联的欧洲部分，而是绝大部分安置在中亚和西伯利亚。他们想去莫斯科或其他欧洲城市，必须要写申请，得到安全部门的批准。

就这样，丹妮娅被分配到了吉尔吉斯共和国的首府比什凯克。比起哈尔滨，比什凯克自然是座小城了。幸亏丹妮娅钢琴弹得好，于是让她在一所学校教音乐。直到十几年后，她才到新西伯利亚这样的大城市，能在专门的音乐学校教钢琴。她的不少学生如今已是新西伯利亚音乐界的名人。

丹妮娅退休了，退休金是不多的。可她赶上了中俄两国重新友好的年代。俄罗斯人们日常用品的匮乏给了中国商人们、倒爷们以前所未有的商机。而在西伯利亚，找不到几个俄语翻译。丹妮娅恰恰没有忘记汉语，30多年40年了，她居然没忘。于是她成了中国商人们的“抢手货”。请她当翻译要预约，按小时计费：一小时10美元。

老马和她是老搭档、老主顾了。老马一个电话，她10分钟就到了。老马当然也要给她翻译费，但给法不一样。老马让她自己记，隔一个两个月自己报。这样老马很省心。

……不断有电话打来找老马。萨沙—卡恩也来了，不过直打盹，昨晚他带孩子，没睡好觉。两间屋顿时显得拥挤起来。小吴的时间最紧，老马要赶紧陪他去看存放水果的仓库。丹妮娅也有别的主顾——一个中国医生在等他。老马只好抱歉地对我说：麻烦你了杨作家，中午饭你自理了，还麻烦你招待一下尤拉。

尤拉目不斜视地打着他的文件，一个小时，两个小时，连头都不抬，连一口水都不喝。我真觉得他不光是劳动模范，简直是台机器了。只是当我于心不忍地用“热得快”给他送上一杯茶时，他才看你一秒钟——也就一秒钟，轻轻说一声：谢谢。

我不知该如何做一餐午饭来招待这位劳动模范。我翻遍厨房里的冰箱，只有几个小西红柿，两条黄瓜，一块熟肉，若干个鸡蛋。连面包都没有。可见老马在俄罗斯就像单身男人那样过日子，吃了上顿没下顿。

怎么办？我连哪儿换卢布都不知道。好在口袋里有北京带来的100卢布，就在楼门口的售货亭随便买了个面包。

电炉灶倒是很干净、很方便，可是那慢就别提了。烧一小锅水都得半小时以上，别说做饭炒菜了，再说也没有炒菜用的锅，老马上次回中国时本想“收摊”了，把炒菜锅、热水瓶、酱油之类全送了人。俄罗斯人是从不炒菜的，没有中国的圆底锅，只有煎鸡蛋的平底锅，要么就是煮肉煮饭的大锅。他们的正餐就是炖一锅肉汤里边加胡萝卜土豆之类，切几片生菜或者俄式的半生半熟的熏鱼就着面包黄油果酱就行了。想喝酸奶自取。

我灵机一动，有了！我不是带来了几袋榨菜吗？榨菜鸡蛋汤，用不着炖，水开了就行。熟肉、黄瓜、西红柿是现成的，各切一盘就行。

吃饭的时候，我发现尤拉还能接受我的榨菜鸡蛋汤，我不由得松了一口气。不过他最钟情的还是那几片西红柿，他用它醮一点盐，细细地品味着这天下美味的佳肴。

我说：你真是个优秀的共产党员！尤拉有些腼腆，似乎还有点脸红。他耸耸肩笑笑，没有说什么。

我早就从老马那里知道尤拉的过去。尤拉·米哈依洛维奇 40 岁时就是苏联阿尔泰边疆区区党委的组织部长了，苏联的区、州相当于中国的省，也就是说，尤拉这么年轻就是省委组织部长。用中国现时的说法，他是苏联共产党“第三梯队”的人物。可正当他前途看好的时候，苏联解体了，苏共也解体了。尤拉内心的痛苦和不平静，是可以想见的。尤拉当了类似中国“文革”期间的“逍遥派”，他早早地办了退休手续。退休金是不多的，像他这样的“高干”，也就是 3 000 来卢布，合人民币 800 元罢。

他给中国人打起工来。中国商人、“倒爷”大量涌进俄罗斯。为什么他对中国人情有独钟，他自己也说不清楚。或许是中国那里还有共产党在执政，还寄托着他的某种愿望。

尤拉工作起来一丝不苟，不迟到不早退。你让他乘出租车赶来，他肯定不干，他有公交月票，他要为你节约。如果你没有主动提出该付他报酬了，他决不会主动问你要钱。如果你要远行，把公司托付给他，那你就放心云游世界去罢，他不会拿你一针一线。谁说别的国家没有雷锋？我在新西伯利亚家里遇到的第一个人就是雷锋。

尤拉早先也上过一个中国“倒爷”的当：跟人家合作，把当初分给自己的一套房子都作为抵押。结果赔了，“倒爷”跑了，他的其中一间房子也被抵押了。好在他还有原先的一套。可敬或是憨态可掬的是他不同意大部分俄罗斯人的观点：中国人优秀的都去了西方，不优秀的才来了俄国。他不改初衷，仍然为中国人打工，仍然认为中国人百分之九十五是好的。

难怪老马打趣说，自己在西伯利亚依靠尤拉就跟共产党依靠产业工人和贫下中农似的。

又有人按门铃。进来的是一位高个子的精瘦精瘦的青年，一见我就伸出手来，握得我都有点疼，手劲儿可想而知。那握手的姿态怎么也似曾相识？对了——电视上的普京就是那种姿态。

“你是杨?”

“你是——”

“尤里亚——武术!”

我“哦——”了一声,也顾不得疼了,再同他握手。一说武术,我就知道他是老马的学生了,而且是老马忠实的武林弟子。老马早在80年代出任过黑龙江省武术馆馆长,1988年,一个十几人的苏联武术代表团自费到广州参加国际武术邀请赛,一则那时苏联已没什么钱,二则他们对中国情况一无所知,以致他们从广州返回哈尔滨之后已身无分文,不但没有钱住旅馆,连吃饭钱都没有了;更糟的是时已10月,他们以为中国很热,只带了单衣,而哈尔滨已经下雪了。也就是说,闹不好这些苏联武术的精英要饿死、冻死在哈尔滨了。那时中苏两党还没有恢复正常关系,黑龙江省体委起了恻隐之心:天下武林是一家嘛!于是指示老马出面,将苏联武术团安排在三星酒店,食宿全免,再就是送每人一件军大衣。老马还安排他们到馆里上了几天正宗的中国武术课,教他们几招,然后把他们送到绥芬河出境。

不用多说,这是救命之恩哪!也因此,老马的名字在苏联武术界几近神圣。第二年,老马率黑龙江武术团首访哈巴罗夫斯克市,市长亲自到站迎接,一排俄罗斯光头青年就跟少林弟子一般夹道欢迎来自中国的恩人。老马90年代初曾受聘于塔斯社,为他们编一个介绍中国文化的栏目。编稿之余,老马就在俄罗斯教武术,尤其是太极拳,是他的强项。那时在俄罗斯,一把龙泉宝剑可以换到一架幸福牌钢琴。老马在那里也收了一帮学生,这帮学生对“师道尊严”的恪守甚至比中国人还虔诚,大有“一日为师,终身为父”的劲头。还有许多人常常对着中国地图出神,计划着如何能去少林寺。

尤里亚就是老马这一时期的学生。我想,老马肯定早就向尤里亚说了有一个如此这般的中国朋友要来的消息。

我把尤里亚让进我的小屋,这样不会干扰另屋那位劳动模范的工作。尤里亚会几句中国话，我们就有一搭没一搭地，这句用汉语，另一句用俄语，攀谈起来。

尤里亚说他 47 岁了，这让我惊讶不已。因为一般来说，总是以肉食为主的欧美人显得老相，中国人的年龄在西方人看来常常是个谜。怎么这位尤里亚，老马的学生，看上去比他实际年龄要小 10 岁。

尤里亚在新西伯利亚开一个武术馆。他有过更好的机会，我是指挣钱的机会，他放弃了。他对中国武术的感情割舍不下，尽管武术自 80 年代末至 90 年代初随着电影《少林寺》在世界各国的播放也曾风靡俄罗斯，但近几年已不再吃香。倒是日本的柔道、空手道开始走红。日本人鬼得很，也在新西伯利亚开了柔道馆，借机结交、贿赂一些官员，慢慢地，日本的汽车、电器进来了。

尤里亚还是教他的中国武术，一周有三四个晚上去体育馆，刀、枪、剑、棍、拳都教，器件都是老马帮助从中国运来的。尤里亚有什么不明白的，常常到老马这儿讨教。偶尔，老马这位“祖师爷”也亲自去一下体育馆指点指点。所以，尤里亚开口闭口都是“马老师”。马老师有事，一个电话，尤里亚肯定放下别的事就来。

四、农贸市场与夜总会

我们的住处就算是城市中心了，但从住处往南一公里或者往北一公里都只有咖啡店没有饭店，有饭店也就是独一家肯德基式的快餐。老马说：列宁广场那儿有正宗的俄式大餐店，一顿饭没有两小时下不来，如果你有耐心的话。而且价格一般是中国的好几倍。

所以俄罗斯人很少在外用餐。地铁站、街道上，到处可见提着塑料大口袋的主妇们忙碌着穿梭着。

老马和小吴考察仓库回来了，还有一个老马的朋友——在上海一家公司的山东人老板老王。加上模范共产党员尤拉（尤里亚走了），需要解决5个人的晚饭了。

干脆去农贸市场采购，把明天的菜也买了。

坐一站地铁到红色大街，十字路口往左拐，步行一小站，200米吧，就是新西伯利亚市最大的农贸市场。老马说，这里的东西比一般超市便宜一半。

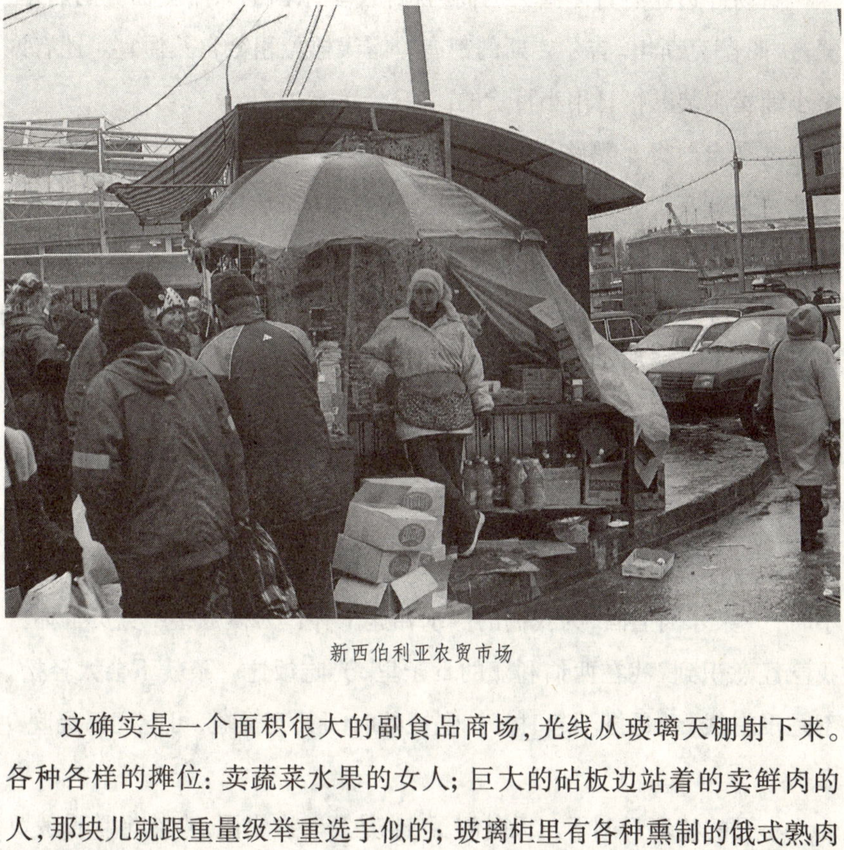

新西伯利亚农贸市场

这确实是一个面积很大的副食品商场，光线从玻璃天棚射下来。各种各样的摊位：卖蔬菜水果的女人；巨大的砧板边站着的卖鲜肉的人，那块儿就跟重量级举重选手似的；玻璃柜里有各种熏制的俄式熟肉和鱼段，还有各种蜂蜜、蜂王浆、果酱、奶制品。

我最关心的是蔬菜，除了香菜、芹菜，没有其他绿叶菜。俄罗斯人的看家菜就是土豆、洋白菜、洋葱、胡萝卜、西红柿、黄瓜这么几种。于今是深秋，西红柿、黄瓜已成鲜货，价格大概是中国的3~5倍，肉类和海鱼也价格不菲，而俄罗斯人的必备食品大蒜，更是论头卖，一头一卢布，一公斤没有三五十卢布下不来。唯一可以使你放心的是俄罗斯政府早就规定不准使用化学肥料，这些菜蔬个头也都不大，你根本不用担心化肥农药超标，也不用担心有注水的肉出售，这一点，俄罗斯人要比一些中国人诚实，他们还学不会造假。他们也从来没有在食品上标上"纯天然"之类的标记。

商场外边还有许多露天的简易摊位，卖东西的人中亚面孔的居多，蒙古、哈萨克斯坦、吉尔吉斯的都有。露天摊位租金自然便宜。还有许多小铺卖服装鞋帽日用小百货的。

老马自然轻车熟路，买上一只羊腿一堆羊脊骨，几个大青萝卜，今晚的主菜就有了。再来两斤生花生（没有中国的油炸花生），一堆土豆、几个西红柿、黄瓜，就齐了！我想，这就是西伯利亚地主资本家的生活了。在室外的鱼摊上，老马拨拉了几下说，这鲫鱼大了，不好吃了，买鲫鱼得上兔子广场那边。

我给自己买了一副44码的毡毛鞋垫，25卢布，约合人民币8元。

回到家，老马又打发我去加加林站旁的自选超市买几盒牛奶、酸奶，几瓶啤酒，还有面包。我想，这就是一次盛宴了。

老马一个人在厨房里折腾，三个电炉灶都打开，还是折腾了一两个小时，大家才倒上酒，为我们的萍水相逢干杯！为模范共产党员干杯！我已经意识到，我在西伯利亚的日子里，光吃饭这一条就不会太轻松。不是没有钱，而是搭不起时间。吃饭的时间其实很短，可吃完已经晚9点了。

小吴的签证只剩下三天时间了，他是第一次出国，自然想看看俄罗斯的夜生活。恰恰老马要等电话，于是只好找张纸条，上边用俄文写上要去的"龙宫"饭店的地址和回家的地址，以防我们几个迷路。好在尤拉答应陪我们去，有这个省委组织部长陪，当然就万无一失了。

于是我们4人出发，到马路对面拦出租车。全西伯利亚，甚至全俄罗斯都看不到多少顶上安着TAXI牌子的汽车。只要你招手，有车愿意在你跟前停下，它就是出租车。这样，车主不用向政府登记、交税。俄罗斯小汽车很便宜，拉达、日古利、莫斯科人，新车才合几千人民币一辆，同样价也可以买一辆进口的二手车。所以，说家家有车不过分，差别只在车的档次。俄罗斯人也很少有不会开车的，特别是男人、年轻人，他们的中学课程里就有汽车修理。

很快就有车在我们跟前停下，尤拉问明价钱，我们就往车上挤了。

先绕了一趟新西伯利亚车站饭店，王老板住那里，他要把部分东西撂在饭店，明天他就回国了。他来新西伯利亚也是老马办的邀请，主要是考察木材加工。

王老板和尤拉进了饭店，我们在外边等。出门时雨就淅淅沥沥下开了，这会儿似乎更来劲了。我抬头仰望，这饭店也就十一二层吧，因为周围没有高楼，竟有鹤立鸡群的感觉。可惜它除开楼顶上的大招牌，与普通的火柴盒没什么两样，足见它已经有年头了，是前苏联时代盖的。这饭店是新西伯利亚市可以接待外国人的三四家饭店之一。可门口几乎没有见到什么宾客，大堂里也见不到几个人影，除了三两保安和柜台上的女服务员。这似乎也可以看出，新西伯利亚的旅游业还没有起步。而且——这是我两天后才知道的，到俄罗斯来，除了大使馆领事馆的签证，进了俄罗斯住下来了还要有落地签证——比如你到了新西伯利亚，就只能住那三四家指定的饭店，饭店柜台同时会给你一张黄色的小纸条，写明你登记住宿的年月日，这就是落地签。否则，警察也会查你。如果你不住旅馆而是住朋友家，那么你必须直接到当地警察局办落地签。

——原来，老马还关照尤拉拿上我的护照和介绍信，顺便在这家饭店把我的落地签也办了——原来，模范共产党员忙着打字的文件中也有我的一份。

我和小吴在雨里等了足有半个小时，尤拉和王老板才出来。

尤拉把护照交到我手里，做了个要我好好保管的手势。身在异国，护照就是护身符。

还是那辆出租车，这回我们去“龙宫”了。我想，小吴可能等得不耐烦了。

“龙宫”在新西伯利亚市的边边上，反正是晚上，七拐八绕，到达一个偏僻的街区。四周没有什么住宅，也没有街灯。一栋两层、外观呈半圆形的建筑孤零零地竖在那里。几盏大红灯笼就是它最恰当的招牌。

10点多，真正的夜生活才拉开序幕。“龙宫”是一个浙江人开的，他来新西伯利亚闯荡了几年，同一个俄罗斯姑娘结了婚。“龙宫”门口已经停了三五辆车，说明已经有人来了。

门票50卢布1人，合人民币也就10来元。不贵。

门口除了两名保安，接待我们的是个浙江女子，她说：我们这里是很正规的。

上得楼来，整个舞厅面积不大。有那么十来张桌子，吧台也不算大。如果爆满也就是五六十个客人吧。中央是个不大的圆形舞池，有六七对跳舞便显得拥挤了。

已经有四五张桌子周围坐了客人，主要是年轻人，而且，姑娘比小伙子多，但不是陪舞的小姐，舞伴都是自己带——这大概是俄罗斯夜总会的特色了。据说有几处“不正规的”，我想，那就是纯色情服务了。

音响不算太好，也就是过得去。播放着根据俄罗斯民歌的旋律改编的迪斯科，这样既可以跳也可以唱。舞池边，一个身着白裙的姑娘，跟着节奏旁若无人地边歌边舞，连看的人都有些陶醉了。

换曲子之后，有几对年轻人进入舞池，融进那旷达悠远的乐声中。他们搂得很紧，跳得却很斯文，那种如醉如痴的感觉。

小吴有点耐不住寂寞，我鼓动他主动去邀请那些显然没有男伴的姑娘，中国的大学生嘛！该出手时就出手才对。

小吴果然表现不错，大大方方，人家也没有拒绝。

我鼓动尤拉也上去，他脸红红的，做了个不会的手势。这位前省委组织部长还真是正统得可以——后来老马说，尤拉还真是没怎么去过夜总会，不是不想去，是怕被他儿子看见了不好意思——这就好玩了。我说：怕是被老婆知道吧！俄罗斯男人也有“妻管严”。

烛光摇曳，一人一杯啤酒，既是消磨时间也是品味着今日俄罗斯。我忽然记起街头有好多专卖冰淇淋的小亭子，上额一律都是蓝色的大字。我想在西伯利亚吃一份冰淇淋一定别有风味。

服务生过来，听不懂我要什么。我问小吴“冰淇淋”英语叫什么，然后向服务生说，服务生不懂英语。我只好把冰淇淋说成牛奶加水果或巧克力，还做了个满满的堆起来的手势。这一下管用了，一份货真价实的俄罗斯冰淇淋端了上来，那味道比不上北京出售的意大利冰淇淋，但那甜那奶油确是很实惠的。

歌唱着，舞跳着。待到大家都跳迪斯科的时候，在小吴的撺动下，我也上去蹦了一会。我这年纪不适合跟年轻姑娘跳那种“零距离”的舞了。

回到桌子边气喘吁吁地坐下，尤拉很兴奋地向我做了个赞赏的手势。得到省委组织部长的夸奖，我有点得意。我要拉他上去，他依然摆摆手表示歉意。

午夜1点才是夜总会的高潮，因为有艳舞表演。“自助舞伴”们离开舞池之后，乐声变得热烈与狂放。舞女出场了，随着曲子一边跳，一边一件接一件甩掉衣服，最后把乳罩也甩掉，但剩下一条比基尼泳裤。舞池中不知什么时候竖起来了一根金属杆子，直达顶棚。舞女迅速地在杆子上爬上爬下，并做出各种动作，与杂技演员无异，间或还有滚翻之类的体操动作。灯光追着她的曲线，乐曲也追着她的曲线，把观众的情绪引向高潮。年轻人忘情地喊起来，这喊声本身就是一种剩余精力的宣泄。

前后有三个舞女轮番出场，动作大同小异。间或还带着绳子棍子之类，那就是裸体的艺术体操了。

与此同时，我忽然发现右上方吊挂着一台不大的电视机，它几乎是从我们进门以来一直在播中国浙江卫视台的“主旋律”电视连续剧，因为它的声音很小，被舞曲盖过，所以没有被人注意。

——这可是西伯利亚夜总会的一道意想不到的风景了！

舞女舞罢，在年轻人的欢呼声中走向观众。小吴座位紧靠舞池，又明显是“外国人”，裸着上身的舞女抱住他的脸就是一个吻。小吴毫无准备，竟不知所措。王老板是“老手”，他说：这是要给钱的，怎么也得100卢布。

舞女继续在观众中穿梭，忸怩作态，摸摸这个脸搂搂那个腰，懂规矩的人早准备了零钱往她比基尼中塞。舞女来到我们桌边，直取尤拉，尤拉尴尬着，脸跟刚刚喝了半斤伏特加似的。他边往后缩边指指王老板，于是舞女转向王老板。果然，王老板熟练地将一张100卢布的票子塞到她的比基尼里。

浙江卫视的电视连续剧还在播。

我提议：“差不多了吧！”因为直到凌晨5点，都是这样的“很正规”的节目了。我们没有年轻人的精力和需要。

“龙宫”门口停的车比我们来时多多了。保安为我们随便叫了一辆，四条汉子就往上挤。

已经2点钟了，雨还在下，四周漆黑一团。

但新西伯利亚很安全。老马说，他在这里快10年了，从未听说有抢劫出租车的事情。黑社会也是有的，但黑有黑道，且多有前克格勃背景。夜总会、赌场之类，就靠黑社会做保镖。如果你半夜三更从夜总会或赌场出来不安全，那还有谁敢去呢？老马曾跟一个西北来的老板打赌，问他敢不敢夜里三四点独自一人出门打车去另一个地方？那人说：我敢。老马说：那我就先认输了。

五、从列宁广场到鄂毕河码头

从地图上看，新西伯利亚市的主要去处都在地铁沿线。我自信，凭老马的几点指示，凭我那几句俄语，我可以带小吴出门。

雨从清晨起变成了雪，这使空气格外清新。飞飞扬扬的雪一落地就化了，没有化的粘在绿中透出金黄的叶片上，那也是一则童话般的风景。

街上一半人打着雨伞。我和小吴想必都受够了中国北方的沙尘，就这么走着，大口呼吸湿润的空气，真是难得的享受！

小吴还刚30岁。他在西南财大学的营销，1994年毕业后分配到碑林街道办公室，干什么呢？接接电话，喝喝茶，看看报。当然也有别的事，他当团委书记。当然他还得经常去查锅炉达没达标。他眼巴巴望着那些老公务员，就那么过了一辈子。

于是小吴不要那铁饭碗了，他下海了。他到西安杨林开发区一家农业高科技公司当了副经理，同我这回出访俄罗斯的身份一模一样。只是他是真的，我是假的。不过我看，他气质上还是个学生。

走在初冬的暴风雪中

我们迎着飘雪步行，大街中央的隔离带上，清洁工人们正在雪中打扫落叶。他们的工作棉衣匝着竖的道道，很像当年大庆石油工人王铁人穿的那一种样式。

就这么走着,感受着西伯利亚。我们以为列宁广场不远,却忽略了地铁的一站是很长很长的。为保险计,我还是问了迎面一位带小孩的妇女。她说:不远了,再往前就是了。谢过这位妇女,我们干脆从红色广场站下地铁,只一站就上地面,果然,偌大的列宁广场尽收眼中。

巨大的列宁石雕像依然威严无比,旁边是持枪的工人和战士的雕像。它们的背后是圆顶的歌剧院,剧院两旁是公园。公园的草地水洗过似的绿,哪里像是西伯利亚的初冬。

而广场的马路对面,也就是城市中心公园,进到里边,它一下子就把街道上车水马龙的喧嚣隔开了。金黄的树上挂着红色的山楂,或是别的什么浆果。步行的小道上,有工人正在撬那些旧的沥青路面,看来是准备重新铺设路面。公园口,是一排很气派的橱窗,橱窗里陈列着十几二十名苏联英雄的照片。这些照片下没有生卒年月,也无事迹介绍。但从衣着看,他们无疑是卫国战争时期新西伯利亚地区的军人。

于是我想,尽管近旁政府办公楼顶的旗帜早已由镰刀斧头的红旗换成了白蓝红三色旗,但在俄罗斯人心中,60年前的这一段历史,依然是很神圣的。

看得出来,第一次出国的小吴也受了感动。他没有多说,只让我多给他拍了几张照片。

我们下地铁,准备去鄂毕河码头。地铁口的过道里是一排排卖小百货小商品的个体摊位,品种虽远比不上中国,但基本的必需品也都有了。可见南风北渐,市场经济这根魔杖也点到了遥远的西伯利亚。其中卖鲜花的摊位好几个,以后在其他站口看到的也差不多。俄罗斯人对鲜花看得很重,串门送一束花,最高雅,主人也是最高兴的。

地铁口有拉手风琴的行乞者。再往前走,靠墙站着一位姑娘,清秀、端庄又孤独。我听出她在唱——

年轻姑娘送战士

出征沙场去

黑夜里告别在那

小小台阶上

她唱得很美，有几分忧伤。想必她有忧伤的事情。我站住了，一阵激动。我太熟悉这支苏联卫国战争时代的著名歌曲了。50年代、60年代，在中国的大学校园里，政府机关里，甚至是军营里，这支圆舞曲伴随过多少人的脚步，给过多少人快乐和遐想啊。

于今眼前的这位姑娘，以这支歌来乞讨，我心里顿时有点酸溜溜的。说实在，我真想站在她身旁同她一起唱。其实那歌只是很深情，并不悲伤。

我默默地掏出两枚硬币，放进她脚旁的铁盒里。不远处，一位妇女牵着一个孩子，妇女的胸前挂着一块牌子，上边写着一行文字。不用猜就是因为什么困难而来行乞的。小吴掏出两枚硬币放到她手中，妇女口中喃喃着，不断画着十字。

到鄂毕河码头要好多站，不过乘地铁也就十来分钟。鄂毕河码头是个城乡结合部的大站，也是新西伯利亚很大一个客货集散地。地铁进出口处，人群熙来攘往，各类货摊也应有尽有。日用百货中中国货比重极大，天冷了，我正好为自己买副手套。

这河码头在夏天还是新西伯利亚人消暑的一个主要去处。码头上停泊着游船，现在当然是闲在那里。河滩边一排排彩色的木板房，那是为游泳者更衣准备的。还有一座座小商亭，如今都关着窗门，可以想见它们夏天卖饮料、卖冰淇淋、卖面包烤肠时的火爆。

河面相当宽阔，这还是鄂毕河的上游，这还是枯水季节，足见新西伯利亚水源之丰沛。已经是下午了，阳光正斜照着对岸，对岸的桦树林杨树林连绵不绝，就好像长长的一条金色的絮带。铁路桥和公路桥分别从这岸跨向对岸，隐没在金色的絮带之中。

再回望我们在的河岸，沙滩、木板房上边是一长条江边公园，草地、石子铺的小路，还有一丛丛树木。江边的风很冷，江边的树木落叶也早些，小路上、草地上，旋转着这些不甘心的小叶片。它们不久就会融入寒冷的黑土地，但明年又将是一个个绿色的生命。还没有怎么落叶的，这一株是金色的，那一株是黄色的，另一株还是绿色的。生命的多样性在小小的范围都能体现出来。

新西伯利亚市中心公园，这才叫幽静

我注意到这里的野山楂，果实明显的大。一小串、一小串红灯笼似的。

有两个五六年级的学生不知为什么来河边玩耍。我想小吴第一次出国，或许还没有跟金发碧眼的洋娃娃合过影。我招呼他们过来，向他们介绍小吴：他是中国来的工程师。而我是一个作家。我不会“经济师”这个词，只好用“工程师”来代了。

“工程师”？两个男孩子对“工程师”表示出惊讶或许还有崇拜，很高兴地和小吴合影。

晚饭后我们再次上街。加加林马路对面是一长溜食品和百货店，从加加林往北有西伯利亚银行，有儿童用品商店——那顶上一行巨大的标语：一切为了孩子，就是商店的招牌；再往北有服装店和鞋店、书店，但餐厅只有一家："纽约比萨饼"——这是我们两天来见到的唯一一家餐馆。俄罗斯第三大城，又是市中心，餐饮业似乎还没有起步。难怪老马说：中国人到俄罗斯来开个餐馆，只要稍稍勤快些，只要有几样菜，烤个鸭烧个鱼，没有不发财的。俄罗斯的鱼、尤其是河鱼，比中国要便宜。伊尔库茨克一个中国人开了一家"土豆餐厅"——俄罗斯有的是土豆——能把土豆做出四个花样，就发了财。

小吴在逛街的时候也表现出他的敬业精神：凡遇到卖水果的摊位，必定上前看看各种品种的价格并把它们记在本子上。比如这里的苹果，一般要60多卢布1公斤，合人民币20元；而橘子最贵，要90~120卢布1公斤，合人民币30多元。

第一次出国，总得给老婆孩子带点礼物；在公司里小吴也算是大人物了，给下属们、特别是女士小姐们也得有所表示。小吴问我买什么好？我说：除了给孩子买玩具——那玩具可能就是中国货，别的人一概送一瓶法国香水——在俄罗斯香水不归入高档消费品，而是日常必需品，进口税很少。

六、在西伯利亚农业科学院

忽而雨雪霏霏，忽而拨云见日，阳光在白桦林梢上铺了一层金箔。

我这个假经理陪小吴这个真经理去西伯利亚农业科学院。今天开车的是老马的另一个“铁哥儿”米沙。米沙是一个武术爱好者兼摄影专家，在美术、摄影、音乐上都有一定造诣，在新西伯利亚开过个人摄影展。米沙同时是一个社会活动家，在新西伯利亚方方面面都有他的朋友，都“玩得转”。比起忠厚的尤里亚，米沙更活跃，更显得壮实，脸膛红红的，雨雪天进门出门也是一件棉背心而已。

我们去见农业科学院院长。说起来这是件很惭愧的事。本来，老马与小吴所在的这家农业高科技公司老总约定，5 月 1 日请该农业科学院院长彼得·冈察洛维奇和另一位研究耐旱作物的院士到陕西考察和讲学，冈察洛维奇办好了手续，向俄罗斯科学院请准了假，可西北这边变卦了，说是五一长假，省领导没有人出来接待，于是往后拖；待到公司老总 7 月份去西伯利亚，约好了同冈察洛夫会见的时间，临了中方又变卦；再约时间，人家已去度假了；副经理小吴原定是看仓库那天去科学院的，路上耽误了又让人家白等。俄罗斯人是很讲信用的，说了，人家就当真事来办。你一而再，再而三变卦，人家当然不高兴，何况人家是苏联和俄罗斯科学院双重院士，地位极高的。

这样重要的会见自然需要翻译，老马把丹尼娅搬来了。

农业科学院离城 15 公里，占地面积极大，建筑群周围林木葱茏。离它不远就是著名的新西伯利亚科学城，中国的领导人从江泽民起，许多人都来参观过。

尽管我们这方面几次变更时间，彼得·冈察洛夫还是表现出诚意，以茶、伏特加、威士忌、水果和点心招待我们。

冈察洛夫个子不高，头发几乎全白。他正襟危坐，不苟言笑，也没有客套。或许，中方的失信还使他隐隐不快。

我想小吴并没有什么“外事工作”的经验，但凭着他当过团委书记，他还是巧妙地避开了他们老总造成的尴尬，直奔主题，邀请院长访问西安，并就耐旱作物这一课题给予帮助。邀请信的事老马已作安排，10 天后北京有朋友来西伯利亚，直接带来。为了照顾院长，邀请米沙与他同行。

冈察洛夫在笔记本上记着。然后也直奔主题，表示耐旱作物不是自己的专长，自己是搞饲料的。可请另一位院士去。

小吴当机立断，表示欢迎，并请马上准备那位院士的简历，以便日内就发邀请函。

就这么痛快！其实人家要的也就是守信和痛快。

我这个假经理实在是插不上嘴。直到现在，我连他们“农业高科技公司”究竟是以搞开发、贸易为主还是房地产为主都不知道呢！

喝酒！干杯！俄罗斯人的强项拿出来了。小吴也不示弱。不过冈察洛夫院长还是保持着几分矜持。也难怪他，这一会你们还算不算数呢？

干杯之后，冈察洛夫安排我们参观他的“领地”。另一位院士谢尔盖伊·马尔采夫以及两位女秘书也一起陪同。

从院长办公室出来，进到一个又宽又长的走廊。那走廊几乎望不到尽头，雨天晦暗的光线从玻璃窗中透进，更显出它的幽深。就像是一条时间隧道。我问马尔采夫院士，他说有300米长。而这300米内，像梳子一样等距离地连接着7座四五层的科研楼，每座楼都是一个两个科研所，比如畜牧、饲料、植物、病虫害、林业等等。楼与楼间植满高大的常青树。附近还有配楼，专门的餐厅、供电供暖供水供气等设施楼。办公条件之优越是可以想见的。西伯利亚农业科学院的研究人员有500名之多。而离此不远，是成弧形的小高层的建筑群，马尔采夫说，那里是住宅区，也就是家属和服务区，共住着18 000人。

我不免惊讶：也就是说，光是农业科学院，就构成了一个独立的小城市。尽管现在看来，装饰上已显陈旧，但它的气派还在，它的科研条件也可以想见，那可是苏联的鼎盛时代啊！

我还知道，离新西伯利亚市30公里处，有更大的科学城。那里光科研人员就有20 000人，整个城市30万人，那可真是西伯利亚的城外之城了。它始建于1969年，也即中国“文化大革命”“伟大胜利”的那一年。

足足走了300米，冈察洛夫院长带我们参观农业科学院的陈列馆。这样对他们的机构、工作、直至成果都一目了然。丹妮娅给小吴做翻译的时候，我这个假经理就跟马尔采夫院士和女秘书闲聊。我自我介绍：我一边给（小吴）他们公司做工作，一边写些诗歌和小说。马尔采夫觉得很新奇。我还介绍：40年前我学过俄语，不过很少说；我还说我很喜欢俄罗斯民歌，女秘书一听很兴奋，竟同我一起哼起了伊萨柯夫斯基的《有谁知道他》。

我们接着又参观不大的西伯利亚民居展厅，那里有100年前的织布机，还有巨大的喝“克瓦斯”的玻璃瓶。按理说这些该放在什么博物馆里的。临了，就坐在展厅一张很老很老的长条桌边喝咖啡。刚喝两口，女秘书提议我唱个歌。我略加思索，就直接用俄语唱起来——

暮色轻轻荡漾在黄昏的水面上

所有的人都和着我开始往下唱。马尔采夫的声音浑厚，女秘书的声音清亮。可能小吴除外，他不是这年龄段的。

暮色中的工厂已发出闪光

我注意到坐在我对面的冈察洛夫也进入了角色，边唱边若有所思。我干脆用第二声部接着唱——

列车飞快地奔驰
车厢的灯火辉煌
山楂树下两青年
在把我盼望
啊，茂密的山楂树呀

白花满树开放

啊，你山楂树呀

为何要悲伤

所有的人都在唱。两个国家的人，两个声部，从来没有排练过，居然这样和谐。曲尽，似乎没有人带头，所有的人同时鼓起掌来。掌声完毕又都沉默了，似乎在期待什么。我想，是期待院长作这次会见的“总结”吧。

果然，冈察洛夫院长嗫嚅了几秒钟，显出有几分动情——学者式的动情，可他的“总结”只有一句话，让我记一辈子的一句话：“我们唱的是一段历史！”

冈察洛夫、马尔采夫和女秘书送我们到院子门口，米沙的车停在那里。外面的雨越下越大了。

我想，农业科学院的事情成了，陕西方面也决不会再失信了。

回来的路上小吴说：多亏你一支歌，把气氛转了过来。

七、连松鼠也能得奥运奖牌

小吴是乘凌晨的新西伯利亚航空班机回中国的。王老板也走了。这样，老马只要陪我这一个客人就行了，我们可以悠哉悠哉地享受西伯利亚的初冬了。

老马说：我带你去城市公园吧。

我说：新西伯利亚本来就在森林包围之中，你说的城市公园，不会像列宁广场对面的那个吧？

老马说：到了你就知道了。

雨雪之后的空气格外清新和湿润，我们干脆溜溜达达，先到“兔子广场”，从那儿乘一辆无轨，只四小站地，就到了。

马路对面就是。郁郁葱葱的林木使得原本阴沉的天更加晦暗。看来公园有许多出入口，没有栅栏，也都无人看管。我们进的是正面的入口，因为它有一座无名烈士纪念碑，两旁还有两尊榴弹炮。碑前是一束尚未枯萎的鲜花。这就是说，一两天前有年轻人来这儿举行过婚礼。俄罗斯人一直保持着苏联时代的习惯：婚礼必不可少的程序之一是向烈士纪念碑献花。

我们顺着仅1米宽的小径再往里进，看不到花坛、草坪，更没有喷水池一类人工的痕迹，可以说就是原始森林。密密匝匝的松树、白桦、黑桦还有老马说的“刀把子树”的家族们，挤挤攘攘地相拥在一起，即使走在林间辟出的可以走车的道路上，也难得见到天空。

几乎没什么行人。静谧得可以听到树叶落地的声音。路边的落叶铺了一层又一层，它们渐渐地由金黄变成深褐色，然后和雪一起融进黑土。新的黄叶又会铺上去，而树上那些最坚强的叶子，在自己凋零之前，还会显现辉煌的红色。路边时有薄薄的雪，雪花下的草肥大而且碧绿。据说隆冬的雪可以深达1米，但待到第二年雪化，草居然已长到半人高。

如果说我们住的地方空气质量是优，这里肯定是零污染。可以想象人在零污染中该是怎样平和的心境。

冬天的雪一定会将这些小径和大路统统覆盖。那时它们就是现成的滑雪场。

一只松鼠在小径旁蹿来蹿去。我从未见过如此肥硕又如此轻捷的松鼠。俄罗斯人从不伤害小动物，这些小动物有享用不尽的自由和美味。我忽然想：这只松鼠到奥运会上肯定能拿奖牌。在有些树干上，你还能看到钉着彩色的小木箱，留出圆形的孔。那是人们给鸟儿做的。幼儿园的老师会带着孩子，让带着小木箱扛着梯子的工人走在前面。

老师会对孩子们说：我们都有家，也要给小鸟们造一所房子，让小鸟们也有家——俄罗斯人的环境意识、保护动物的意识，就是从小养成的。

我们漫无目的。这所谓“城市公园”，其实是城市中心的一座原始森林，一片林海雪原，面积几近10个平方公里。想想我们大城市的“氧吧”，该是多么可怜啊！

两个小时中我们只遇到了零星的行人，有脚步匆匆穿过公园的，有推着婴儿车散步的。也就三五人。设想一下，把这座公园搬到北京，搬到上海，该是何等伟大的壮举！

不过临近斜对面的出口（我实在已辨不清方向），我们还是见到一群放学的学生在打雪仗。有男有女，都十二三岁。这样年龄的学生性别阵线非常分明，男的在路左边，女的在路右边。他们朝对方讥讽着什么，窃笑着什么，扔着雪团又保留着什么。我忽然觉得好笑，这或许是他们最后的性别之战了，明年或者后年，他们一个个情窦初开，那就绝对不是这样的阵容了。

出口的地方，也是有轨电车的拐弯处。果然有一所10年制学校，学生已经放学。学校门口有一条标语：教育的目的是让孩子们记住自己美好的童年。一些男孩子正在街边奔跑追逐，发泄着他们剩余的青春的精力，其速度之快捷令我这样的人嫉妒不已。我想，奥运会的冠军、诺贝尔奖的得主，就是从这些玩耍奔跑的孩子中产生的。俄罗斯的学校，似乎更重视孩子的体育和情商，不像我们的学校，往往只看分数。如果从十月革命算起，80多年，10个诺贝尔奖，其中自然科学5个，文学5个。我们从1949年算起50多年了，我们出了几个？我们能否反思一下我们的教育制度和教育思想呢？

我也突然发现，来西伯利亚5天了，天天在外边跑，地铁、公交车坐了许多来回，市场、商店也逛了许多回，竟然只见过一个戴眼镜的女孩。再想想北京的学校，凡是好一点的，小学毕业60%的孩子就戴上了眼镜，到中学就更不用说，一个班级没有几个孩子不是“四只眼”。

地铁站旁总是有冰淇淋店

电车拐弯处有一座教堂，半圆的顶呈银灰色。教堂的一角还在修，露着破旧的墙。老马说：这可是俄罗斯不如中国的地方了，他当初来新西伯利亚时这座教堂就开始修，10 年过去了，还没有修完。在新西伯利亚、在全俄罗斯，这样的“胡子工程”比比皆是，俄罗斯的工作效率可真是不怎么样！什么叫“磨洋工”？看了这个就不用解释了。

回“兔子广场”我们坐的是汽车。这辆公共汽车可是有年头了，外壳似乎是用铁锤敲出来的。车内的座椅、铁管扶手，焊接点也都露着。我想莫非是我们大跃进年代的产物。不过车内倒是很干净，旧归旧。而且，座位下都安装着暖气管。你在外边再冷，车上也是春天。这样的车票价是 5 卢布，地铁也是 5 卢布。新型的公共汽车票价才 6 卢布，合人民币 1 元几毛钱。莫斯科地铁最贵，也才 7 卢布，人民币 2 元。至于 24 小时供热的暖气、热水，电费，那就更便宜。像老马这样标准的两居室，一个月大约 20 来元人民币足可以了。可见俄罗斯的基础设施还在，“社会主义”还在，凡是人民的基本生活所需，都有国家补贴。

坐公共汽车之前老马在一家半地下的不起眼的面包店买了第二天的面包。说老马是“西伯利亚油子”都不过分，他说这一家的面包烤得好，每天下午4点你来最好，早了晚了都不行。

八、抚摸自然也抚摸历史

我还是想再去科学城。不是农科院那个城，而是通常说的新西伯利亚大科学城。

尤里亚一大早开车陪我们，驱车30公里就到。当然也有公交车和轨道车从市区通往那里。

一条很宽又望不到头的沥青路，一侧是幽深莫测的红松林，一侧是零散的建筑物。我们先到松林里，那里的小道也都铺满一层又一层落叶，你可以想象出它厚厚的腐殖质，想象出西伯利亚黑土地的广大。今天本来就天色阴沉，林中就更晦暗无光。这座林子同市中心的原始森林一样，包裹着科学城。林中小路里有指示牌，行人尽管放心，不会迷路。如果愿意，你可以走小路采一天蘑菇，或者下班之后捡一篮子松子再回家。

或许是星期六的缘故，马路上几无车辆来往，公交车的站台上也只有三两个等候的人。可恶的雨又淅淅沥沥地下开了。

尤里亚把我们带到一栋五层的大楼前。从门口不大的牌子看，它可能是物理所。这会儿没有人进出，水泥地面上没有车辆。草地很宽，隔很远才有别的楼，也就是别的研究所。据老马说，新西伯利亚科学城内几乎无所不包，物理所、原子能所、材料所、化学所、激光所……几十个所。一座座楼之间距离极大，从这座楼看另一座楼，都有朦朦胧胧的感觉。反正西伯利亚有的是森林有的是地皮。科学城总共30万居民，可我们此刻站在大马路上了望：看不到几个行人也看不到几辆车，足见科学城占地之广了。

物理所旁的草地上有一尊基座很高的大理石雕像，尤里亚介绍：他就是科学城的创建人。我仔细地读着基座上刻的一行字：哦！他叫拉夫连基耶夫。

离开科学城，我们驱车去“大湖”，它也叫“鄂毕海”。就是一座大坝截断了鄂毕河形成的水库。站在坝上，浩淼无边的水面就在你脚下。从我国新疆阿尔泰地区发源的鄂毕河，穿过千余里原始森林带和森林草原带到达新西伯利亚，聚集了取之不尽的水源。我国的阿尔泰地区和紧邻的俄罗斯阿尔泰自治共和国、阿尔泰边疆区，长年雨雪充沛，源源不断地流向鄂毕河，流向北冰洋。它的流量远在黄河之上，而需要它养育的人口也就是黄河的几十分之一。鄂毕海的大坝建于卫国战争之后，它的水电站供应新西伯利亚市绰绰有余，以至你在百万人口的城市中见不到两三个烟囱。况且鄂毕河没听说有枯水的时候。因而新西伯利亚的大气环境质量恐怕都无需检测。

尤里亚把车就停在大坝陈旧的沥青路面上。没有多少来往的车辆。大坝不是浇筑的，而是土石堆筑的。坡度不大，几步就到了水边。湖滩上有许多乱石，以及不知被水浸泡了多少年的大树的残骸。老马说，这湖底本来是一片原始森林，修水库泡了就泡了。俄罗斯森林资源太多，也就不足惜了。

尤里亚的车从电站顶部经过。成群的鸥鸟正在水流狂泻腾起的雾中翔舞，在高压线架子边翔舞。那实在是一道最能养眼的风景。

绕过水电站回城走的是另一条道。这是一条从大森林中开出来的4车道国家公路。你就像穿行在一条墨绿色的隧道里。公路两旁巨人一般耸立着红松和白桦的家族，一眼望不到头。雨雪之后的松针还像春天那样发绿，桦叶也泛着金黄。而它们背后是幽幽的深不可测的黑森林。我感到自己是行走在峡谷之中。

这条路上车流还是不少。路边还有一个火车头博物馆，一长溜停放着从蒸气机到内燃机到电机各式各样的火车头。火车头本身就是一部历史，它也印证着新西伯利亚城市发展的历史。这博物馆是敞开的，我想我还有机会来慢悠悠地走一遍的。

中午过后，老马说：我带你去市立博物馆。

市立博物馆就在地铁红色广场站附近，散散步就到。这是一座老式的两层楼，再带一个地下层。博物馆的工作人员几乎全是老年妇女。

使我惊讶的是展厅的第一部分就是介绍西伯利亚原住民的照片。真正的原住民大概早在百年前就作古了，因为新西伯利亚的建市、开发仅是从19世纪下半叶，1860年之后沙俄为东扩修建西伯利亚大铁道开始的。那时没有留下原住民的照片，展览的介绍原住民形象和生活习俗的照片都是后来补拍的，而且大部分是彩色的。

我惊讶什么呢？我惊讶所有的原住民都长着一张方方扁扁的蒙古族的脸。

可以想见，当年成吉思汗黄皮肤的骑兵从贝加尔、从新疆直取乌拉尔，直捣中欧。沿途遍撒着他们的种子，特别是在几无人迹的西伯利亚，更是留下了他们开拓和创业的痕迹。那些射猎的弓弩箭镞，那些捕鱼的木舟绳网，那些征战的刀枪斧戟……展示着他们的强悍，表明着他们曾经是这片沃土上长达数百年的名副其实的统治者。

我惊讶的还有馆里陈列的巨大无比的古象牙，竟比我在国内见过的还大得多。这使我猜想西伯利亚是否有过漫长的非常温暖的历史，因为据我的知识，像这种庞然大物只能生活在暖温带、热带的雨林中。还有引人遐想的恐龙的化石。至于熊虎一类的标本，那就不稀罕了。

从浑沌世界走到成吉思汗走到沙俄时代。19世纪的织布机、镶满金属钉的盔甲、牛皮制的盾牌，笨重的秤砣、最早的自行车、缝纫机……一件件都是可以抚摸到的历史。抚摸历史能让人思索让人平静。

据我读到的一本名为《俄罗斯西伯利亚与远东》的书上介绍：“西伯利亚”这个地名最早出现在俄罗斯史籍上，是1407年，当然是远晚于成吉思汗那个年代。那时的“西伯利亚”，也仅指鄂毕河中游、额尔齐斯河下游一带，也就是今天的新西伯利亚附近。当时该地区有以古鞑靼人为主的封建小国——西伯利亚汗国——我怀疑是否是成吉思汗的一个支系，一个部落。“西伯利亚”在鞑靼语里意思是“首城”；蒙古语叫它“丛密”；或许又是俄语“北方”（CEBEP）的转音。中国的史书何时出现“西伯利亚”我懒得查考，但肯定早于14世纪。史书称它“失必”、“西比尔”、“西伯利”、“非索伦”——也即鲜卑遗民。鲜卑族族派繁衍，部落众多，分布在从鄂毕河直到贝加尔湖一带。

16世纪80年代俄罗斯向西伯利亚汗国进兵，840名骁勇的哥萨克骑兵，在头领叶尔马克率领下，兼并了西伯利亚汗国。手执弓箭长矛的土著不敌有火枪火炮支持的哥萨克骑兵。哥萨克的胜利刺激了俄罗斯的商人和猎人到东方去获取财富和皮毛。而这又反过来鼓励了好战的哥萨克。1639年，一队哥萨克到达了鄂霍次克海边。哥萨克们每占一地就建立城堡，从秋明到托木斯克到克拉斯诺雅尔斯克到贝加尔……这些城堡组成了攻防体系，推行东正教。这些城堡成为政治、经济、文化、宗教中心，这些城堡逐渐形成城市。于是在《帝俄大百科》中的西伯利亚，就是指俄在北亚的全部领土——从乌拉尔到太平洋、北冰洋。后来的苏联历史学家也沿用此概念。

沙皇采取了鼓励移民的措施：从强制征兵到“有过失的农奴”，以及流放犯人。西伯利亚成为“没有围墙的监狱”，仅次于死刑的一种处罚。这样就使得西伯利亚人口激增。17世纪末，西伯利亚人口仅30万，19世纪中期已达269万，19世纪末更达579万。彼得大帝时代即提出要从西伯利亚去寻找美洲，他的继承者居然找到了。以东西伯利亚总督穆拉维约夫向黑龙江流域扩张为起点，以1891年修建西伯利亚大铁路为起点，西伯利亚更开始了一个大开拓、大移民的世纪。

……然而我的惊讶，我的好奇还没有结束。在展馆的最后部分，是十月革命后的文物。保尔·柯察金式的军衣和尖顶、缀着红五星的军帽十分醒目，那个年代的宣传画、标语、旗帜，甚至列宁、斯大林的半身塑像及画像也赫然在目，并没有被“请出去”。

大选之前的游行

我不由得想起昨天冈察洛夫院长的话。

我轻轻地来到了博物馆又轻轻地离开。俄罗斯人民对历史的尊重让我不会忘怀，让我有抚摸它的机会。

九、依拉老太太

依然是绵绵不绝的冷雨。有一部苏联小说叫《多雪的冬天》，这冷雨就是冬天的前奏。

从兔子广场往新西伯利亚国内机场方向坐四站公交车，那里是几栋四五十年代盖的旧楼。我和老马踏着落叶，顶着雨，穿过坑坑洼洼的几十米街区小路，进到楼里。楼旧归旧，楼道里干干净净。

上得4层，左侧，我们按响了依拉老太太家的门铃。这是扇普通的木门，没有防盗装置。

开门的就是依拉老太太。70多了，中等个子，自然地发福。她的牙已经豁了好几颗，脸色倒是红润。但老马说她心脏不太好，老马每次从中国来西伯利亚，都要给她带药，依拉还就是信中药。

同丹妮娅一样，依拉也是20世纪30年代初在哈尔滨出生的，50年代在哈尔滨市公安局做一般性的打杂工作。那时候俄国人在哈尔滨有十几万，占哈尔滨人口的六分之一，依拉在公安局工作也就不稀罕了。1958年，中苏两国分歧已公开化，这年9月，依拉就早早被遣返回了苏联。由于她没有什么专长，还由于她从中国回来，她被安排在一家工厂当普通工人，直到退休。

我仔细打量依拉的房子：普通的两居，没有过道，比老马租的那两居还小。严格说，就是一室一厅。房间不大，厅也就十六七平方米。没有几件家具，所有的家具也都是旧的，像我们70年代贴着木纹三合板的那种。有一对沙发，也像我们“文革”后期自己做的最简易的那种。还有张长沙发上堆着东西，有客人来时可以睡个人。老马说，他刚来新西伯利亚没来得及租房子那几天，1米90的个子就睡在老太太家的沙发上。这么说，依拉老太太对这位哈尔滨小老乡确实不一般。

依拉跟丹妮娅他们都认识。新西伯利亚最多时有500个出生在哈尔滨的人。他们自己不定期出版一张《哈尔滨》报，聚在一起唱怀念松花江的歌。

如果说丹尼娅身上更多一些知识分子味，甚至是贵族味；那么依拉身上更多是普通劳动人民的质朴和热忱。

依拉丈夫早去世，她一个人住这儿。今天正好他儿子阿廖沙来帮她修窗户。只要老马跟她通电话，她总是要老马来玩，来吃饭。她不断张罗着、唠叨着，把她冰箱里的珍奇拿出来请你。从这点上说，依拉的待客跟中国农村里热情的老大妈一模一样。

我就不客气了，边喝咖啡边拿依拉自己做的马铃果酱抹在面包上吃，我还真没吃过这么好吃的果酱。

跟所有俄罗斯城里人一样，依拉在郊外有个菜园子，或者叫别墅。别墅的等级完全跟主人的经济状况有关。家境不大好的，别墅也就是菜园子，周末去忙一两天，秋天去收获。西红柿、黄瓜不用到市场买了。特别是能储存的，土豆、洋葱、胡萝卜、大蒜，几麻袋，存放到楼下的地窖里，够吃上半年，这样能省去一大笔开销。依拉的情况就是这样。她1个月的退休金才1 000多卢布，合人民币300元。房租要300卢布，水、电、电话200卢布，能自己支配的也就500卢布了。俄罗斯冬季菜价那么贵，她是买不起菜的。其实对大部分俄罗斯人来说，菜园子都是经济生活也是休闲生活中很重要的部分；只有个别富裕的，把别墅修得豪华，修到河边，种菜是做做样子，主要是游泳，钓鱼，打猎，或者会情人。

在退休女工依拉家

依拉的日子一看就是过得很拮据。除了面包牛奶，她不敢随便花钱。你想想，好一点的鱼、肉1公斤几十、上百卢布，一般水果也是1公斤好几十卢布，依拉确实不敢问津。可惜的是她中国话几乎忘光了，不然，做点口语翻译，日子会好过得多。阿廖沙本来在无线电厂有份不错的技术工作，但工厂关门了，只能去一所学校，做做电灯电线电器修理的活儿，打打杂，收入也很有限。想做生意，没本事也没本钱。儿媳呢？倒是在新西伯利亚小有名声：是市里的少年女子国际象棋冠军，可此冠军非彼冠军，比不上卡斯帕罗夫、卡尔波夫，她的工作也只是在体育馆辅导辅导爱棋的孩子们，不指望有多少钱。

这就是依拉一家了。我们同他儿子打过招呼，儿子反应不冷不热。他看样子还不到40岁，可早早地显出一种老态和沧桑感。

我们给依拉带来了一条真丝围巾，还有一个中国结。当然还有“速效救心丸”和中国的“味素”。依拉高兴得马上披上围巾打了个转。那个中国结，她把它挂在了自己房间的墙上。

说来老马是她真正的“老乡”：都是哈尔滨生、哈尔滨长大的。且不说老乡见老乡，两眼泪汪汪，我看得出来，依拉是把老马当亲人，当半个儿子看待的。要不是老马的俄语还不怎么过关，那就听老太太没完没了地叨叨了。

依拉抖抖索索地从房间里翻出一大纸包东西，给我打开。原来是一大摞老照片。许多照片都发黄了，还有几张边角都破损了。

依拉坐在那个简易沙发上，一张又一张向我介绍：这一张是她的爸爸妈妈，那一张是她自己；这一张是在太阳岛上拍的，那一张是在自己家园子里拍的。那时她爸爸妈妈都那么年轻，她爸爸西装革履，系着黑领结；她妈妈一袭白色布拉吉；背景是一辆老式汽车。十来岁的依拉一看就是无忧无虑的漂亮姑娘。

提起自己的童年，提起哈尔滨，依拉是那么快活，忘却了眼下生活的艰辛。

不知不觉中，在老太太家呆了两个小时，咖啡都添了两次，屋子里飘着浓浓的香味。

我和老马要告辞了，依拉要留我们吃晚饭。可我们知道不能让一个心脏不好的老人再为我们张罗了。老马把一张500卢布的票子给依拉，依拉坚辞不收。老马说：我上次住你家，不是打了长途电话吗？这一下依拉不吭声了——俄罗斯人的习惯，朋友归朋友，请客可以，借用别人电话要征得人家同意，也应付钱；再一点，请人家帮忙出车，哪怕一两个整天都可以，但你要给汽油费；虽然汽油费在俄罗斯极便宜，但规矩在。

依拉嗫嚅着，说老马给多了。老马就硬往她手里塞。拗不过老马，依拉转而找出几只塑料袋，到厨房里又是装土豆又是装胡萝卜，我们直说：行了行了，拿不动了！依拉还从冰箱里取出整整一玻璃瓶马铃果酱，对我做了个鬼脸：我知道你爱吃。她打开冰箱的时候，我见到里边塞满了各种玻璃罐头瓶，封着盖，都是依拉自家制作的草莓、蘑菇之类。而厨房和客厅角上，居然还放着几个南瓜。

一个退休工人，主要就靠这些度过西伯利亚漫长的冬天了。虽然冻饿之忧不会有。

依拉想回一趟哈尔滨，那儿才是她的童年、她梦里的家。

依拉的梦能实现吗？

十、移民局的漂亮小姐

先是雪粒，风卷着它刮打着你的脸；继而是雪花，如席的雪花。前些日子的雪落地就化，今天不同，街上开始积雪，鞋踩在上边发出了吱吱的声音。西伯利亚真正是进入冬天了。我窗外的“刀把子树”原本还郁郁葱葱地挺着，一夜之间叶子凋零殆尽。

踏着风雪出行才像个西伯利亚人。街上行人照旧，气温其实刚进零下。

我陪老马去兔子广场乘6卢布的小公交车到考涅楚克大街，那儿有新西伯利亚移民局。老马的绿卡快到期了，原本他打算“收摊”回国，把公司都停了，可禁不住朋友们的鼓动，准备再在俄罗斯干点贸易特别是文化事业，于是就得延长签证两年。头两天他托尤拉来过两次了，没想到移民局没给这位前组织部长面子，不给办。老马只好约了丹尼娅，今天早晨他自己来。

约定时间早过了，丹尼娅未到。雪天路滑，老太太可别有意外——我们都这么想。

移民局在新西伯利亚铁道学院斜对面，一栋很不起眼的两层楼，门口一块不大的方木牌子。

老马说：别在外面等了，我们先进去吧。

里边自然温暖如春，但光线太暗。没有警察看门，供人等候的长椅上也没几个人。有人伏在桌子上填着什么表格。据说，近年来到俄罗斯移民机关办理移居手续和俄罗斯护照的人很多，他们绝大部分来自中亚原苏联的加盟共和国，他们中大部分原来就是俄罗斯族人。比如说哈萨克斯坦，居民中俄罗斯族的比例就比哈萨克族还多。苏联解体后，这些加盟共和国都独立了，但多数人的生活水平下降了，不如跟俄罗斯联合的时候。于是许多人想到俄罗斯择业、定居，特别是俄罗斯族的人，更想回归，把自己的中亚国家的护照换成俄罗斯护照。

这也是目前新西伯利亚市移民局的主要工作。

老马让我在长椅上等，他自己进了一间办公室。

我就百无聊赖地坐着。有几份报纸，大都是广告。我有些丧气，这一等等到哪年？

没有料到的是，大约5分钟之后，老马出来了，朝我招招手要我过去。

我一肚子疑惑：你办完了？

办完了！那有什么可说的——老马又得意又显得高深莫测：你来给小姐拍照。

从我到西伯利亚起，我脖子上几乎没离过数码相机。我进到那间办公室，里边宽宽敞敞地坐着两位小姐。不过年龄大一点的恐怕只能称女士了。

对年轻的一位，老马介绍说：这是雅娜小姐。老马又介绍我：这是中国来的作家，大作家，我的朋友。

我顾不得骂老马吹牛，那位雅娜小姐确实很漂亮，亭亭玉立不说，举止也很高雅，既大方又有点羞涩。

老马说：还不快跟雅娜小姐合个影？我笑着过去，轻轻挽住雅娜手臂，让老马拍照。

老马又对雅娜说：这么漂亮的小姐，在中国杂志上是要上封面的。雅娜只是笑。

为了不至于冷落另一位女士，老马又让我跟那个年长的合影。老马强调说：在新西伯利亚遇见中国作家是不容易的——这倒也是实话。

拿我做道具做了个够，老马就告辞了。

出得门来，我问老马：你这是什么神通？她跟你什么关系？

老马说：上次办绿卡就是雅娜给我办的，她还记得，我问她尤拉来过两次你怎么没给办？她说她不认识尤拉，尤拉是谁？她只认识我老马。一叠子文件，什么公司、办公室地址、电话，租赁合同，仓库地点，公证处文件，复印件，等等，雅娜翻了翻，全了，两个章子下去，你看，两年之内，我出入俄罗斯就不用签证了。

这一下我可是服了，这老马的魅力还在。再说，俄罗斯人也讲人情，当官的出面未必有用。

我们在移民局前的马路上等丹尼娅。果然，老太太小心翼翼地从马路那边过来了。老太太直道歉。老马得意劲儿还没过去，连说没关系没关系，他已经办妥了。

那么快办妥了？丹尼娅也有点意外，因为俄罗斯的机关以工作效率低著称。

丹尼娅说：昨晚她睡迟了，半夜里猫把她弄醒，吵着要吃东西，她只好起床喂它，再睡就睡不着了。

老马还是说没关系没关系。

事情顺利，丹尼娅走了，老马说：买鱼去，看我给你做鲫瓜子鱼，天下无双啊！我笑：又吹牛。不过我知道老马是黑龙江边渔民的儿子，不至于吹破天。

兔子广场不远有卖鱼的，其实就一两个小摊贩。雪落在装鱼的编织袋上，那鱼半冻着，挣扎着，一看就是刚打的鲜鱼。大一点的，19 卢布 1 公斤；小一点的 22 卢布 1 公斤。鲫鱼小的好吃。俄罗斯人很少吃河鱼，所以河鱼很便宜。这鲫鱼才合人民币 6 元钱 1 公斤。

老马得胜还家，把一半鱼养在他的洗衣盆里，先宰一半。中午饭就是煎鲫鱼，马铃果酱就面包。那鱼除了盐什么料都不放，但确实很鲜美。老马边嚼边赞叹："纯天然哪！纯天然哪！"——这是他的口头语了。俄罗斯政府早就规定不准用化肥、用激素。所以地也罢，草也罢，河也罢，牛也罢，鱼也罢，不会有污染。那鲜美很自然。

十一、警察闯进我门：拿出你的护照！

午后睡个小觉，然后躺在床上读书，那是神仙过的日子。今天读《小说选刊》上铁凝的《谁能让你害羞》，还有毕飞宇和刘庆邦的。他们都是当今中国写短篇的大腕。

老马去警察局了。临走他说：你的落地签是跟王老板一起办的，就几天，他早就走了，你的还要去补一下，免得有麻烦。

大约 4 点刚过，门铃响了。一定是老马回来了。我边喊着：就来！边去开门。

我一愣：门口站着两女一男三个俄罗斯人。那年轻一点的女士掏出一张证件向我展示了两秒钟，那姿势就跟《神探亨特》里的美国警察一模一样。我明白是便衣了，做了个请进的手势。三个人也不客气地往里走，其中那个男的还向厨房和我住的小间张望。

在大间坐定。我问：要茶还是矿泉水？回答是：不需要。并没有谢谢的话。我心里不免打起鼓来——老马出事了？不可能吧？

那男的单刀直入一个命令句：拿出你的护照！

我傻了，我的护照天天随身带着，偏偏今天下午给了老马，他去替我办落地签，必须有我的护照。

我说：我的朋友拿去了，现在他正好在警察局。

那么他什么时候回来？

快了——我说——6点之前应该能回来。

没有护照就不能证明自己身份。我心里有些发毛。万一老马有什么事或者回不来，警察是可以把我带走的。这在哪个国家都是讲得通的。

三个警察就这么坐着，他们自己聊着什么。看样子，今天他们是非看到我护照不罢休了。

怎么办？办法是急出来的。不就是证明我的身份吗？我忽然想到我行李中有几份《文艺报》的“摄影文学”专刊，上边有一整版13张我从十来岁到现在的照片；还有我十年前出版的诗歌集，扉页也有我的照片；诗歌集里还有丹尼娅老太太刚刚为我的一首旧作《过西伯利亚》翻好的译文打字稿。我想有这两样东西足够了。

我请他们稍等片刻，很快从我屋里把两样书报递给他们。我边作着解释：这是中国作家协会办的报纸；这张照片是我少先队员时的，那张照片是我共青团员时照的；这张照片是我在德国照的，那张照片是在我办公室照的。

三个警察保持着尊严、保持着警惕，但毕竟有14张照片，货真价实的照片。即使去掉年轻时代那些照片，也还有一半可以同我的长相对照。

看样子，他们的表情有了些松动。

我又说：40多年前我学过俄语，只是很少讲。我喜欢普希金、莱蒙托夫、马雅柯夫斯基、伊萨柯夫斯基，我还喜欢俄罗斯民歌。

他们看看我，大概判断我不会是抢劫犯，不会是杀人犯，也不大可能是偷渡犯。没听说过有作家要偷渡的。他们看看手表，没再说什么。有趣的是那位年长些的、胖胖的女警察，居然拿起丹尼娅的译文朗诵起我的诗来。我暗自高兴——俄罗斯警察不至于拘留一个外国诗人。

6点半了，老马还没有回来，我急了。我往丹妮娅家打电话，心想由她来同警察说，很容易把我身份说清楚。糟糕的是电话没人接。

三个警察终于等不及了——他们也得下班也得回家吃饭。

走到门口，男警察说：明天这个时间，我们还来，只是看护照。

我和警察们道别。胖胖的女警察朝我笑了笑，另外两位依然很严肃的样子。

这个老马，7点钟才回来。我说了刚发生的事，好一顿抱怨。老马说：没事没事，我在俄罗斯年头多了，什么没见过？

原来老马两点就到了警察局，哪里知道排长队，效率又差。最近原中亚几个加盟共和国的人去警察局登记居留的人特别多。等快下班了才轮到老马，老马递上我的护照，警察一看，说：这护照上不是签到12月15日吗？不用办了。老马接过一看，可不是：那天新西伯利亚饭店的前台服务员按惯例该在我护照上签到10月15日的，她正跟人说话，心不在焉，竟给杨作家多签了两个月。

老马说：你在俄罗斯大地上放心游荡吧！

十二、没有壁炉的夜晚

雪下了整整一天，早晨出门倒垃圾，积雪足有三寸厚。去年西伯利亚是暖冬，今年的冬天早了一个月。

除了大街，整个城市就是雪原。阳光洒在雪上，没有风来抽打。

天气预报的温度是零下7度。我想念着此时的北京，香山的枫叶还没有红呢！

跟老马去中心邮局发传真。再到兔子广场一个小邮局交电话费。俄罗斯的电信业比中国落后不下10年，可以发国际电传的地方很少。你要是打长途，先到窗口填表登记、付款，再到指定的隔音间。交电话费的那个小邮局，挂着休息的牌子。在俄罗斯，"休息"是神圣的，周六周日休息不说，中午喝咖啡，工作人员也休息一两个小时，正好轮到你也不行，你认倒霉吧，下次再来。

只好再逛街，好在集贸市场不歇。于是买肉买菜，可以预测今晚老马的建议食谱是羊肉炖青萝卜，明天的食谱是羊肉炖胡萝卜，后天是羊肉炖土豆。当然要就生大蒜生洋葱生黄瓜什么的。再买上一大盒酸奶油，一大瓶原汁浓蜂蜜。"纯天然哪！"——老马会重复那句话——你看俄罗斯人走路一个个小跑似的，他们吃得比我们简单，可营养足够——你看那些老广，天上飞的地下走的什么都吃，还煨这补品煨那补品，有几个个子、身板像样的？

我笑：你的理论有道理。

我们干脆去鄂毕河对岸，那儿的马克思广场也是大去处。那里有新西伯利亚最大的皮货市场和百货商店。那商店也就三层，我的小女儿要我买一条电视里那种俄罗斯民族的长裙，这可难住我了。问了售货员，那种长裙恐怕只在歌舞团有，平时哪有人穿？

早早地回来等警察。果然，将近6点，来了一男一女两位警察。那女的老马见过，是区警察局管户籍的；那个男的站着，向屋里看看有无外人，神情还算和气。原来昨天的三个警察是州里的。

看过我的护照，自然不成问题。女警察向老马出示了一张复印件，上边有6个中国人的照片。女警察问老马见没见过这些人，这些人是否在这儿住过。

可想而知，这些人是"犯了事"，而且可能是刑事。因为一般小的走私活动不会如此惊动警方。

警察走了,老马感慨万千。

苏联解体之前他就到了莫斯科,以后一直在俄罗斯东奔西跑。20世纪80年代末、90年代初俄罗斯生活用品奇缺,叶利钦本来想求西方援助,西方口惠而实不至;叶利钦转而求中国,大开中俄边境旅游贸易,连税都不收。两国互免签证。于是两国倒爷借一日游、几日游之名,大包小包往俄罗斯倒货,到后来就成集装箱地倒。中国过剩而又廉价的日用品解决了那几年俄罗斯人生活的燃眉之急,但问题接着也来了。

到俄罗斯发财去——东北某个省的人奔走相告。买一张护照吧!60元钱。要不,50元也行——居然有地方政府部门兜售护照的怪事。于是,一大批素质差的人,甚至抢劫犯、在逃的杀人犯都弄一张堂堂中华人民共和国公民的护照去了俄罗斯。那儿地广人稀,躲几个人太容易。

于是坑蒙拐骗的不法商人也趋之若鹜。假酒甚至毒酒,塞稻草的羽绒衣,穿两个小时就掉跟的鞋,冒牌的阿迪达斯……无奇不有。租人家房子,随地吐痰,乱扔垃圾,偷打电话,不守信用……都见怪不怪了。中国人的声誉,中国商品的声誉,就给这帮人搞坏了。

更有甚者。1993年末、1994年初,在俄境内发生了国际列车杀人案。中方与俄方交涉,还提了抗议。双方组织联合调查:结论是中国人的抢劫杀人团伙干的,警察抓捕了60多人。差不多与此同时,远东哈巴罗夫斯克有4个公派来做生意的,赚了点钱,4个人正打算私分了然后回家。一个熟人老板敲门进来:你们都在啊,我待会儿再来。不一会有人再敲门,4人以为是刚才那个熟人,谁想闯进来七八个中亚长相的"黑毛子",人人手持棍棒,将4人乱棍打死,然后抢了钱逃之夭夭。是邻居发现声音不对报了警,警察抓住了一个"黑毛子",可主谋显然是那个熟人老板,至今未落法网。

这是个转折点。俄方宣布统统重新清理中国公司,启动审批及签证制。中国人到俄罗斯必须有驻华使领馆签证，中国人到俄罗斯办公司必须有中国外交部出证明。于是，90%的中国公司被撤销。正好，美国、日本占了俄罗斯汽车市场，韩国的电器、方便面趁机进来了；意大利、土耳其的皮货、服装进来了。于是中国价廉物美的服装和皮货，人家也给你换上意大利的牌子。有些俄国商店公开挂出了“本店没有中国货”的牌子。

然而俄罗斯的辽阔和市场的潜在吸引力毕竟太大，两国间稳定发展的政治关系也是一种保证。那么就看中国去的人的素质了；与此同时，俄罗斯的市场体制、机制还没有形成，办事效率低，这对两国贸易发展也是制约。

个体户去吧？资金少，太看重眼前利益，信誉差；国有大公司去吧？派谁去？谁来监督？也颇费踌躇。再说媒体也把俄罗斯的社会治安状况作了夸张的报道，吓住了一些人。就说新西伯利亚，10年了，谁听说过抢出租车的？抢劫的事当然也有，前些年我那小翻译夜里就被抢过，两个人拦住他要钱，他说，你们搜吧，我身上确实只有200卢布了。那两个抢劫的商量了一下，拿了150卢布，退还给他50卢布，并且说：这50卢布留你打车回家吧！我在这儿那么多年，没听说抢钱撕票的。抢劫犯的素质都挺高啊！

所以你看看，街上的广告要么是日本、韩国的，要么是西方的。国内也不断有人去“考察”，有的人先被所谓安全状况吓住了，有的公司老板呢，以“考察”为名，为的是逛逛夜总会，玩玩俄罗斯小姐，开开洋荤。正事也答应几件，就是一件都不兑现。出门久了，你开开洋荤也行，你倒是先把正事儿先办了！

老马曾带西北一家公司老板去离新西伯利亚不远的吉尔吉斯，那里有个陕西村——明末清初，陕西一些人不愿顺从清朝，于是逃到那里，定居，耕作，繁衍子孙，并且融入了当地社会。有的老人还能说几句陕西味的中国话。那老板去了，半个老乡，人家待他亲得很，老板也满口答应了马上可以办的五件事：出钱支援一名教师在那里办中文学校；运去现成的编织袋加工设备；引进良种猪；搞农业、畜牧业开发；每年再资助西伯利亚的中国武术馆2 000美元……几个月过去了，一项没兑现，连信儿也不给人一个（当然，直到快一年后才办了一件事）。让异国的“乡亲”们眼巴巴地傻等。

老马也曾跟广东一家不小的公司签了协议：他帮他们在新西伯利亚建立水果批发市场，他们在莫斯科附近投资建中国饭店兼文艺家度假村。公司倒是派了两个人先来西伯利亚，那是8月份，他们一下飞机就喊太凉；第二天一早，又嚷嚷着要吃“早茶”，老马只有苦笑：这儿大饼油条都没有，哪来广东早茶？老马只好陪他们莫斯科逛一圈，把他们送走了事。

于是协议也就成了废纸一张，老马又得从头来。老马百思不解：中国人本来是最吃苦耐劳的民族，如今怎么这么娇气了呢？本来有的是钱可以赚，稍稍吃几天苦，赚了钱别说早茶，吃天鹅吃飞机都行——你看看，今天刚来的消息：这家广东公司在新疆塔城的分公司也撤了，而且是不辞而别，溜了！连翻译的钱都没给人家。大公司尚且如此不守信用，老马只好徒呼奈何！

我说：是老弟的理想主义、浪漫主义掉进了现实的泥潭！

老马忿忿然：我特别同意柏杨《丑陋的中国人》那本书里的观点。俄罗斯学校里老师问——飞机没停稳谁先站起来？小学生回答——中国人；老师问——谁买东西不排队？小学生回答——中国人！再说留学生，当然有好的，天天一早起来帮倒爷卸货，挣点卢布完成学业；可也有那么一些，只知道问家里要钱，不争气不好好学，要么关在屋里生火做饭过小日子，要么在外边花天酒地，要么借钱不还——难怪俄罗斯朋友说，你们中国优秀的都去了西方，不优秀的才到俄国——这还是客气话，本意是差劲的才到了俄罗斯。

许多机会，就这样耽误了——老马接着说，我们对苏联解体后的情报和分析有误，为什么？处理国家关系上不能太强调意识形态，就是得按周总理的和平共处五项原则。莫斯科发生政变时我正巧也在，外国记者都冲在一线，中国记者奉命撤回使馆，抢着存储大米白面。你能得到一手的准确的信息吗？你只能根据别家的信息按上级的意图来摘编了。——这几年是多好的机会啊，我就亲眼见到胸前挂满奖章的二战老人排上两小时队，买点香烟或别的稀罕商品，然后站在风雪里叫卖。那时远东连鸡都是紧缺食品，我们呢？绥芬河离海参崴200公里，大量冻鸡出不去。中方要求“一手交钱一手交货”，俄方要求先销后付款。于是，美国的存了几年的冻鸡倾销了过去，俄方还对美方提了抗议。中国的企业就是舍不得前期投入，没有远见。再就是拿孙子兵法那一套“三十六计”来经商，什么真真假假、声东击西、金蝉脱壳、走为上计，用在现代商业上绝对错误。经商就是诚信。骗一两次可以，你能骗第三次？还有，中国商人缺乏前瞻性和冒险精神，非得有百分之百把握，商场哪有？科学研究也没有。美国人不一样，他只要有百分之五十一的可能就敢冒险。

我一时无语。可俄罗斯也有许多问题——我说。

那当然——老马说：苏联解体，政局动荡，可城市照常运转，生活照常运转，市政府可以随便出入，人的素质在那里。俄罗斯的关键是观念更新，政策对路，它就会起来。比如住旅馆还要介绍信，比如服务业没有起步，没有什么餐馆，电信太落后，公路未翻修，铁路未提速，绝大部分建筑还是30年40年前盖的，等等。但是市场空间极大，物资、基础设施和能源都不短缺，缺的是中间环节和效率。我给你讲个笑话，俄罗斯远东有个犹太自治共和国，首府叫比罗比詹，法律规定饮酒者不能办公司，一个中国人来了，一切手续齐全，人家问——谁证明你不喝酒？你一周内必须出示不喝酒的证明，否则别的文件再多也一并视为过期。那中国人傻了，一周只两趟飞机，坐飞机回国也来不及；再说，找中国哪个部门出示“不喝酒”的证明？百般无奈之下，他用胡萝卜橡皮泥之类刻了个中国某省某县公安局的章，找个翻译打字，写上一段话——某某先生对酒制品从来没有欲望——妥了，哈拉少。俄罗斯人看不懂那个中文件和那个图章，还是好骗的。

我哈哈大笑，完了问老马：你给我交代，你用土豆之类刻了几个章？

老马正襟危坐：那我不知道，那属于国家机密。

西伯利亚的夜悄悄移向凌晨。没有壁炉，没有托尔斯泰的高雅，没有贵妇人的清闲。没有壁炉少了点情调和氛围。

电视一直开着，这台老掉牙的机子只能收5个频道，反正我们看新闻也只能猜个大概。电视里这两天在播一个类似活报剧那样的节目：戴着面具的普京和叶利钦在玩牌，无非是逗乐和挖苦他们；前一阵有个节目是普京做梦，梦见列宁和斯大林，他们都指责他，吓唬他，把他吓醒了。俄罗斯的电视都可以公开拿总统开涮，这倒稀奇。俄罗斯朋友给老马讲过，普京自己有时也看这个节目，自己也笑，挖苦普京的节目也并没有影响普京的威信。

厨房里的灯也一直开着。我进去灌水，只见灶台上有好几只蟑螂。那蟑螂的颜色略浅，莫非也是西伯利亚的特色？我驱赶着这些令人恶心的小东西，可又奈何不了它们。我想老马大概从不理会它们，或许认为它们也是“纯天然”的呢！

冰箱嗡嗡地响着，它自动断电的时候，会颤动一下，震得从隔壁的房间听起来都有几分可怕。这是一台标明1950年产的冰箱，六个面全是铸钢，得四条大汉才能搬动它。不过老马还是赞扬它：你看，都跟我一般年龄了，还很好使，还没有修过，还没有异味。我接过他的话茬说——纯天然哪！

十三、寂寞与无奈

昨夜一杯黄牌红茶加两片柠檬，让我的神经兴奋到凌晨2点。

天依然阴沉沉的，雪依然时不时地飘。这样的天气已经连续七八天了。

我躺在床上读邦达列夫的《岸》，由这部小说改编的电影早在十多年前就看过，留下过很深的印象，可原著却还没读过。

读长篇的味道就是俄罗斯冬天的味道。你可以这样想象：没有俄罗斯的冬天恐怕就没有4大卷的《战争与和平》。夏天是打猎、游泳，享受阳光和爱情的季节，只有冬天的壁炉，那不灭的柴火，能煲汤一样煲出一部部长篇。

过了那么多年，我仍然感到《岸》表现战争的独特和大气。公平地说，写二战的文学作品，中国还没有一部长篇能赶上它的。漫长的冬天给了俄罗斯作家理性的自由时间和创造艺术的自由空间。

总不能一天都待在家里。早晨的时候，我把倒垃圾的任务承担起来，以后就作为我"洋插队"生活的一部分。垃圾站在小区里，出单元门右拐100米就是。不过这100米跟在冰面上走似的，还有坡度，我只能跟小脚女人似的亦步亦趋。午后我出门，出门就在下台阶时滑一大跤，亏得旁边有扶把，我用双手抱了一下作了缓冲，才得以毫发无损。

街上的冰雪已被行人踩得结结实实，不用看人的脸，你从他走路的样子就可以判断他或她的年龄。西伯利亚的年轻人个个溜冰运动员似的，该跑就跑，追逐着戏闹着。小心翼翼的不是七老八十的，就是我这样的生客了。

我想去市里的苏中友协——如今改成了俄中友协。我来西伯利亚的目的之一是见见当年击败日本关东军，最后迫使日本投降的一位苏联红军的指挥员。当年红军从三个方向进入东北，他是一个方面军的副总指挥，按说军衔在中将、上将之间。4月份老马在北京时跟我说：那老头身体好着呢，他肯定愿意见见中国来的作家。

然而9月份，老马说那老头突然过世了。这给我的西伯利亚之行一开始就留下了遗憾。为了作点弥补，我想通过西伯利亚的俄中友协问一问，还有没有其他人可以访问，当年的中下级军官，肯定还有健在的。

出发之前老马打了个电话,没人接。反正不远,就当是散步吧。

从加加林站步行去就可以。红色广场站边一栋建于三四十年代的4层办公楼,高度恐怕6层都不止。里边有许多原先的政府机关和人民团体。这可真是老掉牙的楼了,墙体经年不修,斑斑驳驳旧抹布似的。不过它正门口的两道二十几级台阶依然显示着当年的威严,踏上它就跟进大会堂似的。

没有清扫工铲冰扫雪,以致台阶上比街上还滑。我和老马不得不格外小心。上到第二层台阶时,迎面下来一位雪天还穿高跟鞋的妇女,突然仰面而翻,我都来不及反应,一把挽住了她的胳膊,就在我自己也失去重心的刹那,老马又拉住了我。好一个有惊无险,挽狂澜于既倒。

好不容易进得转门里边,老马的话又来了:你这可是英雄救美啊!在西伯利亚,中国作家救一个俄罗斯美女,头一回啊!我说算了吧你,她什么长相我都没看见。老马说:那你不能想象吗?

楼里没有警卫保安之类,一个老妇守着一个卖零星食品饮料的柜台,就算是门卫了吧。我们从极宽极宽的楼梯走上2楼,这一层真足足有两层高。这高这宽,都见证着这座楼当年的辉煌。

走廊里没什么人走动。老马来过,找到208号还是209号,敲了敲门,没有反应;再敲敲,还没有反应。这么说,今天俄中友协没人来上班。

只好打道回府。整个新西伯利亚地区的中国人不到100人,大半是商人、倒爷,小半是留学生。新西伯利亚有20多所大学。这100人跟古老的"苏中友协"似乎都没有什么关系。我来西伯利亚10天了吧,在街上没遇到一个中国人。可见俄中友协上不上班都可以理解。还可以想象友协的工作人员肯定是一位和善的老大妈式的人物。

到家给丹妮娅老太太打电话一问,还真是,友协唯一的专职的女士，家里正在装修房子，最近不来上班。

在老马的浪漫主义设计中，我出现在俄中友协会受到格外的欢迎。比如拥抱、接吻、咖啡、歌声、赞美之类。

而今天的主题恰恰是寂寞和无奈。

十四、到巴尔瑙尔去

新西伯利亚的长途车总站离鄂毕河码头不远。这里有通往周边地区托木斯克州、鄂木斯克州、阿尔泰边疆区、阿尔泰自治共和国、克麦罗茨州等的国道。

说是总站，规模与中国内地比也只是一个中等站，因为整个新西伯利亚及周边地区的总人口也就 1 000 多万，更兼航空和铁路都比较发达，长途公交车只是一个补充。

今天我们去阿尔泰边疆区的首府巴尔瑙尔。尤拉同我们一起去。尤拉曾是那里的组织部长，“地头蛇”，他家就在巴尔瑙尔，老伴儿在那儿。儿子女儿在新西伯利亚。

为什么要去巴尔瑙尔？因为俄罗斯外交部在整个西西伯利亚周边地区的派出机构设在巴尔瑙尔，而不在新西伯利亚市里。你要给外国人办邀请，本国人要出境，或者外国人要来西西伯利亚地区办公司，必须先经过巴尔瑙尔的俄外交部办事处。

这可是 240 公里路啊！那就坐坐俄罗斯的“大灰狗”吧，一张票 100 卢布。

站台外有好几辆私人出租车在拉客：每位 400 卢布。小车去 4 小时够了，大巴去要 5 个小时，中途按规定歇两次。

“大灰狗”的设施比不上国内几乎已普及的豪华大巴，不过暖气很好，这就可以了。总站里居然还有四五十年代那种圆头圆脑的老式的大轿车，很像我上中学时的校车，所以，市里行驶的那些老式车辆就更不足为奇了。

“大灰狗”裹着冰雪和黑泥出发了，一出市郊便往南撒欢似的奔跑。尽管这是条连接南部边界及中亚的重要通道，往来车辆却并不多。这跟沿途人口稀少有关。从这儿往南 1 300 公里就是我国的新疆了。从新西伯利亚到阿尔泰，气候上属于亚寒带，地理上属于森林草原带。如果往北，那就是原始森林带，直到冻土带，那就是鄂毕河的归宿北冰洋。

森林，草原，湖泊，在我的视野中交替；红松，白桦，青皮杨，在我的视野中交替。道路很少有起伏，很少有拐弯，就那么笔直笔直，一枝箭一样。也很少见村落和居民点。

“大灰狗”非常守时，每行驶一个半小时，准有一个小站，有几栋赭红色的平房，司机可以休息，乘客可以上洗手间，还有牛奶、可乐、面包卖。一些个人的小吃摊也在站边，叫卖着煎香肠和速溶咖啡。摊贩们见到我和老马是两个车上仅有的“老外”，叫声也格外起劲。洗手间很干净，暖气也好。但它是收费的，每位 4 卢布，合人民币 1 元 3 角，这就不便宜了。

估计着离巴尔瑙尔还有 70 公里左右，大片的红松林出现了，就跟我在科学城看到的那样。深不可测的、望不到头的天然林，延伸向另一座城市。松林里白雪皑皑，林边草地上青黄驳杂。在庞大又高高耸立的树群之中，那些密密匝匝的一人来高的小松树，竟然也挤在一起往上蹿，显然是自然落下的松果，靠着黑土地乳浆的滋养，奋力地要跟它的父辈争一线天空。

进到巴尔瑙尔市区，这里的气温比新西伯利亚要高 3 度左右，街面上冰雪已化了。阳光正从云端里懒洋洋地探出来，倒也给人懒洋洋的暖意。

巴尔瑙尔是通往中亚的要道。巴尔瑙尔街景

巴尔瑙尔比新西伯利亚有特色。它街上少有那种火柴盒式的灰色楼房，它更多的是两层的尖顶木屋，各种童话式造型的建筑颇多。墙体的色彩也比较丰富，绿、蓝、褚红、杏黄，一派欧式古城的韵味。巴尔瑙尔的意思是“路边酒吧”，建城比新西伯利亚早半个多世纪。当年是俄罗斯通往中亚的必经之地。只是后来铁路和航空业发展之后，它的位置才被新西伯利亚所代替。

出得长途车站，正好是中心广场，一座尖顶纪念碑，碑前是大理石雕塑：一位年轻姑娘送别一位背步枪的战士，它们的背后，高高的白杨正梳理着懒散的夕阳。这立刻让我想起在列宁广场地铁站那位姑娘唱的《灯光》。尤拉带着我们快步穿行，街边一位老者正拉着手风琴，手风琴流淌的曲子是《你从前是这样，现在还是这样》——

你从前是这样，现在还是这样

年轻的哥萨克，草原的鹰

你为什么，为什么

为什么扰乱了我的安宁

我胸中一阵激动，禁不住跟着风琴声唱起来，以至差一点跟不上尤拉。

我们三人打了一辆出租，去巴甫洛夫大街84号。那是城市边缘的一个新住宅区。电话已经打好，这两晚我和老马将借住在新疆安佳木业公司驻巴尔瑙尔的办事处。当然也可以去住宾馆，但麻烦得很：要开介绍信，要解决吃饭问题。所以西伯利亚的中国商人、倒爷们自己租住的房子同时都兼接待站。

安佳木业是兵团属下的国有公司，现在已实行股份制，实力自然比个体的强。他们在这所楼龄不过四五年的新公寓里租了100多平米的三居室的一个单元，每个居室都很大。作客厅用的大间，配置的沙发打开就是床。这样，办事处人来人往，最多时七八人也住下了。

尤拉把我们送进房间才回家，留他吃饭他自然不肯。我跟他打趣：赶快向老婆报到吧，再老实汇报你去夜总会的事，准备跪搓板吧！尤拉还是脸红红的，跟老马约了明天见面的时间地点。

安佳木业办事处主任顾昌田是快50岁的人，头顶已谢了小半。他的新疆普通话让你听不出来他是哪里人。老顾一见就先进厨房忙着给我们准备晚饭，他的动作利索快捷，三个电炉同时启动。厨房带着餐厅，挺宽敞。老顾边说着话，一桌菜就好了。有红烧鱼，生黄瓜，洋葱炒鸡蛋，啤酒和米饭，还有一大盘炒山东大白菜。这是我十几天来享用的最丰盛的美餐了。

喝酒的时候我才知道老顾是我的小老乡。难怪他的厨艺远在老马之上。老顾尊称老马为“马作家”，因为他读过老马一本小说。我便沾光也被他称为作家。

老顾家原是江苏盐阜一带的望族，父亲当年支持过共产党。老顾

1953 年生，可父亲 1957 年就被定成了反革命，突然被逮捕，不久送往星星峡劳改，不久又送往阿尔泰劳改，刑满后就留在了阿尔泰。童年的老顾在上海读书，所受的屈辱就不用说了。1965 年，他也去了阿尔泰，“文革”开始了，更没有书读了。待到“文革”结束，父亲平反，他拼命读书，文凭有了，党票有了，职务有了，人也 40 出头了，而工作单位却垮了。

于是老顾下海了。1995 年起，他到哈萨克斯坦考察，买废钢铁废金属。那年年关，他感受了有生以来最大的暴风雪，扫雪车从 3 米厚的雪墙中好不容易扫出一条车道，他的车就在白死神夹道欢迎之中艰难前行。48 个小时了，点水粒米未进，司机困饿得受不了，想停下歇歇。老顾不允，一定要他坚持前进，不然人一放松，说不定就冻死在冰胡同里了。于是连续 12 小时驶到一座小镇，方允许他找个地方好好吃顿饭睡个觉。

以后老顾又搞木材生意。在林区坎坷泥泞的路上颠簸一天，吃不上喝不上是家常便饭。因为俄罗斯人没有招待人吃饭的习惯。老顾这种吃苦耐劳加上他与生俱来的南方人的精明，使他很快成为木材业的行家。他只要用肉眼一看，这批木头的品质就心中有数了；再用随身带的卷尺量一下直径、长度，算出它的立方，一切便妥了。

最让老顾感慨的是俄罗斯森林之多，最让老顾心疼的是俄罗斯毁林之多——山火毁一部分，更多的是树老死了自己烂掉。尽管这样，俄罗斯森林的增长量还是远大于采伐量。就在邻近的几个州，或在哈萨克斯坦，苏联解体后的森林开采量还不及原先的十分之一。这是多大的浪费啊，而且即使是过火的林地，不消几年，白桦林又昂首挺立了。老顾懂得，那些高地上的白桦是上品；而低洼处的，吃水过多，基本上就是废物。以前中国人不怎么认红松，也就是獐子松，如今也明白了它也是上等材。这便行了，整个西伯利亚，哪儿没有红松？

听老顾一席话，方知我们与俄罗斯的木材贸易不过还刚起步，还是个零头。中国众多的人口，又需要多少木材？就看我们的努力，当然还得看对方的机制和政策了。就中国人而言，能发财的，不是亡命徒就是能吃大苦的。

——我想，老顾的经历已经证明了自己。目前，安佳公司的实绩在新疆兵团中已是佼佼者，正在注册跨国贸易公司。可话又说回来，安佳公司在采伐俄罗斯木材中的份额微乎其微。俄罗斯最好最大的森林带恰恰在伊尔库茨克附近，那儿离中国很近。当中国的木材倒爷和中小企业正窝里斗的时候，西方大国已签订了包采伊尔库茨克周边森林长达 15 年的合同。

不断有电话来，都是说俄语的。老顾应对如流，电话里跟人算账，涨红脸跟人吵架，甚至骂人。我奇怪了，按老顾的经历，他的俄语是什么时候学的呢？老顾说：1995 年后，跟录音带自学的。白天遇上不会的，晚上就查字典。难怪老顾来俄罗斯时间只及老马一半，可他根本不用翻译就可以跟人家谈判和签约了。

吃完晚饭没地方去，三个人坐在沙发上神侃了。

在对俄罗斯人素质的看法上，老马和老顾可说各持一端。老马深受柏杨影响，自己经历的例子一大筐；老顾在中亚和阿尔泰闯荡多年，体会也不谓不深。老顾主要的看法是俄罗斯人懒、不守时，盲目歧视中国人，戒备中国人，以为中国人是来赚他们钱的，根本不懂这是一种互惠的往来。因此两国贸易额老是完不成。他们自己之间老是欠账、拖延，而对中国人必须立等。老顾还说，他就亲眼见几百个俄罗斯村民哄抢运煤的列车，编织袋和箩筐一起上，几个车皮抢走了一半……

我只是听，偶尔笑笑。我插了一句：村民抢火车的事中国也不少，北京郊区就有。

看来，这只能是一场没有结论的争论。每个民族，它的某个发展阶段，都有她骄人的地方，也有她的脓疮。

老马和老顾毕竟是朋友，争论归争论，各自都吸收对方的某些主张。

我早早地去睡了，睡在一间满是烟味的屋里。

十五、奔波的滋味

难得的好阳光照耀着古朴的巴尔瑙尔，让人出门时有难得的好心情。

跟尤拉约了9点集合，今天跑联盟办公楼，然后办公证。重新注册公司，一应手续都得全。今天是星期五，这里的人三四点就下班，再扣去午休时间，实际工作时间很少，如果不抓紧，拖到下星期就糟了。你是在巴尔瑙尔等还是先回新西伯利亚？来回480公里，不够你路上折腾的。

只有我最轻松和潇洒，挂个相机东张西望。联盟办公楼在列宁大街，巴尔瑙尔的标志性街道，街景自然相当漂亮。街中间是10米宽的绿化隔离带，列宁的铜像站在早晨的阳光中，站在深秋的树荫中。扫落叶的清洁工正忙碌着，用大铲子往清洁车上装落叶。街上的车辆行人似乎是设计好了的，不多不少，人们的节奏要比新西伯利亚显得悠闲些。

我就在附近街上转悠，难得的阳光么！

老马和尤拉倒是很快从联盟办公楼出来，他们说，关键是公证处。

第一个公证处就在拐弯的一条小街上，旁边的教堂正举行婚礼，这边的公证处门是开了，排队的人不少，而律师却还没有来。

如果等，如果排队，时间真不好说。尤拉说：走，那儿还有一处。

第二个公证处在列宁大街一栋楼的半地下室。没人排队，谢天谢地。尤拉拿着一口袋文件进去，我们在外边等。只听得尤拉轻声细气地同律师讨论着什么。十来分钟后尤拉出来了，做了个无可奈何的表情。律师说他看不懂中文的原件，尤拉说这可是俄罗斯外交部盖了章的，律师说那也不行。既然如此，尤拉说，马路那头对面还有一家。

我们随即跟着尤拉去找第三家。也不知道组织部长喝的牛奶里有什么核燃料，他的速度不亚于竞走运动员。老马是练武术的自然可以，苦就苦了我这个习惯慢悠悠望着天空散步的人了。

第三个公证处到了，一看那个排队的架势，没有一个小时别想轮到你。组织部长把头微微一歪，那意思很明白：走，再找一家。

于是继续竞走，不得已还坐了两站车。离那第四个公证处不远有一座捷尔任斯基铜像，我忍不住停下来让老马给我拍了张照片。因为听说在莫斯科，捷尔任斯基的像是早已推倒了的。我要给尤拉也拍一张，尤拉摆了摆手：不想拍。我想尤拉或者是早就拍过，或者是不愿再与这位祖师爷为伍吧。

恐怕尤拉只是急着赶路——我又想。可路过一条以普希金命名的小街时，尤拉很高兴地同我在普希金铜像前合了影。

第四个公证处居然同第二个一样：不懂中文。气得老马直嘀咕：放着 800 卢布的公证费不要，这么死心眼儿！

没办法，重新回到第一个公证处。所幸只剩下三两个排队的人了。这公证处有三个房间，也就是说有三个律师在办公。不一会，一位年长的女律师出来叫下一位：轮到尤拉了。我心里直捏汗，又是凶多吉少吧！

尤拉 10 分钟就出来了。他说：妥了，公证手续费只要 140 卢布。

我们终于喜笑颜开，这就叫踏破铁鞋啊！但还有一个手续，要到工商部门的律师那里办正式的营业执照，因为这是外国公司，还只能在巴尔瑙尔注册。

12 点多了，来不及了，只得打车去鄂毕河码头（巴尔瑙尔也在鄂毕河边，在新西伯利亚上游）。还是尤拉在前面冲锋，我上气不接下气地押后。终于在一栋没标记的楼里找到工商部门的律师处。

一通马拉松式的谈话，尤拉和律师都彬彬有礼，不紧不慢，细声慢

俄罗斯每个城市都有普希金街，作为诗人，一定要留个影

语。1小时后，总算搞定了。

三个人都长舒了一口气，今天命运可是待我们不薄啊。只是我那两条老腿，经受不起4个多小时奔波，挪不动了。

下一步该解决肚子问题。老马要尤拉找一家饭店，尤拉不干；那么找一家快餐店，尤拉还是摇头。真拿尤拉没治。只好进码头边的副食品市场，买肉肠、面包、熏鱼、黄瓜，准备回老顾那里自已做。

坐公交车回去还是打一辆出租？尤拉坚持旁边就是公交车站，一辆车就到。最无奈的是我了，地头蛇说了算，雷锋同志说了算，组织部长说了算，俄罗斯朋友说了算！

——这就是尤拉啊！于今在社会主义中国，怕也难找到三个两个了。

午饭后也顾不上休息了，因为我想看看俄罗斯的大森林。老顾有些为难：你要是去采伐场，一早去晚上都未必赶得回来；你要是进原始森林看看，那就太容易了。

四条汉子包了一辆出租车，不到20分钟，原始森林就在城市边缘的公路旁。说得准确一点，公路原本是从原始森林中间砍出来的。这在中国不可想象，可在俄罗斯很自然。

进得林子，由于阳光好的原因，比起新西伯利亚森林里的感觉，明快多了，也深远多了。这里几乎是清一色的红松，从公路两旁一直向南延伸。延伸多远呢？老顾说：大约300公里吧！再接着是阿尔泰自治共和国的天然林，连着新疆阿尔泰地区的天然林。我不由得张大了嘴，这还是地理概念上的"森林草原带"啊！真正意义上的"原始森林带"还在新西伯利亚北边，而且从乌拉尔开始，整个西西伯利亚、东西伯利亚和远东地区，这一纬度带几乎全被原始森林所覆盖。你就可以想见俄罗斯的森林资源了，全世界的四分之一以上在这里了。

我感慨的时候老顾也感慨：你说俄罗斯资源那么丰富，可它人口还在下降。人们不断往外移民，一部分去西方，一部分去以色列。只有中亚那些国家的人往俄罗斯移民。俄罗斯人的寿命这些年也下降了，这跟经济的滑坡不无关系。1998年改新卢布那时，国民生产总值仅是解体前的三分之一，普京执政这些年有所恢复，但目前也就恢复到当年的50%。

不说它了！我们可是来享受森林享受阳光的。雪在林子里已经积了三寸厚，快11月了，它们还会一层层地蓄积，直到来年6月才会融化。我捧起一把雪，那雪上没有一丝城市里的尘粒，真想让它就这么融进嘴里。

我们深入到林中也就100米吧。这儿不像新西伯利亚科学城边的林子，有小道，有指路牌。倘若离开距离太远，阳光又没了，你在林子中是很容易迷路的。

10分钟便回到巴尔瑙尔城郊，这城市边缘原来有一趟有轨电车环绕，这倒是不错的风景。轨道两侧，星星点点的红色果实，顽强地挂在一棵棵已经落叶的树的枝条上。衬托着它们背后由圆木垒起，顶上盖着绿色瓦楞铁皮的村舍或别墅。哦！又是山楂树，无处不在的山楂树，难怪俄罗斯有那么多美丽的歌都与山楂树有关。

鄂毕河从城市的东侧流过。比起新西伯利亚，这儿是更上游了。夏季过了，船码头闲在那里，河面依然宽阔，可没有船只。一座公路桥从这里结结实实地向东跨去，桥面上的车辆远没有桥下的鸥鸟多。

一个衣着破旧的老人，牵着条狗在岸边溜达。我大胆想象他是当年的“贫下中渔”，于是上前问候他，问他河里鱼多不多，生活好不好。他高兴得不断跟你说，你都插不上嘴。他说得快，连“专业翻译”老顾都听不明白了。不过老顾说：你没猜错，他还真是个渔民，看样子，也是个孤老头儿。

和鄂毕河渔民一起作秀

那我就作一回秀吧，邀请老头同我照相，算是我在西伯利亚“采访贫下中渔”的证明。接着是老马慷慨解囊，给了老头儿50卢布。老头喃喃地不知说着什么，无非是感谢吧。

十六、依然没有壁炉的夜晚

有晚霞的感觉真好。晚霞照在新住宅楼群边上的一个个钢板焊起来的小方屋子，这些小方屋子高矮大体相同，这些小方屋子又成排地连着，很少孤零零地独居，每个门都有一把大锁。这是俄罗斯城市一道特有的风景。

我起先以为是各家的储藏室，错了，因为那里边没有暖气，不像地窖可以大体保持恒温。待我耐心等了些时间，方才明白那就是各家各户的车库。俄罗斯重工业发达，买几块大钢板，找几个朋友帮忙，焊接成一个六面体，不就是一间车库？这比用木材搭建要方便得多。当然，车库同时也可存放各种农机具，天暖了去别墅种土豆、种黄瓜少不了要用。

今晚老顾的绝活依然是烧鱼。巴尔瑙尔的鲫鱼比西伯利亚还便宜，大约 12 卢布 1 公斤，合人民币 3 元多一点，在中国人看来等于白送。

老顾的鲫鱼是南方人的烧法，先用少量的油煎，然后炖汤。

吃老马的鱼长肉，吃老顾的鱼下奶——我这样赞美着。

老顾你这个安佳木业怎么就你一个在巴尔瑙尔？——我也这样疑惑着。

老顾说，你们来也正碰上我难得清闲，可以陪陪你们。你住的那间平时是我那个搭档老刘住的，一个烟鬼吧？老刘是江苏人，本来是公派到吉尔吉斯做生意的，他和老婆早就关系不好，他也就乐得躲远一点。哪里想到在吉尔吉斯遇上了一个俄罗斯漂亮小寡妇。老刘也算一表人才吧，于是两个人爱得死去活来。于是老刘留了下来，那点小生意说实在也算不了什么。后来老刘就入伙安佳，给老顾当了个帮手。他把那小美人带到了西伯利亚，在这儿有个家，有个不花一分钱的俄语教师，自然就安心得很。

原来我昨晚闻的烟味里还有这么一段爱情故事，我笑了，也原谅了那个我昨晚还讨厌的烟鬼。

老马说，你这回来，说巧也不巧。还有些重要人物没能见着，比如说南京有个林老板。

——姓林？我见过的吧，小吴还在的时候，他来坐过一会儿的——我说。

——那就是了。你看那个老林，50出头，一看就是当过干部的吧。他原先是南京一家国营工厂的，跟我一样，当过车间主任，自己还能搞机械设计。三四年前到俄罗斯来旅游，舍不得走了。为什么？南京那地儿，夏天是蒸笼，冬天像冰窖，他反而喜欢上了西伯利亚。国内那种人际关系他也烦了，于是决定留下来。他是搞食品加工的，这在俄罗斯有极大的潜在市场。莫斯科有一对姐妹，就认准了一样东西：豆芽。俄罗斯漫长的冬天没有新鲜蔬菜，她们发的豆芽深受欢迎，已经进入了各家超市。不用说，姐妹两人发了财，在莫斯科华人中已小有名气。这个老林呢，也看好了一个市场：俄罗斯人喜欢小甜食，还喜欢花生，那就把这两样东西结合在一起：搞花生糌，就是那种外边裹白糖、里边是花生米的。这在中国普通不过，可在俄罗斯就是美味奇品了。老林自己设计，向国内订购了一批设备，可运来一看——假货。不是按他要求，不是不锈钢制品。这怎么行？食品机械必须是不锈钢的，不然就损害消费者健康，也损害中国的声誉了。于是退货，重头来。时间就这么耽搁了。不过老林已经很习惯西伯利亚，他在这儿办厂，招收工人的计划都有了。他是准备在这儿干出一番事业来的。

还有一个可谓奇人——老马接着说。

——梁广？你在北京提过的那个？我问。

正是他。要他在就更热闹了。他是你的同行，学中文的。老梁当年刚从暨南大学中文专科毕业，分配在《伊犁日报》当编辑。都是40年前的事了吧，那时中苏关系紧张，中国又正处在最困难的时期，吃不饱饭。边境的那一边，苏联人拿着面包和肉肠引诱你。于是发生了著名的伊犁塔城事件，几十万中国边民过境去，成了苏联的永久居民。其实这里边什么人物、什么动机的都有。

梁广那年刚20岁吧，一个性格容易冲动、咋咋呼呼的小老广。他就这么稀里糊涂地裹了进去，走上了一条“不归路”。不过中国人就是中国人，老广还是老广，人的本性难移啊！

到了苏联那边，人家也不信任你，暗中也要受到监视。起先让他到哈萨克斯坦电台搞对华广播，可他那个普通话谁听？让他当编辑，他那点墨水也欠了点。于是他只好到工厂打杂，后来就做了生意。

梁广倒是有桃花运。好像俄罗斯女人都爱嫁中国人，中国男人酗酒打老婆的少。不过没想到梁广命里又是个剋老婆的。他先娶了个朝鲜女人——

——怎么这地方还有朝鲜人？我打断了老马。

——不光是有，还很多。他们都是二战时期过来的，那时苏联政府把他们安排在中亚。他们比中国人来得早，人也多，还抱团。

老马接着说：那女人还带了个儿子过来。梁广倒是待娘俩都还好，可朝鲜女人没几年就病死了。他又娶了个俄罗斯女人，两人生了个儿子，可那俄罗斯女人又死了。现在的老婆是乌克兰人，跟他生了个女儿。原先那两个儿子还叫他爸爸，还常跟他们往来。这不，他们家就是联合国了。

可见老梁还是心善的。他有个毛病，就是好一口酒。还有酒必醉，醉了就唱歌、就说话，倒是不打人砸东西。于是朋友们乐得借酒逗他拿他开心。他会把那些老歌不厌其烦地唱，什么“嗨啦啦啦嗨啦啦啦，天空出彩霞呀，地上开红花呀，中朝人民力量大，打得那美国兵呀，回呀么回老家呀！”什么“向前向前向前，我们的队伍向前进，脚踏着祖国的大地……”如今在国内也没几个人会唱了吧。

老梁醉的时候，还会瞪着眼睛问你——中国10个元帅都是谁？10个大将是谁？那10个元帅中排名第9的是谁？那10个大将中排名第8的是谁？尤其这后两个问题，现在恐怕只有军事学院的人能答上来了。可你要是答不上来，他那醉眼饶不了你：“你连这都不知道，你算中国人吗？”按梁广的标准，真正的中国人大概只剩几千人了，当然包括他自己。话说回来，40年了，梁广一直拿的是中国护照。

梁广做生意发了点财，那是前些年的事了。买了房子还买了厂房。可一桩买卖，就栽了。那一年圣诞元旦之前，他看好山东高粱饴在俄罗斯很受欢迎，一下子定购了两个车皮，为了快，走公路从新疆塔城口岸过境哈萨克斯坦再到俄罗斯，这是最近的路线。哪里想到哈萨克斯坦那几天突然封关，而封关的原因，据说是当地人在总统选举中没有投总统的票，总统生气了就封这个口岸，你不选我就让你没钱赚，跟中方连招呼都不提前打一下。老梁的高粱饴在塔城苦等了一个月，对面还没有开关的打算。老梁没法了，只好退回乌鲁木齐，转火车运到二连浩特，经外蒙古进入俄罗斯。这一折腾，多走了5 000公里不算，多花十几万运费不算，所有手续重新办，所有合同重新签，车皮计划重新报。等到高粱饴运到巴尔瑙尔，卫生检查部门通知：高粱饴过了保质期，不能卖了。原来，中方公司给老梁的货就是刚到保质期的。老梁接货时没验，吃了一个大大的哑巴亏。老梁还是守规矩——俄罗斯的规矩，要在中国，糖过期几天算什么？偷偷卖了就卖了。老梁不卖，自认倒霉。厂房抵押掉了，房子还有。老梁依然喝酒，唱他的“嗨啦啦啦”、“向前向前向前”，一边怀念他的青春岁月一边同他的老婆儿女们种种菜园子。

有趣的是那些高粱饴怎么办？老梁也有用：高粱饴能着火，于是用来生火做饭，烧火墙子。两个车皮呢，堆在家旁边几年了，还没有烧完。

……这一个依然没有壁炉的西伯利亚夜晚，读小说的老顾和写小说的老马，讲述着几个生活在西伯利亚的中国人的故事。我怀疑老马的故事里有夸张的成分，可细想又挑不出什么明显的破绽。

十七、阳光、雪原和读诗集的姑娘

这可是我到西伯利亚两周来最好的阳光了。有阳光就有好心情。

老马的第二次创业也过了第一关。有了赚钱的机会就有好心情。

我们乘“大灰狗”回新西伯利亚。一路上，森林、湖沼、雪原从你身边掠过；耕地上大团的草捆、乡村泥泞小路和木屋从你身边掠过；富人的别墅群和一般城里人的菜园子从身边掠过。

我第一次看到阳光下的鄂毕河是蓝色的。蓝色的鄂毕河从身边掠过。

在离新西伯利亚市大约130公里处，从地图上看附近有一个名叫切列帕诺沃的小镇。来巴尔瑙尔时车上人多，我竟没有注意。原来就在公路西侧，也就是半公里吧，有一座规模巨大的兵营。那片开阔地有多大？真说不清。可你能看到那儿停放着数以百计辆的军用卡车，还有许多坦克、装甲车和火炮的影子。因为阳光好，今天看得特别真切。可以判断，这所兵营能够驻扎1个军，至少是一个加强师的兵力。

我赶紧指给老马看。

老马不以为然地解释道：那恐怕早就是一堆废钢铁了。我知道这儿有军营，珍宝岛是哪一年？1969年吧，那时这里是苏联的准前线，新西伯利亚地区驻扎着大批部队，陈兵百万嘛！机械化部队从这里到新疆中国边境，1 200公里路，最多两天到了。后来中苏关系缓和了，苏联又解体了，这军营就没有用了。七八年前吧，有个中国商人来过这儿，想把几百辆军车全部买下来，只是因为价格问题没有成交。你看，又那么些年了，这些钢铁还有不生锈的？别说是坦克、装甲车了，再往北，拐进那些原始森林里，有苏联的战略部队基地，连洲际导弹都有。那时当然是对准中国的，现在肯定不了。

哦，原来是这样。听老马那口气，苏联那点军事机密他都知道。不过我还是相信老马，他毕竟闯荡了十几年了，俄罗斯弟子们、哥儿们一大堆，那话不会太离谱。

也是阳光好的原因，回新西伯利亚的路上我格外振奋。数码相机干脆就吊在我脖子上，我像初进森林的猎人那样随时准备射击。"大灰狗"中途不是停两次吗，这便成了我最好的"射击"的机会。那中途必停的两个小镇，一个叫塔利缅卡，一个叫伊斯基季姆。卖咖啡的妇女似乎认出了我们就是两天前到过的"老外"，可劲地向我们叫喊着。老马自然不亏待她们——来两杯咖啡，两块巧克力。我则干脆把镜头对准她们，引来她们一阵欢呼，还直嚷嚷：照片要寄给我们！这就天晓得了，我这数码机只有回北京才能处理，她们也没留下姓名地址。

伊斯基寄姆站的一排小房子很让人赏心悦目。红瓦红走廊，阳光铺在上边，给人暖洋洋也懒洋洋的感觉。挺长的走廊，当然是为等车的旅客准备的，可今天这么好天气，只有两个人，两个女孩，她们没有行李，似乎并不等车，也不等什么人，只是坐在那里，悠闲地私语。我偷偷地拍了下来，跟老马说：你看，这张照片的标题是——西伯利亚，两个女孩的车站。

伊斯基寄姆离新西伯利亚不到100公里。能隐隐看见附近有几栋住宅楼，有烟囱。不知是工厂还是什么机关。再往北一点，紧挨着公路的右边，一栋10层的"胡子工程"引起了我的注意，因为10层以上的高楼在新西伯利亚屈指可数。看上去它只是个钢筋水泥空架子，而且

西伯利亚公路边的小站伊斯基寄姆

显然已经废弃了许多年头，旁边除了高高的荒草，没有堆放任何建筑材料，更没有一个人。

我指给老马：这可又是一景。

没想老马还真知道：这是苏联共产党新西伯利亚州委盖的党校，苏联解体了，共产党没钱也不会再办党校了。下回自己开车到巴尔瑙尔，你停车把它拍下来，写一段说明，也算个纪念！

——这一回我深信不疑：你想想，老马每年在这条路上要往返多少次？组织部长尤拉又跟他同行多少次？

这一趟“大灰狗”乘客很少，不对号，一人占两个座位还有富余。老马干脆坐在我后边，他那打过篮球的个子，本来该罚他买两张票的。

从巴尔瑙尔始发站上来一个姑娘，坐到了我的左侧，中间隔着一条窄窄的过道。姑娘文文静静的样子，不是惹目的那种漂亮，而是一望而知的端庄和清秀。从年龄上，我也判断不出她是中学生还是大学生。

车刚开动不久，她便轻轻拉上窗帘，因为今天的阳光很强烈，她的位子又西晒。只见她从一个普通不过的小坤包里拿出一本书来，一本厚厚的深蓝色封面的精装书。姑娘翻开书的时候，我注意到了夹着的书签，更发现书中的文字都是分行的。

我回头跟老马说：你看人家，在读诗集呢！

老马说：那还不快拍一张照片？一位漂亮姑娘在西伯利亚的长途车上读诗集，多棒！本身就充满诗意啊！

车颠簸着，我勉强调好镜头。不过我想还是征得姑娘的同意为好。趁她目光离开书页转向我的一瞬，我向她微微一笑：可以吗？

姑娘也微微一笑。我以为她同意了，可她恰恰摆了摆手。

我大为沮丧。这就好比在舞会上我请一位女士跳舞遭到了拒绝。

我很无奈。只有把头扭向窗外，看雪原上的风景。可我眼睛的余光不时地注意着那位姑娘，她一直那么专注，有时翻动书页时还略略沉思。

她读的是普希金？涅克拉索夫？叶赛宁？阿赫玛托娃？还是叶甫图申科？我胡乱地猜着。因为她的气质，因为她的美丽，因为她手捧的诗集，我竟然有些心神不定。

就这样，“大灰狗”行驶了100公里，150公里，200公里……除了塔利缅卡站她下了车过几分钟，她居然一动未动，沉浸在诗歌里，让人不忍打断她。

220公里了，“大灰狗”行驶至大森林边的火车头博物馆，这儿有一个临时停靠站，乘客跟司机打招呼，司机就停车。

姑娘把诗集放进小包，起身往前走到了车门口。车停了。

我知道这是最后的机会了，于是让相机透过玻璃窗，准备捕捉她下车后踏向林中小道的一瞬。尽管拍不上她读诗歌的镜头太遗憾了，但总算是留个纪念。

那姑娘似乎心有灵犀，知道自己背后有一双执着的眼睛。就在她迈向林中小路的瞬间，她回头向我嫣然一笑，并且挥了挥手。我赶紧按下了快门。我看到她的嘴角微微向一边上翘，这样的表情又一次让我怦然心动，那可是一种久远的、久违了的初恋的感觉啊！

老马在后排看得一清二楚，直抱怨我：你那包里就没有多带一本诗集？你送她一本，上面还有你的照片呢！那她就不在这儿下车，就一直送你这位中国诗人回新西伯利亚了。怎么样，后悔了吧？

我知道老马接下来还会拿我开心，于是回答说：我是后悔了，不过可以这样设想，几天后的某个傍晚，我在地铁车厢中正好跟她坐在一起，我不失时机地作了自我介绍，还提出送她回家，于是开始了一则异国情调的浪漫故事。

老马把大腿一拍：这就对了！这才像个中国诗人。

我说：还得有个前提，你想想办法，让我年轻30岁！实在不行，年轻20岁也行！

不过老马倒是转了个话题：这姑娘让我想起一个人，前几年我公司里一个人在公共汽车上问路，汽车上的乘客争相教他该怎么走，居然分成了两派，两种不同的路线，而且各不相让。最后，就是这么大一个姑娘说：我顺路，我带你去。那位姑娘带着他转车，一直送他到离目的地不到100米的地方，然后说：很抱歉，我只能送你到这儿，我马上要赶去参加高考，不然要迟到了。

不妨大胆地设想，这两位姑娘就是一个人。

十八、新西伯利亚交响乐团

周日的街上更显得静悄悄。一只无名小鸟躲在树上残存的褐色的枯叶之间，躲避着我的镜头。吃得滚圆的鸽子们在你脚边蹿来蹿去，在雪地上徜徉；它们最不怕人，而且是被人宠惯了。

我和老马又得去买鲫鱼了，去兔子广场旁边的那个鱼摊。幸而那位卖鱼的妇女在，不然我们就要扑空。那鱼常常是盛在铁皮水桶里，水桶里其实并没有什么水，满满一桶都是从码头那边提过来的。也有的时候，卖鱼女人直接用编织袋装鱼，那样也不会有多少水，因为鱼儿们被冰冻着，挤在一起，它们是不会提抗议的。

一买就是3公斤5公斤。照老办法，老马还会把那个洗衣盆当养鱼池。奇怪的是，那些似乎已经冻死了的鱼，提回家往洗衣盆里一放，再放上半盆自来水，用不了几秒钟，一条条又跟游泳运动员似的，活蹦乱跳。它们哪里知道，老马让它们多活两天不过是为着自己嚼着更美味。

冬天的周日最好待在家里，因为许多服务行业都是"休息"，这跟中国太不一样，没有"假日经济"一说。于是回家做鱼，再躺在床上读小说。电视里已连续多日播放一部卫国战争期间苏联超级特工打入德国盖世太保的电视剧，看得我没头没尾，云山雾罩。不过我像小学生那样，把"好人坏人"还是基本分清了。

下午时分丹妮娅老太太来电话，问我想不想听今晚新西伯利亚交响乐团的节目，还说乐团刚刚从欧洲演出归来。我从床上跳起来——当然！我说：丹妮娅，我请你听！丹妮娅说：不用，她是买了乐团演出的年票的。

早早地吃两片面包喝一杯酸奶，就算晚饭了。丹妮娅老太太总是不急不慢的，7点的音乐会，过6点才到加加林站。

坐公共汽车去吧——丹妮娅说，再走一点点路。

我说：还是叫一辆出租吧，我还要买票哪。

我扶着她过马路，在对面等车。

剧场在列宁广场南面两站地的样子，再往东拐300米。按说是很近的。

丹妮娅拦了一辆车，她同车主说了几句什么，然后对我说：他要50

卢布，贵了。

我说：早一点去好，50 就 50 吧。

进到剧场大厅，离开演还有 20 分钟，可是大厅里人头攒动，存衣处已经排起了队。更让我心里发毛的是从两个售票窗口排出来的队都快三四十米长了，而且卖票的人看来磨磨蹭蹭，半天也前进不了一步。

我对丹妮娅说：还是得早来吧！

丹妮娅说：你在这儿排着，我到前边问问。

一会儿，丹妮娅过来说：这儿排的是 100 卢布一张的票，如果买 200 卢布一张的票就不用排队。

我赶紧离开队，跟她到另一个窗口去。60 元人民币听一场交响音乐会，太便宜了。我在北京听美国费城交响乐团的音乐会，要 300 人民币一张票，还是大会堂二楼的。不管怎么说，新西伯利亚交响乐团在俄罗斯音乐界仅次于国家交响乐团和原列宁格勒交响乐团，是坐第三把交椅的。新西伯利亚市有自己的音乐学院，学院里还有许多外国留学生。

一票在手，心里就踏实了。大厅里等候的人们，上岁数的个个西装革履，但年轻人就衣着很随便了。这或许是代沟抑或是变革。能看到若干亚洲面孔的年轻人，我想那一定是留学生。我不知其中有几个中国学生，反正倒爷是不会来听音乐会的。说起倒爷，倒是有一个他们第一次看芭蕾的真实段子：几个农民出身的倒爷想风雅一下，要看一场芭蕾，他们买了最好的票。可小半场演过，他们还什么都看不懂，只看懂一个，就是女演员旋转时，白色短裙飘起，露出迷人的长腿和三角裤。于是一会儿这个说：转了，转了！一会儿那个又提醒：又要转了，又要转了！这帮倒爷没等看完全剧就提前退了场，还不如去夜总会找小姐呢。

铃声响过，我进到剧场里。我发现这是一座许久没有装修的场子，与其说是剧院，不如说是礼堂。舞台边的装饰板，也就是我们七八十年代那种黄色的木纹三合板，连乐池都没有，顶棚上的吊灯开会用还差不多，按说并不适合音乐会。北京、上海都可以找出几十个比它好的场地。

丹妮娅似乎看出了我的心思，她说：这里本来是新西伯利亚州党委会的大礼堂。没有怎么改造就供演出用了。我恍然大悟。

我的座位不跟丹妮娅在一起，我的票是临时加座。她买的年票，座位好而且固定，一张年票才600卢布，可以听17场音乐会。俄罗斯人的艺术水平举世公认，可这样的票价也实在太便宜了！这不能不说跟它的经济实力和老百姓的收入水平有关。

大厅里座无虚席，后排的过道里还卖出去上百张无座位票，一批音乐发烧友或是坐在地上，或是站在后排听众的后面。我大体算来，今晚来了上千人。

今夜的节目是瓦格纳、莫扎特和马勒的作品。我只熟悉莫扎特，对瓦格纳知道点皮毛，至于对马勒则很生疏。

公平地说，演奏水平是一流的，特别是作为交响乐队的基础弦乐齐奏。

中场休息时我请丹妮娅喝咖啡，吃点心。我对这样差的场子有那么多听众有些不解。西伯利亚人对古典音乐竟如此痴迷。

丹妮娅说：你知道，今天的指挥是弗里杰玛·纳尔松，他是出生在新西伯利亚的犹太人。25年前，他是乐团的第二指挥，后来他移居德国，指挥柏林交响乐团。今天他是衣锦还乡，所以听众特别踊跃。

我又提了个问题：瓦格纳是反对犹太人的，而纳尔松是犹太人，他怎么偏选瓦格纳的曲子？

丹妮娅没有答话，也许不好回答，也许我问得幼稚，音乐本无国界和民族。

休息之后，丹妮娅旁边空出一个位子，她赶紧招呼我过去。

新出场的第一小提琴很年轻，发挥得淋漓尽致。丹妮娅轻轻对我说：他是我的学生，他的钢琴课是我教的。老太太一脸自豪。

散场时我提了第三个问题：怎么不演奏一位俄罗斯作曲家的作

品？比如柴可夫斯基，比如鲍罗丁，我都很喜欢。丹妮娅未置可否。

上了出租，我要先送丹妮娅回家，丹妮娅说：不行，因为你是外国人嘛！

老马在等我，他说：那天英雄救美你创造了第一，今天你从头到尾听完音乐会又创造了第一。我说：不对吧，音乐会上肯定有中国留学生。老马说：你不是副经理吗？

十九、悠悠逛逛的日子

雪变成了雨。10天前铺天盖地的大雪居然变成了雨。

道路上的冰雪都化了，车一过就溅起黑色的泥浆水，几乎没有一辆车是干净的。

第二次去邮局交电话费。邮局门面特别小。你说它星期天休息，今天该开门了吧？对不起，14点到15点也休息。白等1小时不值，走！

第二次去俄中友协，还是关着门，主人还在装修房子。这种部门，政府是补贴的，是铁饭碗，你急他不急。政府补贴的还有医疗，还有生孩子。

最有意思的是生孩子。生下来是9斤？好，补贴9 000卢布；生下来是8斤？好，补贴8 000卢布。俄罗斯人的理由或者逻辑是孩子生下来体重越重，吃的就越多——这倒是很新鲜。

看来，我此番西伯利亚之行的重要目的之一——采访当年将侵华日军驱逐出东北的红军将领的计划要告吹了。

那就随心所欲，再往前走。离列宁广场不远有个“列宁之家”，“列宁之家”边新开了一家“上海咖啡馆”。老马也不知它是什么时候冒出来的。

进去看看上海老板！咖啡馆利用的是半地下室，下了台阶，一股奶油洋葱味扑鼻而来。一位身着唐装的服务员迎上前，问我们要些什么。我们问老板在不在，答说不在。我们就离开了。老马说：俄罗斯有很多冒牌的中国餐馆，但总是能赚钱。

市中心的马雅可夫斯基电影院，如今改成了赌场兼夜总会

再往前走。路西有一栋文化宫模样的建筑，从楼顶巨大的俄文字母看，这是马雅可夫斯基电影院。它的门口停着脏兮兮的一排车。老马说：这里早就不放电影，改成了赌场和夜总会。我边拍照边想，马雅可夫斯基泉下有知，一定激愤难耐，一定会写一部长诗重拳出击，然后再自杀一次。

我们一脚雪泥一脚水地拐进一条小街，街南有一栋独立的三层小楼。老马说：正好！这是塔斯社新西伯利亚分社，看看谢廖沙在不在。老马早就跟我提过谢廖沙，新西伯利亚分社社长，他的又一个"铁哥儿"，在西伯利亚也是个有身份的神通广大的人物。

没有人看门。老马轻车熟路，直接上了3楼。楼上没几个人办公，也不大像通讯社的编辑部、采访部，有点散乱、有点败落的样子。

老马去了两间办公室，都答说谢廖沙不在。老马有些沮丧：几个月没见，你看我把他电话忘了，他的手机又恐怕换了。

快快地，只好下楼。哪里想到刚下到2楼中间，谢廖沙从天而降！

这是一个健壮结实，衣冠楚楚，一半已经谢顶的中年人。一见老马，扑上来就使劲拥抱，大声说笑。看来老马这位朋友跟尤拉、米沙、尤里亚是一个量级的了。

老马把我介绍给他。于是三个人下到1楼，那儿本来是通讯社的，因为通讯社资金不景气，出租了，改成了对外营业的咖啡屋。2楼也租给了一家杂志联合会。

喝着咖啡，两个人没完没了地聊开了，新电话也记下了。老马说着这次重返西伯利亚的目的，要谢廖沙帮他办几件事，说白了，有些事，有些生意同谢廖沙一起做。谢廖沙拿纸不时记着什么，我则干脆充当一回摄影师。

见过谢廖沙，老马格外来精神。傍晚时分，新疆安佳木业的邓经理来老马家，正好老顾，还有那个为了爱情留在俄罗斯的江苏人老刘也路过，于是一起聚一聚。

老马的款待方式当然还是羊肉炖萝卜或萝卜炖羊肉，三条鱼两种做法，外加生黄瓜、生西红柿。想来，到俄罗斯闯荡的爷儿们都是这种活法，也真是不易。要不大家就走一站地去吃比萨饼，谁愿意？

老顾和老刘要连夜赶回巴尔瑙尔，起码是后半夜到了。邓经理要在老马这儿打地铺借宿。邓经理是陕西安康人，参了军，进了疆，留在了农八师，长驻吉姆乃口岸。他最年轻，刚40岁就是正团级干部，在边疆算个高官了，而且仕途还在看涨。可他像许多人一样下了海，到俄罗斯、哈萨克斯坦做木材生意。

邓经理给我提供了一组数字：紧挨中国的俄罗斯阿尔泰自治共

和国，可供采伐的木材量是 8~10 亿立方；苏联解体前的年采伐量是 180~190 万方；这些年的采伐量是 10 万方多一点，也就是说，只采了该采的 6% ~7%。

我直摇头，这是一组惊人的数字。

邓经理接着说：树太老了也会死，许多木材腐烂了，倒了，把公路都压坏了。采伐的设备，旧的旧了，坏的坏了。你看看城市里的住宅，赫鲁晓夫时代盖了大量居民楼，所以老百姓挺拥护他；勃列日涅夫也盖了一些，后来就少了。可以说，俄罗斯城市已经 15 年基本没盖什么新的住宅楼，所以城市里住房非常紧缺。随着俄罗斯经济复苏，建筑、木材市场肯定会复苏，而且潜力极大。邓经理的一个合作者，几年前贷款 4 万搞木材，现在资产已过了 2 000 万……

聊着聊着夜深了，明天邓经理还要起早赶飞机回乌鲁木齐。看着这位正团级干部美美地睡地铺，我想比起国内真是天上地下，但你要创业就得这样，肯吃苦、有远见的人才有回报。

二十、迎来第三个合作伙伴

第三次去兔子广场那个小邮局交电话费，它总算开门了，老马总算了却一件大事。交电话费算什么大事？算的，因为有不少中国倒爷租了房子，拍拍屁股走了，不交电话费。这就坏了中国人的名声。本来租房子并不需要担保，政府没有规定，可民间作了规定：只有中国人租房子要有俄罗斯人作担保。

拿过电话单子一看，老马傻了：这月电话费差不多合 200 美元。怎么那么多？细细一看，单子上记录的国际长途全是打往北京上海的，而且一通话便是半个小时 40 分钟的。再看电话号码，显然是前些天国内来的那个王老板打的。王老板并没有在老马这儿住，只来了两回，吃了两餐饭。这两回就让主人哭笑不得。

老马直摇头：你说我去国内时人家招待了我，我不能不让他打电话吧，他打电话我不能打断他吧？这些老板用公家的钱用惯了！王老板住在西伯利亚火车站那个旅馆，走的时候服务员追了出来，说你电话费没有交。王老板连说“忘了忘了”，旁边的丹妮娅有几分鄙夷：你都打了几百美元电话，怎么会忘呢？

今晚老马要去国际机场接人，接的是老马这回二次创业过程中的第三个合作伙伴。第一个西北的，玩了小姐，许了许多愿，至今看不出有多少兑现的希望；第二个广东的，玩了莫斯科，吃不上早茶就撕毁了协议；这第三个是老马尊为老师的一位北京作家老郭介绍的，他的江西小老乡。江西那里的橘子多得卖不出去，俄罗斯人恰恰把橘子看成高档水果；同时还可以做苹果生意，苹果在俄罗斯人生活中必不可少，因为做色拉少不了，而俄罗斯恰恰不产苹果。

合作者是即将离任的县果林局局长，老马去过那县，县里几个官员对到俄罗斯做水果生意赚钱热心得不得了，渴望借此机会既改变家乡面貌，自己个人又留条退路发一笔大财。因此，老马尽管对他们寄予厚望，甚至是最后的希望，相信他们不会像前两拨合作者那样食言，但他说不准新合作者是官方还是几个私人。

加加林地铁站旁的住宅楼，我就住在这个单元里

一开始就埋下了伏笔。老马只清楚今晚来的两个人一句俄语都不会，包括那个60年代大学毕业的老郭。

尤里亚早早地把他的丰田面包车开了来。

今晚他还有课，要去教学生武术。他把时间推迟了，先保证老师用车。

我跟着一起去机场。来西伯利亚时体验了出关的滋味，没能参观机场候机厅。这回再体验接人的滋味。于我看来，我在西伯利亚的每一时刻，无论在哪里，无论做什么，都是新鲜的生活，难道不是吗？

这趟航班是从乌鲁木齐来的，正点的话，七八点就到了。可尤里亚看了指示牌，过来说，飞机刚起飞。也就是说，要误点一个来小时。

国际候机楼接客人的厅不大，没有座椅可以休息。从屏幕上看，今晚还有从吉尔吉斯斯坦的杜尚别，从哈萨克斯坦、乌兹别克斯坦来的班机。

只能去酒吧喝咖啡了，总得打发这一个多小时时间。酒吧更小，三五张小桌，三两位客人，倒是清静得可以。

搅着咖啡，我和尤里亚谈起了达萨耶夫、别拉诺夫、布洛欣这些前苏联足球场的名宿，我对俄罗斯足球的皮毛知识也让尤里亚感到吃惊。尤里亚其实对武术和足球同样在行，不过他毕竟40多了，足球毕竟是青春的运动，而武术更为长久。

我们谈起家庭，彼此都毫无保留。我说我离过婚，有两个女儿，她们之间相处很好，她们学习成绩也很好。尤里亚很赞叹的样子，他说，他跟前妻之间的分歧就是因为儿子的教育。他主张严一点，而前妻则根本不管，于是分手。他的父母亲也早离婚了，母亲喝酒很凶，而父亲抽烟很凶，心脏不好。现在父亲同他们两口子住一起，住两居室，40来平方，够挤的。他跟现在的妻子感情很好，她是个游泳运动员，在俄罗斯能排上名次，可是还没有参加国际比赛的资格。冬天到了，她的训练成了问题，新西伯利亚有室内游泳池，可像她那样的都要收费，一年4 000卢布，他目前的收入还交不起，因为首先得考虑房子。

尤里亚说得很平静。我暗暗叹息，暗暗祝愿他能有大一点的房子；祝愿他的爱妻能参加国际比赛、能出成绩，这样她或许不用交那4 000卢布了；我还祝愿他的老父亲。

飞机到了，两位同胞顺利出关了。老马松了口气：新一轮事业可以开始了。

两人之中，北京来的老郭，我还可能在什么场合见过。他“文革”中颇为风光，“文革”后失意，这很正常。有点自己的爱好，写点东西，既是寄托又是补偿。他刚退休，可60多了，还从未出过国门，所以对这第一次出国看得很重。

至于江西某县来的周局长，这一类干部我接触不多，老马也仅同他一两面之交。周局长自己说是去美国考察过，风度自然有的，腰板挺得直直的，大衣上没有折子，烟卷不离嘴，那烟雾直冲着你，然后再袅袅婷婷地上升。

上了面包车周局长就问税怎么样？房租多少？商店里苹果橘子的价格是多少？运费又是多少？很内行很敬业，不像文人，风光啦天气啦艺术啦甚至女人啦不着边际，人家直来直去，就是做生意就是赚钱。

周局长一算就说：不赚钱嘛！

老马吃了一惊：我在俄罗斯做了10年水果了，你是怎么个算法？

周局长说：我干果林30多年了，我最多时领导500个人。

我哑然，而且惭愧不已。别说500人，我连50个人都没有领导过。

老马没有说自己当车间主任时领导的人比他还多，也没说自己10年前就比他现在的级别高，只是说：你干了30年果林是事实，可你来俄罗斯还不到一天。在国内是一回事，出国谁都得重头学。

周局长不言语了。老马跟他一笔笔重新算，周局长还是有悟性：你算得对，能赚钱的。我们局里的账都是会计做的，我自己没当过会计。

老马说：出国创业，自己什么都得会一点啊！老马又问：电话里说好的，8 000美元启动金，可是带了？

周局长说：不是可以借嘛！我只带了1 000美元。

老马愣住了：电话里不是说好两个人带8 000现金来的吗？

周局长没有话了。老马也沉默不语。老马跑移民局、跑巴尔瑙尔，注册的当然是国际贸易公司。他跟江西的协议，是一切由江西方面投资，他帮他们把公司办起来，走上轨道后就撤，自己占小部分股份。如今可好，人家只拿了1 000美元来做国际贸易，这第一笔生意怎么开头？连吃饭住房子都不够，都得老马垫付了。都是同胞，还是郭老师介绍的。

我在一旁只有听的份儿。我猜想着，这老马的第三个合作者，会给我的西伯利亚之行带来什么？

到家了，先吃饭。老马进厨房忙活，两位客人吞云吐雾。老马端上来的除了招待我的特色菜羊肉炖萝卜和煎鱼之外，加了一碟西红柿炒鸡蛋。为了迎接同胞，我自告奋勇去超市买了几瓶啤酒请他们。

动筷子之前，我察觉周局长脸上一丝不屑的冷笑，似乎是说：你就拿这些菜给我接风？

吃完饭打地铺的时候，老马还是照顾我，让我一个人睡原来的小间，他们三人挤在大间，老马让老郭睡沙发床，自己陪局长大人躺地板。周局长一脸无奈。

二十一、谢廖沙和周局长

谢廖沙准时开车来。当然是老马让他帮忙来了。我说的准时，就是10点，这是俄罗斯一般人的习惯，不管你在哪个时区。俄罗斯从彼得堡到海参崴时差有7个小时。新西伯利亚的时差只比北京晚1个小时。

老马的屋里挤了三个人，又烟雾腾腾，我真佩服老马的忍耐。那两位已经反客为主了。我只好把谢廖沙让进我的屋里。昨晚我曾严肃也有分寸地提示老郭和周局长，到了国外，要从一点一滴小事做起，从第一天做起。比如你们抽烟，要征得旁边人同意，或者到厨房或者厕所里抽，这是起码的礼貌，不然人家会说你们中国人没教养。我话都说到这份儿上了，他们听不听我是没法强制的。

想必老马在谢廖沙面前已把我吹了一通，谢廖沙对我也就先有了几分亲切感。我仔细地端量他，有了一个新发现：如果他头顶再有一片胎记，他就是戈尔巴乔夫了。我跟他说了我的感觉，他哈哈大笑。

我还知道谢廖沙的一点小秘密。他有一个贤惠的妻子，一个漂亮的女儿，但他也有过几个情人。朋友们称他"风流社长"。他的理由是俄罗斯男人少女人多，因此男人应当多尽一点义务，尤其是优秀的男人。他的妻子怕他有外遇，自然要对他实行"盯、关、跟"；而他个性好动，爱交朋友，工作特性又决定了他必须常常在外边跑。也因此，特别是晚上，他妻子常常要打电话来"查房间"。

有那么一回，妻子电话来了，他正巧在情人那儿缠绵着呢。妻子问他你在哪儿？他不假思索地回答：我在马福林那儿呀，不信你打电话问他！他妻子果然马上打老马手机，老马说：谢廖沙是在我这儿，我们喝得正高兴呢！他要是醉得厉害我会照顾他，你就放心吧！

——老马轻而易举给谢廖沙解了围，这男人之间的磐石般的友谊自然更深了一层。苏联解体之后，情况特别乱，谢廖沙的塔斯社分社都做过枪支的生意，谢廖沙甚至给了一支手枪让老马"玩玩"。老马玩了一星期，还是觉得危险，一个外国人拿枪干什么？于是还给了谢廖沙。当然，老马生意上有要事就找谢廖沙，谢廖沙肯定两肋插刀。比如老马想见外贸部门、海关部门头头，甚至想见市长，谢廖沙亲自出马，肯定办成。谁都知道前苏联的塔斯社意味着什么。

于是我趴在谢廖沙耳朵上问：告诉我，现在，你的情人在哪儿？

谢廖沙大笑着捶我一拳：你呀你这个小流氓，坏东西！

我说：我可是在北京举着望远镜看哪，看哪！

谢廖沙继续大笑，他的笑声特别有感染力，震得天花板都发颤。

这一笑一拳，把两个男人的距离就拉近了。

出发的时候，我坐在谢廖沙旁边，他们三个大男人在后边挤一挤，只好委屈周局长了。

谢廖沙边驾车边问我：中国现在汽车多不多？是不是中国人还骑自行车？

我说：现在骑自行车的少多了，汽车越来越多，不过人更多。

谢廖沙问我：你会不会开车？

我说：我家里买了车，我妻子会开，但我是领导她的，我让她往左她就往左，我让她往右她就往右。

谢廖沙高兴得又是大笑不止。后座上老郭和大局长莫名其妙。老马对老郭说：怎么样？有杨作家给你当翻译，陪你去莫斯科够格吧？人家都能把俄罗斯人逗成这样。

今天去的第一处是列宁广场边上的新西伯利亚市中心宾馆，这在西伯利亚就算最好的接待外国人的宾馆了，离老马住处也近。老郭和局长的落地签证必须得办，不然就上警察局排队。再说，凑合一夜可以，但都是50开外的人了，更有局长大人，总不能天天睡地板。局长跟我们不一样，他自称在老家盖了3 000平米的房产，根本不会想到来这儿会受洋罪。

中心宾馆的前厅很小。从中国来看，不过是个中等旅馆。老马帮着把两人的护照递给前台服务员，那两人习惯地掏出香烟，挺着胸，那烟雾也跟他们一样悠悠然。

服务员问着什么，挑着什么问题。老马答不上的时候，谢廖沙就过来帮一下。

一个保安模样的人对我做了个手势，而且一脸不高兴。我明白了，是要我制止那两个烟鬼。我赶紧前去，要他们赶紧把香烟掐掉。看来我昨晚的话是白说了。老郭第一次出国，又耳朵背，可以原谅；你局长大人可是到发达国家考察过的呀！我看到谢廖沙脸上也隐隐不快，但他知道他们是老马的朋友和合作者，因而不说什么。

服务员似乎还在拖时间。老马从随身提的塑料袋里掏出两个又大又红的苹果，说：请帮帮忙，我们还有事情。

果然，服务员办手续的速度大大加快，落地签的小条夹到了护照里，一把极大的铜钥匙递了过来，这钥匙舞台上做道具都可以。

进得二楼房间，开间很小，两张床，两条小面巾，一个洗漱池；没有卫生间，没有牙具，没有热水瓶，热水要去走廊那边茶炉子打。倒是有个小电视机，可对聋哑人来说，还不如小人书。

局长脸上有些挂不住。一打听价格，说这旅馆住不起。老马说，先预付两天房钱，这是必须的，不然落地签怎么办？你们看，不行就还在我那儿打地铺。

我悄悄跟老马说：要不就我住这儿。他们两个一句话不懂，不怕死了？

老马说：那哪儿行，你是我请的，他们是出钱同我合作的，有协议的。该他们住这儿，王老板也不会俄语，不照样住宾馆吗？

先不管这些，谢廖沙还在楼下等。

谢廖沙驾车直奔鄂毕河对面的新市区。说新市区，那恐怕也是30年前的建筑了，道路、房屋都已显得很旧。

新区里有一处大仓库，说准确点是仓库群。库房很老很旧，但在西伯利亚的气候条件下，冬暖夏凉不成问题。而且几乎无所不有：专门存放服装百货的，专门存放粮食、包装食品的，专门存放新鲜水果的。那库门卡车直接可以开进去，外边还有专用铁道。也就是说，火车载着集装箱，可以直接开进库区。就看你租哪儿，租多少平方米了。

离仓库群不远，在捷尔任斯基区，有新西伯利亚及周边地区最大的百货批发市场，从衣服、鞋帽、各种日用品、小商品直到皮货、水果，无所不包。在一条破旧的沥青马路两侧，密密麻麻排满了各种旧集装箱，白天打开，搭上布门帘；晚上把货物搬进集装箱加上一把大铁锁，这倒是很省事、省钱的办法。这个批发市场占地居然有一平方公里，可以想见有多少商家、多少倒爷了！不过在这里倒货的人，大部分来自中亚，被中国人称为“黑毛子”。马路本来就年久失修，加上各色塑料袋、饮料盒一片狼藉，之脏之乱之差也不亚于中国。

周局长主要关心水果的价格。从他的表情看，他还是满意的。

回到市中心，老马请大家在中心宾馆吃快餐。这是我来西伯利亚半个多月中第一次在外边用餐。这快餐是自助性质，生菜、色拉、煎鱼、肉排、红菜汤、小点心和米饭面包都有，花样不多，十几二十几种吧，客人自取，最后结账。因为方便，客人络绎不绝。可惜这样的餐厅在新西伯利亚独此一家。

征求周局长的意见，局长不愿住旅馆，那就只好在老马那儿挤了，老马出身武林，不碰烟，也很少沾酒的。我只有替老马暗暗叫苦。

好在我和老郭马上要去莫斯科，他们一人一间总是好些。老马已经到航空售票处给我们订了明天的机票，还给他的朋友、莫斯科的侨领打了几回电话，叮咛再三。这样，我们在莫斯科的日子里，老马可以集中精力陪周大局长跑，跑工商、税务、银行开户、联系运输公司，等等，还必须再去一趟巴尔瑙尔，还必须让正在新疆待命的翻译赶到新西伯利亚来。生意一旦做起来，翻译得天天跟着跑腿，一刻也离不了的。老马已经把米沙动员起来，联系从中国新疆的吉姆乃口岸直达新西伯利亚的公路运输，因为几十吨苹果已经存在吉姆乃中国一侧的仓库里。老马还把谢廖沙的妻子动员起来搞账目。当然，生意做成了，大家都有一份好处。老马不会亏待他的哥儿们的。

现在的关键在周局长。周局长必须把第一笔水果生意的启动金赶快拿来。看得出来，周局长也感觉到了老马在西伯利亚的“神通”，答应那 8 000 美元让新疆的翻译小张直接带过来。

此时，我的心思早到了莫斯科。16 年前，我坐火车去的莫斯科，那是我平生第一次出国。我住在使馆，有文化处的人陪我，什么都不必担心。现在可好，因私出国，让一个拐弯朋友、一个倒爷接待，况且彼此还没见过面。自由倒是自由了，可是祸是福？说实在我心里也打鼓。

让我不安的还有老马这边。我的西伯利亚之行计划是1~2个月，当然以老马这儿为根据地，我对这块不过40平米的世外桃源还是很满意的，或读书或出游都方便。可周局长的到来突然使得这儿整天兵荒马乱，硝烟滚滚，我能睡安稳觉吗？而我还必须得返回西伯利亚然后才能回北京。我知道，生意人有生意人的难处，老马照顾不过来，我也没有办法的。那个采访红军将领的事是老马力荐的，还有希望吗？新西伯利亚至今还有500个哈尔滨出生的人，我还能去结识三位五位吗？我还要求去一下当年列宁和12月党人流放过的地方，据说一处在靠近乌拉尔的车里雅宾斯克，一处在东西伯利亚的集马和图隆，一西一东，说它们相隔十万八千里是夸张，可相距2 000公里倒是真的。看来，这计划就更玄乎了！

还有那个周大局长，老马一开始就挑明了要他住旅馆，他不肯，要在老马这儿挤，要同老马争，要用香烟熏屋子熏人。按老马的性格，老马说话不会客气，但不会赶他走，老马的忍耐力很强，他的太极拳功夫那么深。而我则受不了满屋子烟味，受不了整天听商人们算账的吵闹。

可不是，从下午回来直到睡觉，周局长连电视新闻都不感兴趣，几乎不停地算各种账，口中还念念有词。真不知道他是越算越清楚了还是越算越糊涂了。

二十二、胜利大逃亡之后

惊心动魄的莫斯科七个昼夜终于过去了。

当TY-154于浓浓夜色中返回新西伯利亚的时候，我竟有一种胜利大逃亡的感觉。而且，跟去莫斯科时乘客稀稀拉拉的情况相反，这趟航班出奇地爆满。据悉，因为莫斯科车臣人制造的人质事件和紧接着的中国皮货市场华人被“光头党”袭击事件，多家驻莫斯科的中资企业作出了将人员暂时撤回国内的决定。于是从俄罗斯飞中国的航班爆满，就连这一班飞新西伯利亚的航班上，中国人也意外的多。

是谢廖沙驾车和老马一起到机场接我们的。

谢廖沙一见面就问我在莫斯科怕不怕。我当然说“不怕”。我真正想说的是“心有余悸”，但这个词儿我不会用俄文讲。

谢廖沙接着问我是不是记了许多东西？我得意地掏出随身的笔记本：当然，我记的很多很多，回国肯定会写长长的文章。

我们安全回来了，老马作为东道主，一块石头落了地。但是从机场进城的路上直到进家门，老马的情绪不高。我问：那个周大局长还挤在那儿？

老马说：不光是不愿走，这几天还得多挤一个翻译小张。我每天还得买菜做饭，周局长是一毛不拔。周局长是当惯了官的人，一天三顿，等着你给他端上桌来。你想我过的是什么日子？怎么着我还比他大几岁。这倒还好说，这个周局长临时通知新疆那边，不要让小张带8 000美元，带4 000就行。小张是他雇的，只能听他的。小张都在乌鲁木齐快过海关了，愣是让他退回4 000给送他的人。这么一来，这第一笔生意都没法子做了。你说这周局长，他和老郭来时我就一再关照，穷家富路，起码要带8 000。你出国旅游还每人多带一千两千的，他倒好，出来办跨国贸易，只带1 000美元，你听没听说？周局长说在新西伯利亚借钱，他哪里知道这里商人的规矩，帮忙可以，钱是不兴借的。周局长总说他有3 000平方米房产作后盾，那是在江西乡下，到北京连300平米都不值。如今只有一条路，就是我明天自己飞新疆，让周局长通知那边把钱准备好。我是持绿卡的，只能我去。可回来就得四天以后了，一周就两天有飞机。

——这可是对不起你了，这几天你怎么办？

我一时懵了：让我再闻周大局长的烟味？再听他恨不得一天25小时都在算账？

我说：要不，明天我跟你去乌鲁木齐算了。跟周大局长在一个屋檐下，我多待一分钟都烦。没有情趣，没有文化，没有修养，你受得了我受不了。

老马说：我哪里想到会是这样的人，总觉得像老实人，有郭老师介绍，又是革命老区来的。

我说：这是你理想主义、浪漫主义的失败。看看你第二次创业的第三个合作者，我没说错的话，一个比一个素质差。你也得反思一下自己，你在国内跟人家吹，俄罗斯这好那好，人诚实啦，这纯天然那纯天然啦，白桦林空气好啦，姑娘漂亮啦，遍地都有钱可赚啦……你就没把困难，吃饭过日子的不方便，给人家说够，所以让人家一下飞机就失望。

老马说：事到如今吃后悔药没用了，把新疆已经到口岸的苹果发过来，做完了这一笔就跟他们拜拜。

进得家门，不用说，迎接我的是一股呛鼻子的烟味。当然还有一个木然而又自命不凡的表情。不过那个翻译小张，据说是新疆大学中文系毕业的，他那一脸学生样让我有几分好感。

老马径直先到我的小屋，半掩住门：你手头还有富余的钱吗？我也不是绝对不行就近借个万儿八千美元的，但我的朋友都知道我要撤摊，他们会借给这位周大局长吗？

我说：我留一点买东西的，估计能富余1 000，你先拿去，别的老板那里你再凑凑。不是迫不得已，你还是别去乌鲁木齐了。

老马拿了出去了。可过不一会又还给了我：不能让周局长觉得钱那么好借。我决定了，明天走，你委屈几天，等我回来再说。

我说：不行，估计你回来也好不了多少。我只有提前回国了，坐11

月 4 日的航班，不变了。

老马显得痛苦又无奈：你是被逼走的呀。这样吧，我跟尤里亚、米沙他们都打个招呼，丹妮娅的电话也在桌上，这几天，他们会照顾你，再带你转转。

我说：我本来计划无论如何过了十月革命节再走的，全给这位局长搅了。往好处想，来日方长，既然西伯利亚最好是夏天，我明年再来。

该睡觉了，他们三人照旧，一人睡沙发两人打地铺。

翻译小张得到我屋里打地铺，小屋里除去大衣柜和小书桌，两张铺之间的过道还剩下半米宽。

好在小张不抽烟。我们也有些共同语言。他到过哈萨克斯坦、吉尔吉斯、塔吉克斯坦等中亚国家，还跟不少车臣人打过交道。小张来西伯利亚倒是第一次。两年多前他辞了公务员的职务给公司干，可是上两个月广东那家公司没兑现他的工资，白干了；这个月给周局长干，答应一个月 400 美元翻译费，可周局长说：现在没有钱给他。

小张只有忍耐和等待，给人打工的滋味哪！

那么多人打地铺，老马的被褥当然不够。小张晚上冻醒了。他嗫嚅着：一天两天还能凑合，总得让我睡有床的地方吧？这还算国际贸易？

从那边屋里传来一阵阵呼噜声，让我既羡慕更嫉妒。老马说：只要有板凳宽一块地方我就能睡觉。

二十三、阿姆巴村和方尖碑林

尤里亚 11 点钟来接我。想不到于今离开这个“家”，我居然有一种解放的快感。我知道周局长他们不敢也不想离屋子一步，除非有小张陪着。我曾经提议，我当向导，带他们去城市公园。我说你们到一个新的国家新的城市，到处转转才不虚此行。我的提议无人响应，周局长没表情，小张受雇于人，不敢响应。

话不投机，我何必待在那里？除非不得已回来睡觉。

尤里亚把他的小爱人也带来了，她才21岁，比尤里亚小26岁，还在上大学。她看来性格比较内向，话不多，但从她的眼神上可以感觉到她对尤里亚的感情很深。

尤里亚打开一张地图，问我去哪儿好。我说随便，越往北越好。

红色广场那儿有个麦当劳式的快餐店，我们垫一下肚子，就出发了。

我真的希望尤里亚把我带到托木斯克州，再往北极去。我知道那是不可能的。

车沿着城市西侧边缘的一条公路，向北进发。在城乡结合部，建筑几乎都是圆木垒起的、尖顶的乡村民居。我想这也是气候、地理环境所致。西伯利亚冬季的雪可以下到1米5到2米厚，一般的平顶屋，不压塌才怪。

越往北车越少。这不比去巴尔瑙尔，那是奔向南方奔向温暖。往北数百公里都不会有大一点的镇子了，除非直插托木斯克——老马说，那儿有军事科研基地和洲际导弹基地。

车上放着俄罗斯现代流行歌曲，我想那是尤里亚小爱人喜欢的。车窗外，景色确实不同于巴尔瑙尔方向。大片的耕地上没有草捆，也很少湖沼，10天前我眼中的金黄原野经过雨雪的浸泡已成了褐色。

这条路边怎么没有像塔利缅卡或伊斯基季姆那样有着鲜亮小站的镇子？偶尔也能见公交车站，那不过是无人等候的遮雨的小亭子，而且，几个小时中只见过一辆公共大客车。这一段红松林也不多，只在出城20公里处见过，那儿是一片墓地。这以后就是一马平川。

我明白了，尤里亚为满足我“一直向北向北”的要求，没有走鄂毕河边的国道，那是往东北方向的；他按马老师的指示，不折不扣按我的希望办。我们走的显然是条旧的经过科雷万的支线公路了，它只跨过两条不算宽的河流。

今天太阳很好，难得的好太阳。可温暖的太阳是西伯利亚的特点吗？我想，要是有大雪才好呢，大雪才是西伯利亚的象征啊！

就这么往北。我想今天全西伯利亚也就我一个傻子，而且是漫无目的的傻子。只有一行行白桦树远远地守望着我们的孤独之旅。

太阳慢慢西斜。在一道冰冻的河沟前，被稀疏的小林子遮挡着，有向右拐的乡村道路。那道路没有沥青没有石子铺过，黑色的雪泥刚刚晒干，车轮的印子在那里，深深的车辙里还积着水。看来，连道路都是“纯天然”的了。

路口竖着一块木牌，我拼出来是：阿姆巴。不用说，这是它的地名了。还有电线杆子通进去。尤里亚征求我意见，我说：拐进去吧。果然，不远就是一个村落。

村子的道路很宽，如果修一修，四车道绰绰有余。房屋很散，每家每户都是独立的大园子，用削尖的木桩隔开。不过木桩多已经风吹雨淋，这木篱笆也只具有象征意义，挡一挡牛羊猪狗罢了。那些圆木垒起的房子，方形，尖顶，木墙漆成绿、蓝、咖啡等不同的色调，但以绿色最多。它们的窗框周围又漆着各种花纹。我想，这就是典型的西伯利亚农村民居了。

一对老夫妇趁着天暖在院子里搬木头、树枝之类。我问：孩子们呢？

老人摆摆手：孩子？都进城找工作了。

往后的几家，也见不到年轻人。我想，中国有许多乡村不也一样吗？

一群放学的小学生在一排篱笆前玩。俄罗斯的义务教育是货真价实的，没有孩子失学。他们衣服上有些土色，但并不脏。说他们在玩，

阿姆巴村的孩子们

也就是逗乐、追逐，没有玩具，周围没有体育设施。这就是边缘农村孩子的悲哀了，怪不得他们过不久就会向往城市。我走进篱笆门，同他们一起坐在一截粗大的圆木上，旁边是一个牛栏，拴着一头黑白相间的奶牛；再旁边是一个马槽，拴着一匹酱色的高头大马。篱笆外停着一副车架子，显然是马拉的。还有一些残旧的农业机具。

街上人很少，除了这几个孩子对我这“老外”新鲜了一阵，也没有人注意你。

我问孩子们：喜欢足球吗？

他们异口同声答：喜欢！

我问：怎么不踢呢？

他们说：没有球。

我跟他们合影的时候他们伸手做了个V字母。我想，要是我再有机会来阿姆巴，我该送他们一个足球。

在另一个院子前面，有三五个中年人在那里往砌好的墙上搭顶棚，看来是作车库用的。偶尔驶过带拖斗的拖拉机。

我和尤里亚夫妇就这么信步走着。南边还有一条街，是这个村子的分岔吧。一个老者正独自用草杈搬草料。我忽然觉得他的长相像中亚一带的，不对，像我在莫斯科电视镜头里天天见的那种车臣人。我端起相机要拍照，他以一个令人不快的手势制止了我，并很快进屋去了。

片刻的茫然之后，我若有所悟：这果真是车臣人罢。这里尽管是穷乡僻壤，电视是有的，外界的信息是有的，莫斯科的人质事件这里肯定知道，莫非他或他的父辈就是40年代被斯大林从车臣赶到西伯利亚的？

在村子的尾部，一间唯一没有栅栏的水泥房子前，一辆密封保温车正在往下卸各种食品箱。我判断这是商店。我进得门去，果然。店不大，也就三四十平米，一长溜玻璃柜台。各种面包、饮料、酒类、罐头、小食品，应有尽有。商店里收拾得干干净净，营业员只有一个。问我需要什么，我笑笑，给她拍了张照片。

太阳快坠向地平线。尤里亚示意，我们该往回走了。尤里亚自己都没有来过这个村子，地图上也没有。我问尤里亚，这儿离新西伯利亚多少公里？尤里亚说，离市郊88公里，离城市中心就有100公里了。我又查了地图，这个叫阿姆巴的小村，离巴佐伊镇该是很近的；而一过巴佐伊，就是托木斯克州了。

——要是老马来，一定会吹那里的洲际导弹了，好像那导弹是他在哈尔滨当车间主任时接的订单——我这样想着。

回程的路总是显得短。离科雷万不远，一辆警车，两个警察，拦住了我们的车。

尤里亚下了车，警察查看了他的驾驶执照；警察拉开车门，往里看了两眼——什么也没有。于是做了个放行的手势。

我想，这是莫斯科人质事件之后俄罗斯警方加强防卫的措施之一，对通往大城市的车辆严加搜查，以免枪支和炸药运进城市。

复又路经红松林掩映中的墓地，我让尤里亚停车，我想看一看。

俄罗斯的墓碑都呈下方上尖，通称方尖碑。1986年我乘火车经过西伯利亚，1997 年我到海参崴的时候，沿途都有不少方尖碑林，密密匝匝的碑林啊！我想这些墓地记载着一段历史。特别在东西伯利亚，那里的方尖碑大多是木制的，比较粗糙。1986 年那一回，我路过的时间正是 5 月 4 日到 5 月 9 日，而 5 月 9 日是德国投降的日子。沿途的方尖碑前都放满了鲜花，尽管那方尖碑经雨雪浸蚀了几十年之后，都快成黑色的了。可以想象，卫国战争之中，从西伯利亚也动员了大批青年上了前线。大批的人战死在欧洲战场，然后永远地安息在了家乡的黑土地里。那时我曾强烈地感到，或许正是辽阔的荒寒的西伯利亚，才庇护了高贵的欧洲！

于今这座方尖碑林已大不同于 1986 年我看到的。看来这是块新的墓地，新西伯利亚城市的墓地。木质的易腐烂的碑已经不见，都是水磨石的、大理石的，碑上有的镶嵌着照片，有的竖着雕像；而且每一座碑都力求不同的风格，因而这墓地也成了设计师和雕塑家展示才华的场所。

我在墓地，或说是艺术走廊中随便走着，看着墓碑上的姓名和生卒年月，证实了我的猜测。这确实是新墓地，这里没有二战将士。

墓地里到处是鲜花，差不多每一座墓碑上都有。这让我惊讶：这两天是什么纪念日呢？回到加加林的家，我在电话里问丹妮娅才知道，明天是俄罗斯的“清明节”。哦！我记住了，11 月 2 日是俄罗斯人的“清明节”。

二十四、油画、CD和俄罗斯水饺

我已经归心如箭。说是 11 月 4 日的航班，其实是 0 点 30 分，3 日晚不到 10 点就得出发。

米沙驾车来接我去买油画和俄罗斯民歌的CD。我不会油画这个词，让小张先给我打电话。米沙立马就来了。

油画集中在列宁广场周边。有地下室画廊，有大街上露天展览，也有地铁出口处的工艺品商店，都公开标价。在俄罗斯没有讨价还价一说。

米沙熟门熟路。因为这里举办过他个人的摄影展。我们两人跟竞走似的，凡是有油画出售的地方，他都带我走了个遍。

这些画的价格，根据作者的知名度、尺寸和质量来定。从一千几百卢布到五六千卢布不等。可我不能买太大的，不然带回家往哪儿挂?

我最终选定的，是地铁口艺术品商店的两张表现俄罗斯秋季景色的画。画框不太讲究，但我喜欢那种有纵深感的白桦林，一张是初秋，林子里红的、黄的、绿的斑斑驳驳，绿色还是它的基调，顶端是窄窄的蓝天白云；只有少许金色的叶子落在碧绿的草丛里；另一张是深秋，飞雪几度飘落又几度融化的深秋，林中小道残留着雪痕，白桦树干亭亭玉立，天空已经没有，只有褐黄色的叶片还在枝头顽强地守着防线；而在小道深处，那些红得发紫，甚至是酱色的枫树，远远地向你显示它的骄傲和魅力。

看不出他们的作者是谁，这不重要。两幅画加起来，也才100多一点美元。

地铁走廊里，地铁口的艺术品商店，都有CD卖，米沙要我走，说红色广场那边有专门的音乐书店。果然，那里的CD全多了。我一下子买了五六张，我喜欢的歌《雪球树》《草原》《苏丽珂》《小白桦》《有谁知道他》《莫斯科郊外的晚上》都有。我想，回去送老同学老朋友礼物，没有比这原汁原味的俄罗斯歌曲更珍贵的了。我还“与时俱进”，买了两张眼下俄罗斯青年喜欢的流行歌曲和迪斯科。机关里开联欢会的时候，我可以拿出来显摆显摆了。

米沙家就在附近，他邀我去看看，不过他说，他正在装修，不是时候。我说没关系。米沙住的是公寓楼的一层，三房一厅，近 100 平方米，算是可以的了。可儿子一间，女儿一间，夫妇俩一间，实际上很挤了。作为一个艺术家，他的器材，他的作品，他买的画，他的电脑，都放哪儿？他还是音乐发烧友，音响，成摞的盒带、唱片、CD，弄得屋子里满满当当也一团糟。不过米沙一看就是个精明利索的人，如果装修完了来看，来喝咖啡来听音乐来欣赏他的作品，那肯定极有情趣的。

把画带回加加林，我的心里就踏实了。米沙说：买画的发票一定要带好，有发票出海关就没问题了。明晚我送你去机场。

下边的事情是给妻子买礼物，这从来是男人们远行归来前最头疼的事。女人就是女人，她今天喜欢什么明天又喜欢什么你很难号准她的脉。电话里她说是否买一张大熊皮挂在家里，西伯利亚不是产熊吗？可现在冒生命危险进森林猎熊的人很少了，你上哪儿去找买熊皮的地方？即使买到了，海关那儿你能过吗？老马倒是自告奋勇，说以后他到克拉斯诺雅尔斯克那一带去买，再从远东带回国。我就对妻子说，老马要是被俄罗斯海关扣住了，以贩卖野生动物罪判几年罪，你可得去俄罗斯给他送饭！

国不能一日无君，家不能一日无主。加加林这个家走了老马，连柴米油盐都成了问题。老马是憋着一肚子气走的，又十分匆忙，顾不上那么多，这可以理解。那周局长则是一毛不拔，或许是怕，怕多花了一分钱连家都回不了。不过事到临头，局长倒也能吃苦也能凑合。

现在就靠老马留在冰箱里那点面包牛奶，剩的羊肉腔骨，冰箱外一棵放了好几天的洋白菜，以及昨晚尤里亚在科雷万到新西伯利亚近郊路边买的农妇自种的西红柿了。大家似乎心照不宣：靠这些东西坚持三天，等老马回来。

我看见翻译小张一个人在厨房啃一块好几天前的面包，那面包是否蟑螂爬过都不好说，因为我几次晚上起夜都在厨房里发现过蟑螂。我心里有些酸酸的。别人都好说，小张刚 30 啊，让他挨饿不是太不道德了吗?

我提议说:我跟小张去马路对面买点东西做晚饭吧。烟雾腾腾中,这一回周局长答应了。

小张终于获得了片刻的自由,因为雇主一刻都不放他离开身边,我要带小张去森林公园,去看马戏,周局长一概不准。

我们穿过地铁,就在对面买了两袋500克装的速冻水饺,那包装袋上印着一头猪,不用问便知是俄罗斯式的猪肉饺子。也就是70卢布左右。我说,体验一下吧,看能不能接受。当然,我还有一个目的是让小张当翻译,买几瓶香水,回北京在妻子面前有个交代。

周局长见到水饺时眼睛一亮。小张立马打开电炉子煮起来。由于锅小,得分3次。看着周局长狼吞虎咽的样子,我忽然有些同情并可怜他,这位外能吆喝500人,内有年轻老婆伺候的县局长,恐怕多少年也没吃过这样的苦,以至落到了缺少尊严的地步。

所幸俄式的猪肉水饺味道尚可,都是真货,连大葱白菜之类都没有。其实人馋了,什么都是美味。

二十五、最后的晚餐

星期日的早晨,10点了街上还那么清静。我穿过地铁,想把剩下的一个胶卷拍完。

这一条大街上,隔不远就有一个书报亭,隔不远还有一个卖冰淇淋的亭子。这些亭子都漆成鲜艳的蓝色或黄色,成为西伯利亚城市的一道风景。刚来的时候我还没太注意,如今要走了,竟有些留恋它们,但也只好用镜头留恋它们了。

加加林站地铁入口处今天坐着一个拉手风琴的老者。他拉的一支歌再次让我怦然心动。我想不起来歌的名字，但我依然记得它的歌词——

夜莺树在小窗底下摆动
开放它的花瓣
隔岸传来熟悉的歌声
这是夜莺整夜在歌唱

我真想停下来，同他一起唱。也许是我在西伯利亚最后的歌唱。我知道明年老马还会邀请我，特别是尤里亚，希望我夏天再来。那时我会挨个儿地去造访尤拉的别墅，尤里亚的别墅，依拉的别墅，米沙的别墅，特别是谢廖沙的别墅……我去帮他们为西红柿和黄瓜整理架子，帮他们的土豆地除草；再一起到鄂毕河里游泳，到河边的桑拿房里用树枝抽打脊背，或者进大森林里打猎；晚上的时候，拉起手风琴，生上一堆篝火，围着唱歌跳舞。这才是俄罗斯人标准的夏天啊！或许谢廖沙把他情人也悄悄带了出来，或许他的手机又响了，要让老马为他救驾了；或许还有爱诗的姑娘出现，如同巴尔瑙尔到新西伯利亚“大灰狗”上的那一位……

但经验告诉我，人生中很少有“明年”，很少有“下一回”。就说新疆，我在1979年去了，那里朋友说你明年再来，结果是21年之后我才第二次进疆；再说匈牙利，我在1986年去了，匈牙利朋友说明年我们再邀请你两个月，专门旅游和写作，你还可以推荐一位作家同你一起来；也快20年了，我的第二次匈牙利之行至今未能实现。

可见世事总是变幻莫测，你别太寄希望明年，明年说明年的。

老是打不通丹妮娅的电话，我本想约她看马戏，同时向她告别，还感谢她为我翻译了诗。早在去移民局的那天我就在街上见到了莫斯科马戏团即将来新西伯利亚演出的海报，当时我就跟丹妮娅说过，到时候我请她。可是直到晚上我才知道，今天她去了墓地，给一位去世不久的朋友扫墓了，昨天是俄罗斯的清明节嘛！

好在尤里亚来了电话，他说他陪我去。我说，那就请你妻子一起来。

马戏馆在市中心，旁边是教堂。四点正式演出，我们早早地去了，跟听音乐会那次一样，马戏馆四周的圆形厅里已经挤满了人。

好在还有票。尤里亚问我：买什么票？有50卢布的、90卢布的，我说：买最好的。

跟听音乐会不同的是看马戏等于过儿童节。整个大厅，以及圆形的观众看台一大半是孩子，再就是带孩子来的家长。所以，整个演出过程都是人声鼎沸，笑浪一阵接一阵。

不过马戏的开头是一个小合唱，然后是集驯狗、驯羊、驯熊、杂技、马上技术、小丑和魔术为一炉的可以说是大杂烩的演出。水平最高，最让孩子们惊叫和大笑的自然是驯狗、驯熊，那是俄罗斯人的绝活。再就是小丑的水平很高。早在50年代初，苏联大马戏团就访问过中国，倾倒过包括我在内的无数中国观众，我至今记得那小丑的名字叫帕维亚特金。那次大马戏团有大型动物和猛兽，狮子、老虎甚至大象都能登台，还有特别训练过的狼狗在舞台边保护，以防万一猛兽发怒伤了驯兽员。可以设想，那种演出成本是很可观的。一比较，今天来的这个团，不过是中型马戏团罢了。杂技和魔术的节目都很一般，跟我50年代见到的并无创新；而有些杂技节目，其实只是体操。

我买了大盒的冰淇淋和可乐，今天就跟尤里亚夫妇一起当一回大儿童。

整个演出过程几乎都淹没在孩子们的欢呼和笑声中，这时候，谁都会变得年轻。特别是当《卡秋莎》的乐声响起，一只大棕熊一边跟着节奏打拍子一边绕场一周，此时全场观众都跟着一起打拍子，把整个演出推向高潮。

尤里亚以前看过中国杂技团的演出，他认为杂技还是中国好。我说：驯兽和小丑还是俄罗斯好。

我忽发一个奇想，如果把节目作些调整，组织一个以驯兽和小丑为主的俄罗斯中型马戏团，外加一个四重唱队，专唱苏联和俄罗斯那些著名歌曲，一定会在中国大受欢迎。不用说50卢布、90卢布一张票，票价加10倍，剧场都会爆满。不就是100多到300元人民币一张票嘛！

尤里亚送我回加加林，已经快7点了，约好10点之前再来接我去机场。

进得家门，他们已经吃过晚饭了。周局长客气地问我是否吃了，我说还没有，他也不再说什么。他们还回大屋里抽烟，当然还在算账。

我走进厨房，锅里空空的，什么也没给我剩下。昨晚我还请他们吃饺子呢！

尽管几天来身体上和精神上都感到疲惫不堪，我还是得为自己做一顿晚餐，总不能深夜里空着肚子去机场罢。我搜遍冰箱，确实也没什么可做的，于是从小厨柜里抓了两把大米，先熬上半锅粥。所幸我来西伯利亚时带的榨菜、萝卜干还剩几小袋，尤里亚前天给我的小西红柿也还有几个。

这就足够了。这就是我在西伯利亚最后的晚餐了。

喝完粥，8点过了。我给老马留了一张字条，要他一定在11月7日替我拍几张群众游行的照片。紧接着，我把小张悄悄叫过来，将我所剩的几百元零星卢布塞给他，我说：你年轻，别亏待了自己肚皮。我还开玩笑：将来我当了大老板，就雇你，绝不会像现在这样。小张嗫嚅着，收下了。

然后我便躺在床上静静地休息，在飞机上一夜都不能睡，那辛苦可以想见。想想莫斯科惊魂的日子，这儿的不愉快不过是个小小插曲。

9:30米沙就来了，不几分钟尤里亚同他小爱人也来了。两个人争执着什么，不用说，是争论谁去送我们合适。最后米沙让步了，他帮着把我行李提上了尤里亚的面包车，同我道别。他说了一个词，我一听就懂：夏天。希望我夏天再来。

坐今晚航班去北京的旅客竟相当多,或许是莫斯科人质事件后“胜利大逃亡”的继续?我们到机场时大部分旅客都已办完登机手续。已经没人排队了。

海关人员拦住了我,查过我带的美元,又说了句什么,我听懂了他说的是我的行李。我指指箱子,他摇头,指着我用两层塑料袋包装好的油画,要我打开。

我打开让他看了,并出示发票,说明是我在列宁广场买的。海关人员板着脸:不行!

我大惑不解,这在西伯利亚街上有的是,不是什么古典名画,更不是文物或国宝,居然也不让带?尤里亚上前跟他说着什么,他毫无表情地做了个绝对不行的手势。

我无可奈何地叹了口气。莫非他要我美元?我怎么没早想到,准备好一张零钞。莫非是米沙说的规矩变了?

反正没时间多想了。没扣住你拘留你让你回国回家就不错了。还真亏得尤里亚送我。尤里亚把油画重新包好,说:以后让马福林带。这给了我安慰,油画保住了,老马在俄罗斯神通广大,摆平一个小小海关还不容易?

要跟尤里亚分手了,我感到眼眶有些湿湿的。我同他拥抱,一切都在这无言的拥抱之中了。尤里亚也只说了一个词:夏天。同米沙一样,我的俄罗斯朋友都希望我明年夏天再去。

有明年夏天吗?

一个月前来西伯利亚时乘客没几个,今天回去时几乎爆满。零点一过,飞机就滑向了跑道。飞往远东方向的航班大多是夜里起飞,到达目的地时恰好是早晨。我数了数,今晚机场上停放着足有二十多架大型飞机,这说明新西伯利亚机场的规模和效率都是很可观的。

飞机迅即升空,机翼下是灯火阑珊的城市。我一直注视着这些灯火,直到它完全消失,我的脑海里出现一片空白。

尾声：假如我给普京当顾问

1986年5月，我在穿越西伯利亚大铁路之后，写下了《过西伯利亚》这首诗——

无论哪一种语言
都把你译成严寒
或者译成死亡
美妙的五月
燃烧的春光
还能封冻一个月亮

冰雪拥挤着崛起着裂变着
变成白桦少女的腰肢
我痴情地为她们数数
像计算海洋里有多少波澜
我只奇怪如此洁白的少女
为何同时生长着褐色的老年斑

用钢轨和电器丈量的黑土地
是一个多情又丰腴的妇女
丰腴得无边无际
因而也荒寂得无边无际
泥泞的道路是狱卒的衷衣
彩色的小木屋组成十四行诗

在白熊蹭过的山岩上
镌刻着古老的偈语
像刚出土的红色的祭具
北极风把白桦树弯成长弓
等待着屠格涅夫笔下的猎人
唯有松树的家族正气凛凛

踏上集马和图隆的月台
我忽然愿意变作一辆狗拉雪橇
去寻找列宁和普加乔夫
寻找我未曾谋面的忘年之交
我思考沙皇的镣铐和东方的囚牢
究竟哪一个更为美妙

你属于北极光、冻土地以及企鹅
因你而荣耀的
既有囚徒也有垦荒者
你以你的严寒庇护过高贵的欧洲
星星般的方尖碑
举起一个伟大灵魂的花朵

别了,我一见如故的西伯利亚
我一见如故的贝加尔、叶尼塞、鄂毕河
你如今是在跟我走向
黑海之滨那温情脉脉的日光浴
还是向往着大戈壁之南
那里正有舒展的暖风和浓烈的春色

我没有想到十六年之后会与西伯利亚重逢，而且以如此丰富的不可思议的方式。我也没有想到丹妮娅会一眼看中这首走马观花的诗，并这么快就把它译成了俄文。我不知这首诗会在俄罗斯哪家报刊上发表，但已有部分俄罗斯人理解和认同了它，这使我很知足。

在世界绝大部分人眼里，西伯利亚至今还是个谜。恐怕仅次于南北极、格林兰和撒哈拉。即使对于俄罗斯人来说，西伯利亚也是那么遥远。西伯利亚土地面积占整个俄罗斯的三分之二，而人口只是全俄罗斯的七分之一。俄罗斯的政治、经济、文化中心都在欧洲部分，而它大部分资源恰恰在西伯利亚。

往昔的俄罗斯帝国于今不再，往昔强大的苏联于今不再。二战后直到八十年代初，唯一可以与美国全面抗衡的苏联，于今不复存在。曾几何时，它发射了第一颗人造卫星，它实现了第一次载人航天飞行，它爆炸了当量最大的氢弹，它拥有最多的洲际导弹，它制造了并成功发射了最大的宇宙空间站……仅仅过了十几二十年，它经济上滑落到二等国家之列。莫斯科人质事件时我看过《莫斯科华人报》的介绍，2001年俄罗斯的GDP总值只相当于葡萄牙，在世界上仅列第十三位。

大批人才流向欧美，大批俄罗斯新娘嫁到欧美。这当然损害了俄罗斯人的尊严。然而它的尊严还在，文明还在，教育还在，人的素质还在，所以希望还在。普京的出现更给了人们这种希望。普京崇拜彼得大帝，俄罗斯人也希望他像彼得大帝那样重现俄罗斯昨日的辉煌。有一本以普京为封面的书叫做《一个人的振兴》，不用解释，从某种意义上说，当今俄罗斯人民确实把振兴国家的希望寄托在了普京一个人身上。

但是一个月的西伯利亚连同莫斯科之行的直觉告诉我，俄罗斯起飞的翅膀还是很沉重，几十年僵化了的机制、惯性和积习，优越感和自卑感相杂的矛盾心理，都妨碍着它的起飞。它的政治、文化的开放已经先行，到处有美国电影，到处有可口可乐，连西伯利亚的公路小站，连阿姆巴那样的乡村都有。但它在经济体制上尚未真正实行开放，尚未有真正的“新思维”。

有一天我忽发奇想：假如我给普京当顾问，我会请普京将俄罗斯与中国作一个比较。半个多世纪以来，俄罗斯与中国有着大体相同的政治、经济和文化结构，但俄罗斯比中国多了30多年一两代人的传统包袱，少了20年改革开放的成功经验；俄罗斯的橱窗在欧洲，而俄罗斯的大后方在亚洲，在西伯利亚；西伯利亚紧邻着世界上人力、财力和技术（包括管理）最为密集的中国经济圈，同这位近邻结成亲密的合作伙伴，以自己的幅员和资源引进她的人力、财力和技术（包括管理），那是真正双赢的战略。俄罗斯人口在下降，俄罗斯本来就有100多个民族，何不走移民国家的道路，制定相关政策，像美国当年开发旧金山、洛杉矶那样开发西伯利亚？于中国来说，西部经济起飞了，才能实现中华民族的真正复兴；于俄罗斯来说，东部经济起飞了，才能实现俄罗斯民族的重新振兴——其道理是一样的。当今世界，国家与国家、地区与地区间的依赖性、互补性越来越强，撤销几十年的层层关卡，改变几代人的惯性思维，鼓励投资移民，鼓励受过一定教育的移民，鼓励技术移民，鼓励劳务输入，鼓励服务业、旅游业先行发展，鼓励多元文化，融入世界经济与社会发展的潮流。如若这样，何愁俄罗斯不会在十几二十年内再次崛起？

1969年发生珍宝岛事件时，在苏联人中流传过一则政治笑话：苏联跟中国开战了，第一天，中国有100万军队过境投降；第二天，中国又有100军队过境投降；第三天，中国还有100万军队过境投降；到了第四天，整个西伯利亚都被中国人占领了。

这则笑话颇耐人深思。西伯利亚人太稀少了，中国人又太多了，究竟谁是胜利者谁是失败者？

经济的发展必然促进民族的融合，我在莫斯科待了7天，就看到报上陈某先生与“卡佳小姐”、林某先生与“冬妮娅小姐”“喜结连理”之类的婚庆广告多条。假如中国当初怕外国人，甚至怕香港人来内地投资，来赚钱，来娶大陆新娘，就不可能有今天中国的巨大发展。

——俄罗斯不也一样吗？

——中国威胁论不仅在美国、日本有一定市场，在部分俄罗斯人中也有一定市场；这种盲目的狭隘的“理论”会影响到俄罗斯的决策层吗？

——普京会采纳我的建议吗？

老马是一个多月后到的北京，一脸身心疲惫又无怨无悔的英雄相。那个周局长又一次变卦，老马白白跑了一趟乌鲁木齐，空手而归。周局长指示那边不给钱，他自己不做了，想马上回国。这一下让老马赔了夫人又折兵。老马说他一生中还从未遇到如此出尔反尔的人。老马自然愤怒了，但愤怒了又能怎样？你能把周局长揍一顿？把他宰了，让他抛尸异乡？你最终不还得看郭老师面子把他送回国？老马倒是吓唬过周局长：你看见我在西伯利亚的能耐了吧？别的不说，光是你的电话费，我的路费手续费，为你搭的时间，你不赔偿我 5 000 美元损失，我完全可以让俄罗斯警察把你拘留十天半个月！那周局长信以为真，有一天在地铁见有警察吓得扭头就跑，引得警察起了疑心。老马解释说那人是急着找厕所，算是给他解了围。

老马的二次创业颗粒无收，难为了他的俄罗斯“铁哥儿们”，可他们对他并无怨言。他们帮着老马到文化局开了证明，又交了一点税，把我在列宁广场买的油画带了回来。还是尤里亚和他的小爱人送他去机场。那天俄罗斯航班邪了门了：误点 9 小时。老马几次催尤里亚别等，尤里亚不肯，小夫妻两人陪老马整整一夜还多，直看着马老师带着我的油画安全过了海关才走。这一份情意哪个年代哪个国家都难得啊！

我佩服的是老马依然在顽强地做他的“中国作家度假村”之梦，我劝他这一回一定要谨慎地选好合作者，要看准那些素质高的，有点俄罗斯文化情结的；周局长那样可悲可怜的人也是中国最后一代乡村官僚了。

老马说他这一回最感到对不住的是我，由于他看错了人，迫使我提前一个月离开西伯利亚。

明年夏天你再过去——他的话跟他那些俄罗斯哥儿们一样。

明年夏天我能否过去是另一回事，在我心中我毕竟已经拥有了它，这就够了。

哦！我曾拥有过的西伯利亚啊！

2002年10~11月记于西伯利亚、莫斯科、西伯利亚

2003年4~6月整理于北京“非典”自我隔离的日子

我是个冒牌的登山队员

我曾经是一个冒牌的登山者。

我半开玩笑地问国家登山队的副政委兼教练员邓嘉善："我能申请登山项目的等级运动员吗？就说三级吧！"

老邓一本正经地答道："根本不行。你那是汽车拉上去的。作为一个登山运动员，还要经过各种各样的技术和意志的考核。"

得了！

然而，我确确实实参加了国家登山队——你不信吗？我填了入队志愿表（上边还有誓词），这张表格或许还保留在国家体委登山处的档案柜里；我领了从鸭绒睡袋到专为军人制作的羊皮大衣，从手电筒到小饭勺，从高山墨镜到维生素的几乎全套登山装备。当然，冲风衣、结组绳等这些用具是要到达一定高度后再择机发给的，不必随身携带。

当我把这一切用电话通知我的朋友们并宣布我马上要去西藏，说不定就成永别的时候，谁都为我这一"壮举"大吃一惊："你行吗？！"

隆福医院临时为我安排了我有生以来最严格的一次体检，项目总共不下三四十个，从眼睛、耳道直到心电图和脑电图。检查毕，医生那表情里说不清是钦佩还是嘲弄，他的问话居然也是："你行吗？！"

“我怎么不行？”

“你有高血压史吗？”

“偶尔高一点。”

“你现在低压是100，高压是160。你说我能同意你去西藏吗？”

“那么我可以要求复查吗？我说过我只是偶尔高一点。”

“那好吧，两天以后你来复查。”

两天以后的下午二时，我的血压奇迹般地降为低压90、高压130。谢天谢地！我想医生不会知道我的秘密。

那么，我的身份是什么呢？那时，我还没有取得“作家”的资格，我不过是想开开眼界，体验体验生活。我的朋友鲁光从体委政治部一个电话打到人民文学出版社要求借调我，我们单位就放了——真是少见的高效率。好像连介绍信都没有开。

我被编进了新闻组，同电台、电视台、画报、新闻电影制片厂的摄影师在一起。我们统称为中国登山队随队记者或中国登山队新闻组。登山队是半军事化的组织，于是，按队员们的习惯叫法，我就成了“杨记者”。

就这样，我登上了人民解放军总参谋部为此次中国—伊朗联合登山活动提供的专机，起飞时间是1978年3月21日上午9时，乘机证编号是037，乘机地点在南苑机场。按预定计划，我们在成都停留两天，然后直飞西藏第二大城市日喀则。

3月24日 世界上最长的夜晚

我躺在专机的席梦思上睡着了。一觉醒来，机翼下是无边无际的云海。时而，透过云海的缝隙能见到苍凉的青藏高原。看不到村落、道路和河流，看不到哪怕是指甲盖大的一块绿地。

飞机开始盘旋着下降，年楚河谷在望了。到过西藏的两个老记者、老队员开始叮嘱我们：“机舱里是成都的空气，机舱外可就是日喀则的空气了，氧气只及海平面的三分之二。你们不要紧张，动作要尽量放慢……”

阳光出奇的明亮，白色的水泥跑道在没有遮拦的阳光直射之下，就跟雪地似的刺眼。我们几乎是不约而同地掏出了高山墨镜。

舱门终于打开了。一股干燥的气流扑了进来，风有点冷。我们顺着舷梯刚走下飞机，先期到达的登山队副队长许竞和副政委邓嘉善就迎了上来。他们首先同我们几个首次进藏的人握手，一边重复地关照着：“不要动，原地等着，不要动……”

“……”我不记得自己跟他们说了句怎样的问候的话。可我发觉，离开飞机不过才半分钟时间，我的嗓子怎么突然干哑了呢？我怀疑那低而沙哑的声音是否是从自己的喉头发出来的。

我已经开始感到气喘和头重脚轻，尽管是慢腾腾地移动着脚步，可还是有些发飘。我注意到两个站在跑道上的飞机驾驶员早已戴上了氧气面具。是啊，飞机卸完行李，马上就要返回成都。

我们的行李——一人一个登山背包，由先遣队的棒小伙子们扔上了两辆大轿车。随即，我们也上了车。

轿车驶出机场，沿着日喀则河谷，在尘土飞扬的公路上疾驰起来。跟半个小时前大家在飞机上有说有笑的气氛截然相反，这时整个车厢里几乎没有人说话。尘土无孔不入地从车门、车窗的缝隙中钻进来，很快，每个人的衣服上像撒了一层薄薄的干面粉。尘土还一个劲儿往鼻子里、嗓子里钻。但这些都不是主要的。最主要的是，高山反应这个恶魔，从我们下飞机的那一刹那间就盯上了每个人了。

偶尔，座位相邻的两个人目光相遇在一起，彼此浅浅地一笑，那意思仿佛是：“你的感觉怎么样，难受吗？”

或许还包含着:“来这里后悔吗?”

稀疏的村落从车旁闪过。说是村落,大约也不过是十几家住户。几乎清一色的不高的白墙,墙上贴着一圈一圈的牛粪饼,只留出一个不大的木窗户;房子都是平顶的,顶上也排列着牛粪饼或是少许柴禾。这是藏胞们主要的燃料了。时而也能见到三五成群的正在整地的农民,因为播种的季节快要到来了。他们自然不像舞台上跳藏族舞的演员那么鲜艳,强烈的日晒和风沙尘土使他们的衣着蒙上了一层灰暗,使他们的肤色黝黑而缺少光泽。然而,他们抬起头来,向我们这一群身着军装的汉人真诚、憨厚地微笑着,并且停下活计,向我们不断地挥手。于是,我们车里的人也振作起精神,向他们挥手答礼。使我感到惊讶的是,几乎每过一次居民点都有这种现象。

“在内地可从来没有见过。”我边说边用目光向邻座的中央电台记者张小平示意。

“不奇怪。”张记者曾在民族学院专攻藏语和藏族文化史,进过西藏多次。“西藏老百姓对汉人、尤其是穿军装的汉人有一种特殊的亲近感。这已经是他们的习惯了。”

“唔。”我若有所思,不再说话。一种昏沉和困乏的感觉正向我袭来。

一个多小时之后,大约北京时间正午一时,我们的轿车驶进了日喀则地区第二招待所的院子,在两三排平房之间停了下来。

又是先遣队几个小伙子拥到车门口,帮我们往宿舍搬登山包。

“我自己来,我自己来!”

不知是出于好强还是自尊心,我不相信把一个三四十斤的登山背包挪动几十米的力气都没有。半个月前去香山训练,我只用四十分钟就上了鬼见愁,有十分钟时间里还背了二十公斤饮水呢!于是,我边大口喘着气,边把背包从车尾挪到了车门口外。在放下背包的一刹那,我觉得心口一阵狂跳,几乎是心脏要冲出胸腔的那种快要窒息的狂跳,倘若有面镜子的话,我想自己的脸一定像一张惨白的纸。这几秒钟的逞能所带来的如临末日的灾难性感觉，半个小时都没有缓过来。

住处安顿好了。六七个人挤在一间不足二十平方米的房里，加上行李，过道不到一市尺宽。但被褥床单又松软又干净。临时从日喀则地区卫生学校调来了几个女孩子当服务员，为我们担来了清水。大家半挣扎着拍了拍土，抹了一把脸，一个个连棉袄都没顾得脱，就靠到了床铺上了。

没有人想去食堂吃午饭。

晚饭桌上，大盘大盘的鸡、肉也都没有怎么动。我喝了一小碗稀饭，就觉得胃胀得不行。有的人根本就没有去食堂，躺在床上呻吟；有的人开始呕吐，一连几次，连黄水都吐了出来；有的人慢慢走着，突然晕倒了……那无形的恶魔，仿佛正对这些失去抵抗力的人说："等着吧！我的厉害还在后头呢。"

静静地躺着。偶尔有人开个玩笑，引起一阵笑声。但这笑本身就是运动，加剧了呼吸，立即会加剧反应症状。于是，大家面面相觑，尽量少开口。或者来点绅士风度：微微颔首，淡淡一笑。

夜幕降临了。高原的月光格外清朗。这里的时差比北京晚一个半小时，十点也就相当于北京的八点半。

大家以电影中那种慢镜头的速度，脱去鞋袜和棉袄棉裤，钻进了被窝。熄灯了，听得见全屋的人都在辗转反侧，听得见有人在哼哼着，在叹着气。我呢？被一种难以形容的头疼、口干、气喘和心慌折磨着。干脆，我掏出了就在衣袋里准备的安定片，吞服了两片。

我蒙眬睡去，似乎是做了无数个乱梦，头胀得更厉害了。我睁开眼睛，月光正好洒在我的床上。借着月光，我看了一下手表：十一点。怎么才十一点？这么说，我靠着两片安眠药片刚刚睡了一个小时。

我大为沮丧。怎么办？再闭上眼，静听从屋子各个角落以各种方式挣扎所发出的声音。

"老杨，"我轻轻地招呼新华社的杨记者，"你怎么样？"

“心跳每分钟九十多次。平时只有六十次。”

听不清是谁在叹气:“领导最好能关心关心,让我们每人吸一回氧。”没有人附和。没听说登山队员不到四千米就用氧的。

我再看看表:11点35分。我也试试脉搏吧。这时间怎么过得这么慢?我怀疑表停了,它是否也有高山反应呢?我把它贴到耳朵上(依然用慢镜头的速度),走得很好。我只好再一次闭上眼,想回忆一点愉快的事情来帮助睡眠,可脑袋像箍上了紧箍,怎么也愉快不起来。我又抬手看看表:11点55分。我完全丧失信心了。

这一个夜晚,我看表不下二十次。盼天亮啊!我有生以来第一次尝到“度日如年”的滋味。

我敢说,这日喀则的一夜是世界上有史以来最长的一夜。

3月26日 在日喀则的街头

昨晚的安定片总算起了作用。醒来的第一个感觉:我活过来了。

昨天,我们新闻组的召集人、新影的老解还给我们几个反应重的同志领了几盒水果罐头。清甜的果汁在干得起泡的嘴唇上一沾,在干得冒火的嗓子眼一沾,那滋味,无异于酷暑季节吃了一杯冰激凌。离开成都前发的几个新鲜广柑,已被我们消灭得差不多了。那是我们的“救急用品”。对高山反应来说,它胜过最美的佳肴和最灵的妙药。

队里组织我们参观扎什伦布寺。扎什伦布寺是几世班禅的所在地,是可以与青海塔儿寺媲美的青藏高原上最大的寺庙。可是毕竟这里人烟稀少,再加上十年动乱给宗教政策造成的破坏,偌大的寺庙里见不到几个传经的喇嘛和跪叩的进香者。只有从檐角的风铃传来似乎是几个世纪以前的铃声。黄色的经幡在殿堂里蒙上了一层尘土。我们主要参观了三处：班禅四世的陵墓；可以同时坐两千喇嘛听讲的班禅的讲经堂；再就是班禅九世（1914年）时修的大强巴佛。大佛高达二十余米，是亚洲第一大铜佛，从一楼登到四楼，才能看清它的全貌。它的手掌上可以站人，鼻孔里都可以钻进去人，这在内地也是罕见的。据说建造这座佛像用掉黄金五百五十八斤，铜二万一千多斤。在赤贫的人烟稀少的西藏建造这样的寺庙该是多么不易的一项壮举。当然，它又体现了藏族人民的智慧和艺术。

我们不过是走马观花。走路说话，严格用“慢镜头”。可一个多小时后，人就像瘫了似的。回到住处，一个个又躺下，边喘气边闭目养神了。

门被推开了，中央电台的张记者带了一位他的客人进来。他在日喀则都居然有朋友，这不禁使大家十分羡慕。张记者跟我们介绍说，这是本地的一位小学老师。小伙子看起来三十刚出头，眉目清秀，给人一种斯斯文文又朴朴实实的感觉。皮肤也不那么黑，再加上穿着中山服，要不是张记者介绍，我们还以为他是汉族人呢。似乎是有什么不成文的规定：在西藏，一般老百姓都穿藏袍，凡是干部或有点文化的人几乎都穿中山装。其实大可不必。

他们用藏语说笑着，偶尔，张记者给我们翻译一两句。

“他说，你们想不想尝一尝青稞酒或酥油茶，他家里有，他一会儿去提一桶来。”

“那不必了，太麻烦你了。”我们赶紧说。

不知是谁提议道：“老张，你跟他说说，我们可不可以上他家看看？”

没经翻译，小学教师已经听懂了，连连点头，并且急切地跟张记者说着什么。

“他说，那实在太欢迎了。”

屋里空气一活跃，情绪也上来了。又歇息了片刻，大家多少恢复了些元气，就起身跟他们出了门。

日喀则的现代化建筑是两条丁字街，加起来不到三五公里。除了政府机关，就是招待所、百货商店、副食商店、电影院、人民医院、邮电局、书店，又分布得很散。

在医院的门口，我们见到几头驴拴着，它们的主人靠墙坐在地上晒着太阳。看样子，他们是赶了几百里路来看病的，没等见到医生，累得快奄奄一息了；路边还有几个外乡来的牧民，盘坐在一个背风处，中间架着一个大铜壶，下边是一堆干牛粪生的火。因为火势太小，其中一个人用手不时挤压着一个皮囊，于是从皮囊里吹出一股股风来。我悟到：那便是一种“手携式”的轻便鼓风机。他们正悠然自得地煮酥油茶呢！

不过是走了几百米，我们便进入日喀则的旧城。旧城的街要多一些，但窄得多，都是土路。散布着几家小百货店、小五金店、小修理铺和小饭店。小得连招牌都没有。比起丁字街新盖的商店来，简直不值一提。但是，房屋几乎都是刷成白色的，在强烈的日光照射下，更显得豁亮和舒展。比起北京那些旧的四合院墙总喜欢刷成灰黑色，日喀则在这一点上要进步得多。

旧城的中心是一片小广场。说是广场，可能也就是比一个篮球场大一些吧。地面不太平，积土像发面似的，隆起小小的山丘。我们走进广场时，正见到一位穿着墨黑色藏裙的大嫂，一手拽起裙角作兜子，一手从地上捡着畜粪。那是捡回家晒干了烧火的，这里的薪柴太珍贵了。这个广场相当于一个小小的自由市场，席地而坐的人们正守着他们可怜的一点商品等待着买主。有的跟前是几个木碗，有的跟前是几件铁器，有的跟前是一盘鸡蛋，有的甚至只有两捧蒜头……

我心里不由得产生一种莫名的悲哀。可是，我同时看到二百来米外的柏油路上，一群系着红领巾的孩子正在新盖的影剧院前的白杨树下追逐嬉戏，一辆带拖斗的拖拉机驶过，车斗上坐着两个姑娘，手握着闪亮的铁锨，那神情自豪得很。而头顶深蓝色的天幕上，一架飞机正在盘旋着，大概是正要下降。我忽然觉得那银色的机翼上驮的，正是给这今世罕见的荒城运送的希望与想象的彩釉。

我不由得又感慨着：日喀则呀日喀则，你并非生来就不能栽插红杨绿柳，却为何世世代代蓬头垢面？你的四周有多少沉睡千年的雪山，却为何只见一条浅浅的细流？昔日的苦难，已经被天风卷走，可为何你一半像今世的城镇，一半仍像被时间抛弃的部落？西藏高原本有世界上最丰富的日照，可20世纪70年代了，你的这一半仍在贫瘠和寒冷中颤抖！

我真想写一首诗，抒发一下我的感慨和呼号。

小学教师家到了。一个不大的院子，房子外形是这里常见的，平顶无檐。里边有点像河北农村的平房，炕上铺着毡子，叠着被子，宽而长的凳子上铺着皮毛。就摆设而言，像内地的小康人家。我注意到墙上挂着一张周恩来总理的像。张记者说，这里似乎家家都挂着周总理的像。我有几分惊喜：这里毕竟也是中国大地，虽隔万里之遥，人心都是相通的。

家里没别人在。我们打听他的家庭情况，主人边斟着酥油茶边回答着。看来，这小伙子言语不多，憨厚得很。藏族同志也有各种各样性格的，不都是豪放粗犷型的。他不勉强我们喝，只问我们喝得惯吗。

我几乎是一饮而尽。喝酥油茶，除了张记者就数我老资格了。1975年中国登山队攀登珠穆朗玛成功回到北京基地，我在那儿住了好几个月，跟藏族队员喝过好几次了。一个民族一个地区的习惯食品和饮料，总有它气候、地理上的诸多原因。酥油茶不但含有高热量和丰富的维生素可以抗御寒冷和弥补菜蔬的奇缺，还能滋润干裂的嘴唇和嗓子，就跟涂上一层油脂一样。说得不雅一点，常喝还不会得便秘和痔疮。

主人很高兴，又捧出了青稞酒，给每人斟上一大碗。喝青稞酒我可是第一次。我先尝了一口，像带点酸味的米酒。我觉得有信心把它喝完，于是捧起碗对主人说：“我们都是从北京来的，还不知能不能见第二次。让我祝你全家幸福吧！”

谁知这一下惹了祸。主人接过我的话就说：“谢谢你的祝福。不过，按我们藏族的习惯，祝福就得连喝三碗。”

“是吗？”我愣了，赶忙向“张记者”求援。

“对！对！老杨代我们喝三碗。”另外几个人叫起来，想出我的洋相了。

“是这样的。”张记者安慰我，“没事儿，青稞酒三碗没事儿。你要是倒下我背你回去。”

我只好从命。好在青稞酒不浓，我没有倒下。

3月30日 沿着绵长而细小的雪水河

日喀则的海拔大约是 3 900 米，我们在这里住了五天，已能初步适应。早到的正式队员，已经开始出操，每天凌晨到公路上去跑 3 000 米。我们是自由兵，对我们的要求似乎就是“别让人抬回北京就行”。

昨天一早，新华社记者老杨对我说：“咱们也试着跑几步，怎么样？”

他是上海体院的毕业生，以前是短跑选手。可我比他小两岁，于是我说：“试试就试试。”

出了招待所，我们顺着柏油路往百货商店方向慢慢跑去，速度也就是比走稍快一点。不过 100 米吧，我们就停下了，彼此发现脸色白得像纸。我只觉得头重脚轻，心在狂跳。

“下次不干这样的傻事了！”我和老杨相对苦笑。

曾经有一个歌舞团进藏演出，路过海拔 5 000 米的唐古拉兵站。一个小伙子从卡车上下来，走了几步，满不在乎地声称：“我看 5 000 米也没有什么了不起，我翻个跟斗给你们看看！”别人还没来得及阻止，小伙子已经翻了一个跟斗。他啪地一声倒在地上，再也没有起来。

我们不是小伙子了。

九时许，我们新闻、气象组同“八一”登山队一起，分乘三辆轿车向珠穆朗玛脚下的登山大本营进发。全程不到500公里，如果是吉普车或卡车，可以一天赶到。队部为了使我们逐步取得适应性，安排了三天的行程。第一站是拉孜。

沿途的情景，与机场至日喀则大体相同。只是因为这一段是中国—尼泊尔公路，能见到多处道班。

车队沿着两山之间广阔而干涸的河道行进，河道中仅有一条小小的雪水融化的细流。在这水流西边是带子一样狭长的耕地。这便称得上平原了。喜马拉雅山区的平原是多么珍贵啊！

这里的山岩颇为特别。同一座山，红青相杂，山下的石子也如此。这里连植物都少见，只在一处气象站的周围见到一圈低矮的柳树。偶尔还能遇到几片枯草。在克定河桥边倒是见到雪团似的茨巴灌木和一人来高的火堆似的红柳丛，这些顽强的生命给沉寂的荒原带来了无尽的生机。

中午时分过的错拉山口。矗立在路边的一块石头上写着：4 520米。大家都兴奋得欢呼起来，因为这意味着半天时间里我们又升高了600米。

夜宿拉孜兵站。车一停，八一登山队的女队员就拥上来帮我们背行李。等我们一个个擦完脸，钻进睡袋闭目养神的时候，门外传来一阵阵尖声叫嚷和哄笑，原来这些姑娘们发现有篮球架，早打上球了。

今天一早飘了一点雪。车队继续沿着两山之间广阔的荒滩，沿着绵长而细小的雪水河前进。

渐渐地，车队开始上坡，把雪水河抛在脚底下。山势险峻起来，紧挨着公路的，左边是风化成碎木片似的山，有一些明显的泥石流的印槽；右边是山洪冲成的几十米深的裂谷。公路从这样的地质地段穿过，遇上夏天山洪暴发是很危险的。汽车吼叫着，山风冷嗖嗖地往脖子里灌。终于攀到了这架山的馒头型顶部。

我们下车稍息。新影的老解迫不及待地掏出了烟卷。一根火柴，灭了；第二根火柴，又灭了。怎么回事？第三根火柴才勉强点着。原因很简单；空气里缺氧，连火柴都难点着了，看来，这喜马拉雅山也是很赞同戒烟的。

不知是谁劝道："老解，别抽了！氧气那么缺，再抽该窒息了。"

你猜老解怎么回答？"抽烟能治高山反应。"——烟鬼总能找到理由。

山顶的路边矗立着一块木牌，上边写着：嘉错拉山，5 220 米。我忽然觉得昨天在错拉山口时的欢呼是多么幼稚可笑。我问张记者："嘉错拉这山名有含义吗？"

张记者果然知道，他答说："嘉错拉，藏语里就是大海之山。"

我抬眼远望，果然，周围的群山不知什么时候覆盖上了白雪，就跟无边无际的雪浪花似的。那么，嘉错拉在它们中间，究竟是高大的长兄，还是矮小的弟妹呢？我们大概无法去探讨了。不过我深信这座名字颇有气魄的山在喜马拉雅家族里是微不足道的。人们叫它大海之山，其实它无非也是一朵极小的浪花。我们将要去征服的珠穆朗玛，才称得上真正的大海之山呢！这时，已是中午 12 点左右。我忽然注意到深蓝的天幕上，分明嵌着一弯银钩似的残月，像是被周围的雪峰用肩膀扛着似的。这真是绝妙的景致，大概跟大气里几乎没有污染有关。而在右边的深谷里，一天多来陪伴我们走的那条雪水河不见了，代之以一条小小的冰川，在我们前方伸延。

汽车飞也似地下了山。那条冰川，复又变成了绵长而细小的雪水河。一路上几乎没有遇到车辆，更见不到行人。只在一处河滩边见到一顶帐篷，还看不清里边是不是有居民。

我们在鲁鲁兵站饱餐了一顿牛肉炖萝卜。好像进藏以来还没有像今天吃得那么香。这里的海拔肯定要在日喀则之上，一定是由于沿途的风景使我们兴奋的缘故。可见精神状态也是高山反应强弱的一个砝码，你越怕它，愁眉苦脸，它越要折磨你；你越达观，不怕，心情愉快而行动有节制，也就不在乎了。至于烟鬼的新理论可千万别信。

前面就是定日草原了。这就是说，我们已经来到珠穆朗玛女神的领地了。珠穆朗玛就是属定日县的。

果然，在我们车队的南方，出现了望不到边的缥缈的雪峰群，就像无数个白衣仙子在蓝天里徜徉。近处的山峰则像瘦削的长龙躺卧着，山色呈棕红，有时是一条棕红色的长带横贯在整个山脉的腰部。我忽然想到，这样的景色在小时候哪个童话或神话影片里见过。

从公路到山脚，出现了一片沼泽的汪洋，那一定是雪水河注入的了。出现了一圈一圈的枯黄的草甸子，上边蒸腾着水汽，倒有点像江河上的烟波了。可惜的是这烟波几乎完全罩没了稀稀拉拉的羊群，而远方飞来的几群鸿雁，似乎倒成了这里的万物之王。我想，待到夏天来到的时候，定日草原或许会多一些生机的。

没到傍晚就抵达定日兵站。旁边就是旧定日县城。从内地的角度看，这个县城不过是一个小小的、稀疏而贫穷的村庄，或叫居民点。只见到三五家小店铺，小巷子狭窄得只能过两头羊，居民的住屋也极矮极差。比起日喀则来，这里的时序又往上推了一个世纪。不过听说新的县城已经建造起来了，就在我们经过的那个童话世界里，在一座棕红色的山脚下。

吃过晚饭，我们迫不及待地攀上了一处风化石堆砌而成的高坡。金色的夕照把峰群映衬得无比壮观。

我们看到了！终于看到了翘首于峰群之上的珠穆朗玛！在五个姊妹峰中，珠峰金字塔般的尖顶正被晚霞染成橘红，长长的旗云是它的围巾，似乎被风拉成了一条水平线。

哦！这便是我向往了多少年的珠穆朗玛吗？

3 月 31 日　大本营

未近黎明，车队就在茫茫黑暗中出发了。目标是正南方。可以遥遥望见南方 70 公里外的珠穆朗玛，已经沐在金色朝晖中，而周围仍是黑暗世界。这景象真比昨晚还要辉煌。

我心中不由得喊起来：

巍巍珠穆朗玛，
你有多高？
冰川伏在你脚下，
雪云缠在你山腰。
巍巍珠穆朗玛，
你有多俏？
朝霞染你一身金辉，
星月在你肩头跳跃。
百里之外，
望你的雄姿穿透重霄；
蓝天似海，
你的银塔高耸在浪峰闪耀。
你俯下身去，
挽起连绵喜马拉雅；
你昂首挺胸，
翻动起九天狂飚……

从定日至绒布寺登山大本营的80公里，只有专为登山修筑的临时公路，不能走轿车。我们被告知，就在一个月前，为了这次登山要修整这条路的某些地段，筑路的解放军某部牺牲了五名战士。

我们新闻组的“老九”们，每人分别登上了一辆解放牌卡车的驾驶室，车上是先期运抵定日兵站的各种登山装备。每辆车有一名从青藏公路调来的部队驾驶员，还配了一支自动步枪，以备万一。

微明时分，我们经过了一个藏族村落和一片草甸子，此后再也没有见到人影。汽车基本上是在爬山，时而行进在乱石和漂砾堆中，时而行进在峡谷荒坡，时而横穿过一二百米宽的冰河，时而钻进二三米高的雪墙的狭窄胡同中。时而，汽车几次爬不上陡坡，几乎滑落崖底；时而，汽车陷入雪窝轮子空转。更多的时候是把人颠起往车顶上撞，撞得我脊椎都酸痛。

我敢说，这是世界上最坎坷不平的道路了。

天幕拉开了，蓝得出奇。阳光格外地好，可零下二十几摄氏度的冰川风不断从窗缝灌进来，冷得直想捂鼻子。我真钦佩那些乘帆布篷车的正式队员，他们是怎么挺过来的。

车队拉开了距离，进入了一片石海。所到之处全是巨大的鹅卵石，足见这里就是喜马拉雅古海了。似乎还能见到大型动物的化石。珠穆朗玛峰便是在神奇的造山运动中脱颖而出，从泰底斯古海中升腾而起，成长为万山之冠。大自然本身也证明着蓬勃的新生力量是不可阻挡的。

汽车从石海里挣扎出来，又上了一个山坡，眼前豁然开朗。只见南北向的两行山脉之间，现出一片开阔的峡谷平地。早已废弃了不知多少年的古老的绒布寺，就座落在东边的山脚。这时，在车的正前方，也就是正南方，金字塔般的珠穆朗玛再次出现了！它清晰得似乎能看到顶端岩石黑白相间的纹路。

大本营到了！

令人肃然起敬也令人畏惧骇怕的勇敢者的大本营啊！

将近 80 公里，竟走了整整九个小时。

仅剩下断壁残垣的绒布寺边，先遣队的同志已搭起了一座由四五十座帐篷组成的帐篷村，分成东西各两排，中间形成一条一二十米宽的通道，被登山队员们称为珠穆朗玛大街或珠穆朗玛广场。

我被安排在南头东排第三个帐篷里，暂且同中央电视台的摄影师小董住在一起。帐篷里已经架好了四张行军床，安好了电灯。除此之外，空空如也，所有的用品都在各自的背包里。

等到用“慢镜头”动作打开背包，拿出毡垫子、睡袋、脸盆、洗漱用具，我已经脸色苍白，心狂跳不止。那感觉，同刚到日喀则招待所时一模一样。而今一下子从 3 900 米升到 5 000 米，我明白自己又一次到了生死关头。

不想吃晚饭。去食堂还得走三四十米，爬一个两层楼高的慢坡。小董帮我打了半盆粥，领了一罐鸡和一罐午餐肉。我只勉强把粥喝了，就服了两片安定片，钻进了睡袋。

在鸭绒睡袋里还觉得冷。我就把脱下的绒衣绒裤全塞了进去，拉上拉链，只露出嘴和鼻子。半夜，我冻醒了。把压在睡袋上的新羊皮军大衣再裹紧一点，也无济于事。帐篷上有一个有机玻璃小窗，我侧过脸，眼巴巴地望着窗外的星星，静听支护帐篷的尼龙绳在风的拍打中发出军鼓一般的奏鸣。

我看了看表：两点。这就是说，比日喀则的那一夜多睡了三个小时。我忽然感到一种很大的满足，我庆幸自己，或许能闯过大本营这一关。1975 年登山时，记者组中就不止一个人连大本营都坚持不了，被送回了拉萨。在我出发之前，登山队的蒉医生就表示怀疑我能否到大本营。因为我的体检是勉强通过的，我是在临复查前半小时服用了一位老资格的高血压患者给的好药才混过关的。这是他教给我的对付血压计的诀窍。（直到今天，我还在偷偷地服用他给我的药呢！）而且不知为什么，在许多人印象中，我这人在意志上是个弱者。

“是强是弱，走着瞧吧！”我对自己说。

我不会高兴得太早吧？

4月4日 大本营（续）

接连刮了好几天风。狂风卷起的茫茫雪雾遮蔽了北峰，也抹去了珠穆朗玛“金字塔”美丽动人的色彩，把它变成一个凶神恶煞。甚至有的时候，风刮得昏天黑地，连珠穆朗玛女神的尊容都见不到了。

我就住在这样的帐篷里，狂风是常客

还是冷，每天晚上要惊醒几次。厚厚的棉帐篷里的温度估计在零下20℃，清早起来，茶杯里的水从水面上到杯底都结成了冰，好不容易才将它化开。毛巾冻成木板似的坚硬，都可以用它打人了。除了天气好的中午，我的手脚似乎都没有暖和过。

洗脸都是一件不容易的事。要往南走100米，东山坡下有一眼细小的不冻泉。它是整个登山大本营的生命之泉，昔日绒布寺的喇嘛尼姑，大约也是靠这眼泉水活命的。可这100米是一个大慢坡，提一小桶水，比在海平面上扛一麻袋粮食还要累。反应重又懒一点的人，干脆两三天都不去漱洗。

我真佩服新影的老彭，他们的帐篷与我相邻。他常常带一副挑子去挑两桶水来，有时就给我们帐篷送一桶。我简直无地自容。他快45岁了，1975年登山他是主力摄影，上到7 000多米。这次出发前体检，他心电图不正常，可他争着来了。说怪也怪，别看他又瘦又黄，一副病相，可他对高山的适应性特别好，该是有什么特异功能吧。

牦牛队今天早上就出发。每头牦牛驮80公斤左右的装备去5 500米、6 000米、6 500米三个地点，作建营准备。

大概是在帐篷里憋得无聊了，我和新华社的体育记者老杨和电台的张记者又商议着去冒一次险。我们搭乘一辆卡车去5 200米的牦牛队集结处。一路上的颠簸程度不亚于从定日到大本营，好在不过三四十分钟。这个集结处，也就是历次攀登珠峰的真正的出发地，从这里往上没有路了，得完全靠双脚了。集结处的唯一标记是乱石滩边的一顶民工帐篷。这里几乎是东绒布冰川的尾部，可以遥遥望见前面匍伏着一条银白色的带子，一直伸展到远处的峰下，然后猛地往上矗起。左右两侧的山都呈刀削斧砍的形状，无数的碎片——风化石堆积在脚下。还可以明显地看到山崩的痕迹，一块块比帐篷还大的巨石不知何年何日崩落下来，就离汽车驶过的路不远。

牦牛队由三四个藏族民工驱赶着，翻上了一个雪坡，进而进入望不见尽头的乱石中。每头牦牛的脖颈上系一个铃铛，头上系一根红布条。这样，无论大风大雪，白日黑夜，它们之间，人与它们之间，都可以凭声音和色彩传递信号，不至于走散了。

我们三个是不肯走散的，我们可得相依为命。我们爬上了一个雪没膝深的陡坡，跟着牦牛队的背影走了将近一个小时，直到登上一个小土包。这时，珠穆朗玛的影子早被北峰挡住，看不见了。

冰川风迎面刮来，使人喘不过气。风里还夹杂着冰粒、雪粒抑或沙粒，打在脸上，生疼生疼。我只好张开嘴，用手半捂着，用嘴来帮助呼吸。这时我唯一的遗憾是少生了几个鼻孔。我甚至有这样的奇想：倘若哪一个星球上真有高等动物存在，那里的空气又比较稀薄的话，那么，在那种环境下进化而成的外星人一定有五六个以上的鼻孔，就跟切开的藕一样。

中午之前赶回了大本营，直觉得脑袋剧痛，有一种快要炸裂的感觉。好在风终于慢慢安静下来，它也疲劳了。只有这时，珠穆朗玛才显出它的千姿百态。时而，“金字塔”的四周清朗得连旗云都没有；时而，雪雾像面纱将它缓缓遮住，只露出它的肩膀——北峰；时而，一条长长的雪云缠住它的腰部，使它飘飘欲仙。

也只有这时，大本营才显得颇有生机。人们纷纷走出帐篷，有的去西边一百来米处的绒布河边，用冰水漂洗衣服；有的三三两两去南头一个尼姑庙的废墟上发掘“文物”；有的以珠峰为背景照上几张相，这也是一种终身的荣耀；还有的适应性极好的队员，还能在“广场”上托托排球甚至踢几脚足球。广播喇叭也响起来了，反复播放着侯宝林五十年代说的相声……

也只有这时，人们才真正感到这个世界上最高的村镇的存在。它不仅存在，而且快乐。

登山队员丢弃的罐头盒和多种残存食品，连同它们色彩缤纷的包装纸，则吸引了一群又一群的红嘴乌鸦。大概这种乌鸦在高山上称王称霸惯了，对人全然不怕，连轰都轰不走。话说回来，也没有什么人去轰。在这块海拔 5 000 米、被称为“死亡之地”的地方，凡是有生命的物体都会结成朋友，用相互不通的信息互相鼓舞着、取悦着。不过最受欢迎的是为数不多的一群灰色的鸽子，每见到它们，我们总喜欢找出一些碎饼干之类扔给它们。据说，这里还曾见到过雪鸡。

然而，我马上要推翻前面的结论：并非所有有生命的物体都能成为朋友。1975 年登山的时候，绒布寺附近就出现了狼。一个教练拿着枪追出去，没有打着。今年会不会出现狼呢？

4 月 10 日　这里毕竟还不是月球，生命和我们同在

伊朗国家登山队的来华日期推迟了。指挥部决定，第一次适应性行军照常进行，目标是把一大批登山装备运抵 6 500 米营地，并打通往北坳（7 007 米）的道路；待伊朗队抵达后，再进行联合行军，把装备运抵 7 600 米。这样，就可以为明年春季的登顶突击创造良好的条件。

出发时总是举着冰镐向大本营告别

我报名参加下一次行军。恰巧,西藏电视台的一辆丰田吉普送记者明玛来队,离要求它返回拉萨的时间还有好几天。我们几个不参加第一次行军的记者,就鼓动队部答应我们去一趟南坡。

今天风和日丽。我、新影的老解、老彭,西藏电视台的明玛,跟“往上去”的同行一一握手道别,目送他们顺着绒布河谷南去,我们则登上丰田吉普下山了。

真奇怪,仅仅过了十天,山下的景色就有不同。或许是天气转暖的缘故。一出大本营,我们就见到了雪鸡;过了卵石汇成的喜马拉雅海沟,又见到了野兔、狐狸。那两只棕灰色的狐狸,飞快地从道旁跑开,躲在几块漂砾之间窥视我们。

空气中的氧多了,天气晴朗,又见到那么多种动物,我们的心情特别愉快。我这才注意到这里山脉的色彩和层次:近山是灰色的,中景是褐色的,远处是像屏障一样的黑白相间的雪山。是不是它们原来是一种本色,只是受到阳光和距离的影响,才产生了这种多层次的立体感呢?我不懂了。

通过冰河的时候,冰雪和石头混杂的路面使我们不得不下车,在光滑的波形的冰面上行走。还记得那几道雪墙和雪胡同,来时是相当坚硬光滑的,如今,两三米高的雪墙被强烈的日光一晒,成了连绵不断的雪的栅栏。

午后路过定日县委所在地,它离定日旧城67公里。它选了个背风向阳的好所在,背靠山脊,脚下是一片平川。它栽了许多树,有几片砖瓦建筑,仅此两点,比起定日旧城就前进了一个世纪。远远望去,山腰上还有长城一般的建筑,其实多是以呈红色的长条石栽成的栅栏一样的围墙。县委办公室的王主任是北京政法干校1960年的毕业生,进藏快二十年了。在这么僻远的地方遇到故乡人,彼此感到格外亲热。

吃饭耽误了好长时间,也说不清是午饭还是晚饭了。尽管我们是过路客,主人总想多挽留我们一些时间,其中心情,彼此都能理解。

直到六点钟，吉普车才重新启动。车子拐上了中尼公路高速行进。司机着急了，因为离我们今天的目的地聂拉木县城还有二百几十公里。

夕阳在我们的正前方，倚着山的肩头勉强支撑着。吉普车贴着喜马拉雅山脚，沿一条浅浅的河沟向西疾驶。沿路几乎没见到行人，除公路道班外，只见过三五处藏族村落。

九时许，刚过不朵熟桥，车子的右后轮放炮了。大概是被桥上的大铁钉扎的。

天色已经昏暗，我们有些慌神。备用胎只有一个，四个人七手八脚帮着司机，只用十几分钟就换好了轮胎。

“要是这时来几个土匪，我们就完了。怎么连枪都忘了带。”

“带了枪你会打吗？”

“要是再有一个轮子放炮，今晚上或者在山顶上冻成冰棍，或者是喂狼群了。”

大家取笑着。司机以最快的速度重新发动了车子。

上坡。我注意到速度表的指针指着四十五迈。上坡都达到这样的速度，够玩命儿的。

天完全沉了下来，远处隐约的雪峰十分壮观。车子依然盘旋着上坡，我知道，这是在翻越喜马拉雅。一撮夕阳淡淡的金辉，留在那最高的几个山尖上。参加过科考摄影的老解指着其中的一个馒头形的山说，那就是希夏邦玛峰。

半小时后，车子开始直行，行进在无边的雪原上。分不清是雪山还是雪海，抑或是成千成万个连成一片的足球场。此刻，我们真像是一艘快艇在雪海上航行。一弯新月斜照着这片荒凉的疆土，我觉得，星光和月光都显得低垂，或者说离我们比在内地近得多。我忽然想到杜甫的名句：“星垂平野阔，月涌大江流。”倘若杜老先生看到这种景色，会把自己的诗写成“星垂高野阔，月涌大山流”吧？此刻，仿佛整个地球上只有我们这辆丰田吉普，就像某个时候整个月球上只有那艘登月舱一样。

说来也真有点儿害怕，假如真像我们取笑时说的那样。

不过，在我们汽车前灯的光束中，居然出现过两次惊慌而逃的野兔及獐子，这使我们大为振奋：这里毕竟不是月球，生命和我们同在！但等绿风吹遍整个喜马拉雅山脊，纵使我们早已进入天国，我们也可以骄傲地说，我们曾经为它播种，为它耕耘，为它鼓风……

这是真实的诗的境界啊！

天空是深蓝的，
山风是灰褐的。
哪里有我心爱的
生命的绿风啊！

雪光像白日的海，
山影像暗夜的海，
我像一艘登月的船，
蠕动在这荒凉的世界。

天边露出银杨一株，
山边露出草棵一簇。
我像孩子一样惊呼，
仿佛发现了新的大陆。

但等绿风吹遍它的脊背，
我要自豪地向它诉说：
我曾是它一粒绿色的种子，
我曾是它一粒生命的种子。

车子翻过最后一架雪山，然后飞速下坡。公路两边，雪墙连着雪墙，不过没有去大本营的路上高，仅一米而已。我们已经进到喜马拉雅山的南坡了。车的左侧山沟里，闪过两三点灯火，据说那儿有一个小小的电站。这是我们几个小时路上唯一见到的灯火。车子忽然急刹车，一块上千斤重的滚石拦住了去路。我们又下车，五个人费了九牛二虎之力才将它移动了几步。前面依然是雪，雪。已经快深夜11点了，我们知道快到南麓重镇聂拉木了，可怎么还没见树木花草呢？

车子转过一个山脊，眼前赫然出现一片灯火。我们几乎在同一秒钟欢呼起来："啊！聂拉木！"

4月11日 聂拉木，不是想象中的鸟语花香

聂拉木不是我想象中的鸟语花香。清晨起来，山风夹着细细的雪粒。这里的海拔仍有4 000米，但因为空气里湿度增加，温度也高，竟给我一种凉爽的感觉。从招待所后的小坡上远望，可以看清聂拉木是雪山环抱之中的一个小镇，房屋比山北的市镇都显得好，一般都是石头墙、铁皮顶。

两天之前刚下了大雪。本来，我们准备吃过早饭就直下樟木的，可是传来了不祥的消息：前方7公里处昨天大雪崩，埋住了几十米路面，还压了一台卡车，司机的生命是凶是吉尚不得知，县委和公路段正组织民工抢险。总之，路在两天内能否修通是个问号，我们要被困在聂拉木了。

不就是7公里吗？去看看现场。

汽车出聂拉木，一路下坡。路紧傍着山腰，沿路全是陡峭的高山和深谷，飞流瀑布，自天而降，到处可听到哗哗的水响，可见不到谷底的河流。穿过一丈多高的雪胡同，绕过从巉岩断壁上散落下的滚石，又穿过一条几十米长的完全是冰雪中打通的隧洞——那是实实在在的水晶宫，我们来到了出事地点康山桥。

那就是雪崩吗？简直是塌下来一座方圆百米的小雪山。湍急的山水都被截断了，左冲右撞，好不容易从冰雪中旋出一个洞冲了下去。公路、卡车被埋得无影无踪。养路的职工已经率先赶到那儿，推土机也已经停在路边。他们正小心翼翼地用铁锨往边上铲着雪，因为他们首先要找到那台卡车和车里的人。

艳阳高照，山上的积雪在继续消融。成串的滴水不时从身边掉下。这样的情况是最容易发生冰雪和山石塌方的。而那压在路面上的成千成万立方的积雪，靠几把铁锨铲要铲到哪年哪月？

返回聂拉木县招待所，我们都有些沮丧。只好既来之则安之——睡午觉。

我们被老彭喊醒了。我们还在酣睡的时候，他出去同樟本口岸的周书记通了电话。周书记约定下午五时整派车到康山桥雪崩区的那一头接我们。我们只要乘车到这一头，再从雪上走过一百来米就可以了。当然，我们的丰田吉普就得返回聂拉木，待一两天后公路修通再去樟木。

老彭的消息使我们欢呼起来。怕误了约定的时间，我们四点整就出发了。

好像是老天有意刁难，我们刚下了三公里，一块小汽车般大的滚石正好横在公路中央，连吉普车都过不去了。

我们不由得面面相觑，倒抽了一口凉气。这块拦路石恐怕少说有十几吨重，非得等推土机来才能排除，而推土机正在前方四公里处处理雪崩。好在拦路石旁边是一堵雪墙，倘把雪墙削去一截，小吉普就能勉强通过。

必须当机立断。我们的“头儿”老解当即要求老彭快步赶去康山桥头，让樟木来接我们的司机再等一等；再要求明玛乘车后退一公里，向刚才见到的两位藏族女工借铁镐铁锨。我们几个则在公路上等。

这十分钟可真长啊！工具借来了，两位藏族民工也随车来了。我们抢过铁镐铁锨就向雪墙开战。

这里海拔还近4 000米，为了抢时间，我们顾不得再用“慢镜头”动作，豁出命来干了。只一两分钟，便气喘不止；另一个人夺过工具换着干。一会儿，汗就湿了内衣，刨下来的雪湿了鞋袜裤脚，手上沾满了刚化的雪水，说不清是热还是冷了。两位藏族大嫂也抢着同我们一起干，语言不通，就用简单的手势比划。还得有一个人站到稍远处放哨，因为这一段路旁边的山坡很陡，坡上土石相间，有的巨石突出来，像呲着牙的虎狼一样。有的石头一大部分已经露出陡峭的坡面，旁边的碎石似乎已经松动，融化的雪水正渗透它周围的泥土，不时有股细细的泥沙流下，带动几块拳头大的石头滚下。那两块巨石已好像处在临界状态，随时可能砸下，把人和车砸成肉饼。因此，我们一边干还得听着招呼：“注意滚石！”并且互相叮嘱：倘若巨石真的砸下来，就向两边跑或迅速贴着雪墙蹲下。

一小时后，六七米长、一米多高、一米多宽的一段雪墙终于削去了。试了一下车，勉强通过，车还被刮破了一点皮。

谢过藏族女工，我们飞赶到雪崩地点。此时，雪崩区的人比上午多了两三倍。附近的驻军也出动了，推土机奏响着。那台被埋的卡车露了出来，看似软绵绵的雪，居然把驾驶室给压扁了。据说司机很机灵，脱险了，我们真想象不出他是怎么脱险的。

几名不相识的战士过来帮我们背摄影器材和行李。我们从抢险的人群中穿过，一脚深一脚浅地跑着。塌下的冰雪已削去一半，据说中午又塌过一次。

跑过雪崩区，几个人相视而笑。这真是一场生死搏斗啊！必须补充的是：过了那块巨石之后，我们还曾三次跳下车，以飞快的速度排除了路上的多处滚石。

到康山桥头接我们的司机是河北三河县人，姓张。从这里往下，山势更险，三四十公里的路要下降1 500米。公路几乎都是从悬崖绝壁上凿出来的，对面同样是奇峻的峭壁，每隔一段便有瀑布自天空飞流而下。两壁之间是深不见底的山谷，那轰轰作响的声音，便是樟木河。雪光掩映之中，出现了云杉和雪松，出现了层层叠叠的竹林。我敢说，我跑过半个中国，从未见过如此奇峻壮丽的景色。

我们在山青水秀的曲乡兵站吃晚饭，前边又在清除塌方。8时许，我们继续赶路。夜色朦胧之中，通过为纪念修路烈士而命名的丁仁布桥，再通过一、二号桥。司机老张说，要是在这些地段翻车的话，连个车轮子都没法找到。

我们几个笑着说："老张同志，反正我们几个都把命交到你手心里了。"

天完全黑下来的时候，樟木口岸到了。华灯初上，使人能依稀看清这座小小山镇的轮廓。

我们当即去拜访口岸党委的周书记，并向他表示谢意。这位魁梧的东北口音的军人，快50岁了，进藏也20年了。历次登山队或科考队到南坡，都曾得到他的大力支持。周书记跟我们介绍了一些情况，并且说他不能多陪了，他几年没有回家，不久要回东北老家探亲，看看他的女儿。他说，他要先坐两天汽车赶到拉萨或日喀则，再乘飞机到成都，再换乘飞机到北京，最后改坐火车去东北。

我一时语塞。我默默地推算着从东北到这个西南边陲小镇的距离。一种庄重甚至是神圣的感情从我心中油然而生。

4月12日 在夏尔巴人的故乡

黎明悄悄地降临这座喜马拉雅山麓的小镇。没有风，淡淡的雾笼罩着郁郁葱葱的山林，笼罩着一幢幢石砌、木板夹墙、白铁皮顶的房屋。站在招待所的台阶上，可以看到前方一百来米樟木河对岸的山头，那就是尼泊尔王国了。

空气湿润又清凉，正像江南的早春时节。空气里弥漫着苹果花和青草的气息，我贪婪地呼吸着，并且情不自禁地走上公路跑起步来。这里的海拔大约是2 200米，可不是日喀则了，尽管还有点喘。公路边的山坡上，杂生着松树、杉树、樟树、青枫等，都叫不上来树名。有两处山泉，几个藏族儿童正在那儿洗漱。他们的肤色比山北的人要白净得多，显然是因了气候和山水的缘故。

吃过早饭（这里历史上缺盐，习惯没有咸菜）就快10点了。老张开车来接我们，周书记要他这两天好好给我们当向导。为了防备万一，老张特地在腰间别了一支手枪。

我们在樟木口岸边境检查站交验边境通行证时，遇到两名徒步前来联系商务的尼泊尔官员。他们向我们颔首致意，我们同样向他们还了礼。

吉普车盘旋着下山，20分钟后，我们来到了海拔1 600米的友谊桥。

“快出国了！”

大家高兴地打趣着。可不是，友谊桥坐落在两山之间的一片谷地，周围不过方圆几十米。小小的公路桥横跨樟木河，桥中心的一道红线便是中国和尼泊尔的国界。樟木河就是界河，它只有七八米宽，因为落差大，水流异常湍急，河心巨石林立，也就无所谓“主航道”了。

桥两头，中尼两国士兵分别肃立警卫着，相隔不过20来步。桥边和山坡下有好几棵芭蕉树，意味着这儿已属亚热带气候了。我们走到桥边的草坪上，这里有一座雅致的中式平房，可供双方来往人员小憩或会见。还有一座凉亭，亭外数米就是樟木河。

我们走到河边，掬起一捧清冽的河水，比大本营的泉水香甜多了。倘若踩着河心的石头往前走，三五步就真的出国了。

我们在桥边只停留了一个小时，因为中午要赶到立新乡。吉普车逶迤上山，拐上了一条窄而险的简便公路，穿过一段茂密的原始森林。忽然，路边出现一片两三丈高的乔木林，树的顶端和杈桠之间，稀疏地开放着一朵朵小红花。我正为这种举着火一般鲜花的高大乔木感到奇怪，司机老张跟我们说，那便是单株的杜鹃树。我们在内地山区见到的杜鹃花都是草本的，而喜马拉雅南麓竟有如此高大的木本杜鹃。

沿路不断见到堆积着准备外运的木材和薪材，或许其中也有拉往登山大本营的吧。也不断能见到三三两两的尼泊尔舍巴族边民，他们穿着毡衣，戴着毡帽，背着口袋，羊毛坎肩下还挂着白色的流苏，倒也很像欧洲一带的牧民。他们常常背一些大米、花生到中国境内来，换我方的羊毛、盐巴、药品和纺织品。我方在价格上给以很大的优惠。

吉普车绕过山嘴，前方现出层层叠叠的梯田。青稞已经长到一米来高，油菜已经开花。我们来到了海拔近 3 000 米的立新乡。这个乡的 41 户居民中，35 户是夏尔巴人，一户是藏族，3 户尼泊尔侨民。从译音可以知道，夏尔巴人就是尼泊尔的舍巴族，他们人数很少，却以支援了喜马拉雅山区的登山事业而闻名于世。因为夏尔巴人无自己的文字，所以没有称它是一个单独的民族。夏尔巴的小学里学的是藏语和汉语。夏尔巴语中杂有藏语、尼泊尔语甚至还有若干印度边区的语汇。

我们在乡政权的所在地——一座二层的小木楼用过午饭，就在樟木口岸一位负责人的陪同下去访问夏尔巴人的家庭。翻译是中央民族学院 77 届毕业的女学生次丁拉姆。次丁拉姆今年 25 岁，是本乡人。

我们拾级而上，大约上升了 200 米高，走了一身汗，首先来到次丁拉姆家。次丁拉姆却笑嘻嘻的，好像走平地似的。

推开小小的木栅栏，次丁的老母亲正在院子里种青蒜。见来了客人，赶忙不住点头把我们让进屋去。这里的住家都是两层全木结构，山上有的是树。下层是歇牲口的，上层住人。我们随主人上了楼，次丁拉姆的老父亲正坐在那里，60 来岁的人红光满面。整个楼上是一间很大的房间，没有隔断。边上有床，中间是火塘。火塘上有铁制的吊架，烧饭煮茶都在屋里。火塘边的木架上，整齐地摆着一些锃亮的铜制器皿和瓷器餐具。地板擦得非常干净，各种家具什物也很齐全。

男主人端出一盘扁米来招待我们，这种麦片状的食品我们从未见过。我们依次而坐，边尝着扁米，边请老人随便谈谈他的生活。

老人说，他们年轻的时候，上聂拉木买一趟盐巴要好几天，下尼泊尔买一趟粮食要小半年，走的全是羊肠险道，有去无回是常有的事。而今有了公路，什么用品都可以送到乡里。家里有两头奶牛，还有一群羊。看得出来，老人在自己的晚年是感到很满足的。

我忽然注意到次丁拉姆是梳两条辫子而她母亲只梳一条辫子，我问司机老张，这是不是夏尔巴女人区别年龄的一种标记？老张说："两条辫子是表示还没有结婚，一条辫子是表示已经结婚，到老都是如此。"

我记起前一天晚上周书记介绍的，夏尔巴人至今保存着抢婚的习惯：倘若男女青年双方已经相中，也要走一走抢婚的形式。结婚的那天，姑娘穿戴好了，男方家里也准备好了。男方来一帮兄弟闯入姑娘家里，一个人把姑娘的鞋子提着，另一个人把姑娘背起就走。这时，姑娘即便心里高兴也得放声大哭，装出不愿意离开娘家的姿态。可是，不久前发生了一起姑娘抗婚的事：一个姑娘把男家来背她的人的手都砍伤了。

唉！我们这个星球上的生活真是多彩极了。于是，我真诚地希望面前这位25岁的憨厚朴实的夏尔巴姑娘能很快被人抢去，并且希望她别用刀子去砍抢她的人的手。

我们一直上到山顶，在一个边防检查站小憩。从那里可以见到远处山坡上红色的和白色的杜鹃林。

4月13日 再访友谊桥

接连睡了两夜好觉。醒来的时候，已近天明，只见招待所的云母石墙在闪闪发光。

趁起床之前，我整理着一两天来的印象。我们一下子从寒带来到温带甚至亚热带的边缘，从冬季来到了夏季。仰头看，是终年积雪的山头，那里只有枯黄低矮的小草；山腰里是满目的松、杉、竹、桦，苹果花和梨花正在开放；山脚下又有芭蕉树和各种攀援植物。真可以说：四季的风光在这里长驻。走遍世界，怕也难找到几个这样的地方。

今天再访友谊桥。这里驻守着边防军某团一连的一个班。他们就住在离桥百来米的一座用粗大的圆木搭起来的小楼里。在小楼边的山坡上，星散着几块巴掌大的地，种着菜花、四季豆、茄子、辣椒、红豆；小楼跟前还有三株苹果树。这儿跟樟木镇相隔不过十来里，可因为海拔低六百米，要早一个节气，苹果花都已经谢了。

十来名战士长年在这里站岗、训练和种菜。比起高寒带的那些边卡，这里终年风和日暖，绿树掩映，是够令人羡慕的；但他们同内地亲人的联系，至少隔着整整一个青藏高原。他们能历尽险阻抵达这里，本身就是一首豪迈壮阔的诗。

连队的指导员正好来这儿检查工作，他带我们登上了小木楼。楼上相当宽敞，整齐地排列着一长溜战士的铺位。站在木墙边的走廊上，有一架军用望远镜，支着三脚架，我们好奇地凑到跟前，对面尼泊尔山上的树木都如同自己的手指一般清晰。

镜头里出现了许多只珍贵的长尾叶猴，在树枝上跳上跳下地戏耍，又到樟木河边饮水。

镜头摇过，突然，一只金红色羽翼、黑肚皮的极美的太阳鸟，落在一株开红花的杜鹃树的枝头，一边警惕地张望着，一边啄食着杜鹃花的花蕊。我们看呆了，争着挤到镜头跟前。当我们好不容易回过头来时，耳边一阵“吱吱吱”的声音，两只太阳鸟正从小木楼前掠过，向友谊桥那边隐去。

比起上动物园观看关在笼子里的飞鸟与围在假山上的猴子，这种精神上的愉悦与享受是无法比拟的。在大自然面前，它们同我们是平等的，我们对它们的欣赏丝毫不带强者戏弄弱者的意味。

指导员跟我们讲了一件有趣的事：五年前的一个上午，军区文工团一个分队来友谊桥头为守桥班战士演出，舞台就是那个凉亭前的草坪。刚演了一半，对岸几十只长尾叶猴听到吹拉弹唱的声音，从树丛里跳将出来，有的攀上河边的高树，有的跳到河心的岩石上，一股劲往这边看，真是好不热闹。弄得有的演员边演边看猴子，把动作和台词都忘了。

指导员还跟我们讲了战士们平日的工作。因为这是一条和平的边界，战士们可以有许多时间从事生产，主要是开荒种蔬菜，供应山上的几个班。友谊桥上，每周有两趟尼泊尔方面的邮政车过来，我们的战士总是提前为他们准备好茶水。逢到过节，譬如说"八一"节吧，桥那边尼泊尔驻军会送来点水果、玉米之类，有时同我们打个手势，有时就干脆放到桥中央的红线处，我们的战士就去抬来，同时回赠他们自己种的白菜、黄瓜等菜蔬。

守桥班战士特地烧了热水，热情地留我们洗头、理发，还在他们食堂吃了一顿午饭。尽管只有半块烧豆腐，但这是我进藏以来吃得最多最香的一餐。

午后，我们到草坪上散步、照相，坐在樟木河边，听细细的河水发出如此深沉的演唱，望着高耸的绿色山岭同蔚蓝的天空紧紧拥抱。

我觉得生活真美好。倘若我们的登山大本营，倘若我们整个喜马拉雅都有这样缤纷的色彩，这世界该是什么样啊！

4月14日 黑雾扑来的时刻

正当我们在友谊桥边悠闲自得、留连忘返的时候，第二批从大本营出发来樟木的记者到了。同来的还有总参谋部派来协助登山队工作的老戴。

我们还没有来得及寒暄几句，守桥班的一个战士突然从小木楼快步走来：“请登山队的同志接一个紧急电话。”

电话是樟木口岸周书记打来的。电话里说，刚接到登山指挥部拍来的电报，指示新影的老解和戴参谋火速返回大本营。

“电报上没说什么原因？”

“没有。”周书记重复了一遍电文。

军令如山倒。

司机刚从大本营连续开车九、十个小时赶到樟木，马上又要往回赶，怎么办？司机是个刚烈性急的小伙子，拍拍胸脯说：“放心！今天夜里保证把你们安全送回大本营！”

吉普车还空一个座位，必须再上一个人。新影和电视台的同志又必须留下来拍一点南坡风光。看来，只能我上车了。我原打算第二天再去立新乡，看看那里的牧场并跟狩猎人进原始森林的，如今只好放弃了。

天空突然转阴，时间已是下午五点。吉普车在越下越大的雨水中出发了，强行闯过一处新的塌方，直上聂拉木。过聂拉木后，雨才停止。

我们重新翻上雪原，夕照之下，雪光浩瀚如海，晶莹闪亮，西天屹立着一排银色的峰群。

我直觉得身下的车轮像飞离了地面，北京吉普玩起命来绝不次于丰田吉普。司机全神贯注地握着方向盘，始终把油门踩到最大的位置。

跟来时的心情完全不一样，几个人在颠簸中猜测着，谁也没多说话。

“大本营出事了？着火了？”

“伊朗队来了？前两天还没消息呢？”

“第一次适应性行军失败了？人员有伤亡？”

“为什么点名叫新影老解？”

谁也没敢往下想，老解显得格外忧郁。

沉默。前面，又是不朵熟桥了。3天前，丰田吉普是在这儿放炮的。

忽然，透过朦胧的暮色，车的前方黑雾弥漫，似乎有千军万马的阵势，却又分作一团一团向车猛扑而来。我奇怪这样的自然景象，忍不住叫了一声：“不祥之兆！”

没有人答理我。车毫不畏惧地冲进了黑雾，待那黑雾散开，我才发觉是雪，高原的雪，傍黑时分的雪。

汽车像一艘高速潜艇，在雪雾之中飞驰。晚九时半，也就是说，只用了不到五个小时就抵达定日兵站。

趁司机加油加水之际，我们走进某部三连连部略略歇息。连长问我们，要不要去叫炊事员给我们做一点晚饭？我们谁也没心思吃饭，再说马上要赶路。

戴参谋直截了当地问：“你们可知道登山大本营出了什么事情？”

连长支支吾吾地说：“倒是下午刚有人从山上下来，说是一个新影的记者在山上不行了。”

老解马上接茬问：“那只有石明纪了。他怎么样？送下来了？”

“听说是高山反应，心脏出了毛病。八一登山队刚上去了二三十人抢救。”

“那么人……还活着吗？”

“可能……不一定有救了。”

沉默。我默默地计算了一下时间：从大本营往樟木拍电报到现在，已经六个小时了。抢救一个高山反应虽重但还活着的人，是不需要出动那么多人的。

连长问：“你们走夜路，要不要带上支枪？”

戴参谋一摆手：“不用了！”

沉默。吉普车返身又扑进沉沉的暗夜，伸手不见五指。车疯狂地在荒寂的旷野上颠簸着行进，我看到一个看牦牛的牧人从身边擦过，那牧人没有惊慌，我们反而被吓了一跳。

突然，坐在我旁边的老解发出了轻轻的啜泣声，很快变成了嚎啕大哭。

我一时慌了，又是轻轻捶他的背，又是抚着他的肩，竟语无伦次，不知说什么安慰的话好。老解是此次中央新闻电影制片厂派出的四人摄影组的组长，真正的出征还没有开始，就牺牲了一位亲密的战友。固然，难免的牺牲在登山活动中是不足为奇的，20年前攀登贡嘎山时，登山队也曾有一位叫师秀的《工人日报》记者滑坠牺牲。但牺牲摄影记者在中国20多年的登山史上还是第一次；在不到6 000米的地方就有人员牺牲，在登山史上也是第一次。这真是晴天霹雳！从另外一个意义上说，老解手下的组员牺牲了，他回去该如何向组织交代，该如何向死者的家属交代呢？

老解继续恸哭着。若没有轰轰的汽车声，他撕心裂肺的声音一定是今夜在荒原上压倒一切的声音了。

这时，坐在司机旁边的戴参谋回过头来："老解，我看还是唯物主义一点。要奋斗就会有牺牲。人死了，是哭转不来的。你还是想开一点，保重身体。还得考虑怎么把后事处理得好些。"

我感到一怔。我钦佩戴参谋毕竟是个军人，在对待战友牺牲的问题上，比我们这些没有经历过战争和艰险的书生要坚强得多，豁达得多，也直率得多。

果然，戴参谋的话起了作用，老解啜泣的声音慢慢低下来。于是，只剩下吉普车狂怒的吼声。

午夜两点多钟光景，我们回到了大本营。大本营还有人在值夜没有睡。清冷的月色，正照着一片银亮惨白的雪光。

我的帐篷里空空荡荡的，电视台的小董上山还没有下来。我在一种孤单甚或有几分恐惧的心情之中，重新以"慢镜头"动作钻进睡袋，久久未能入眠。

4月18日 采来鲜红的杜鹃

有谁见过打雷下雪吗？这种奇景大概只有珠穆朗玛地区才有。今晨掀开帐篷门，嗬！纷纷扬扬的大雪！沉重得发闷的雷声从远处传来。

整整三四天，大本营沉浸在紧张与悲痛之中。步话机不断向山上呼叫，出动了整个八一登山队，出动了两头牦牛，才把石明纪的遗体运下山来。登过山的人都知道，上山多带一把铁饭勺都是一种沉重的负担，何况要背一个200斤重的、已经永远没有知觉的大汉，翻过漫长的石海、冰河甚至是悬崖陡壁。

石明纪是在上到5 800米处突发心脏病的，当时就不能动弹，四肢冰冷。同行的结组没有带氧气，背氧气的同志离此地还有两个小时的路程。于是只好临时搭起一个高山帐篷，把他安置下来。等医生和氧气赶到，给他紧急输氧，已经晚了。

新影的小刘一直陪伴着他，脱下鸭绒衣盖在他身上，脱下背心给他作枕头，为他打开了所有的罐头，并用自己的体温暖和着他。

他在弥留之际非常清醒。他留给人间的最后一句话是："把我的骨灰埋在珠穆朗玛，让我看着你们登山。"

他静静地躺在自己战友的怀抱里，在战友悲痛的喊声中，永远地闭上了眼睛。

我和石明纪是参加这次登山活动才认识的，在一起不过才个把月，接触也不算多。那时，我们在怀柔水上运动俱乐部集训，每天天不亮就被教练撵起床出操。做完准备活动，我们新闻组的"老九"已经气喘吁吁。教练又命令我们跟在女队后边跑步，一跑就是3 000米，以后还要加码。"老九"们能坚持到底的寥寥无几，中途就陆续下来了。第二天清早，大家的腿疼得挪不开步。

“教练，我浑身疼。”

“跑跑就好了！”

“教练，我昨天一夜没睡好。”

“没病，不是不出操的理由！”

那位教练真够厉害的。他不想想我们都30老几了，怎么能跟一般运动员比。

石明纪给我印象最深的是他的速度跟我相仿，差不多跟我一样说教练怪话，差不多跟我一起掉队。我们于是有机会交谈几句。他和我同岁，甚至比我小几个月，他有一个孩子刚四岁，可他在新影已经是独当一面的摄影师了，不久前随一个代表团去过澳大利亚。据说，一年多前他还常驻过大寨，因为对大寨说了几句不敬的话挨了一顿批斗，被宣布为“不受欢迎的人”。我很羡慕他的体格：魁伟雄壮，身高在一米八五左右。他感叹说：“不行了，前些年我是运动员。跑这点儿根本不算什么。”进藏以来，他先是参加先遣队到大本营打前站，后又报名参加第一次适应性行军。出发之前又进行了体验，他一切正常，只是血压偏高。征求他本人意见，他的态度十分坚决。新影来的四个人中就数他和小刘年轻，让他们先上似乎也是理所当然的。

生与死之间，竟是这般容易跨越！

报务组的帐篷昼夜亮着灯，大本营不断把石明纪的情况报告给北京的总指挥部。石明纪的家属要求进大本营看遗体，这显然是不好办的。这需要派一架专机，要好几天的路程，再说她的高山适应能力如何，她正处在极度悲痛之中，她本人的安全都难以保证。因此，要苦口婆心地向家属做说服工作……

距大本营西北方向100米的空地上，临时搭起了一座大的帐篷。石明纪的遗体停放在一副担架上，担架的下边和四周放满了从绒布河中凿取的冰块。紧靠帐篷的四周放着我们亲手扎的花圈。

雪白的纸花之间，缀上了许多鲜红的杜鹃花——从樟木采来的杜鹃花。花叶上洒着泉水。两天之前，老解向尚在樟木的老彭拍了电报："多采撷杜鹃花，立即返回大本营。"

我们依次向烈士告别。我搀扶着新影的小刘。小刘在1975年登山时上到了8 100米，成为新闻记者的骄傲。而此次登山，在5 800米处他的战友死在了他的怀里。为了抢救石明纪，他自己几乎冻坏了，最后被强行送回了大本营。几天以来，他悲痛欲绝，眼泪始终没有断过。他说一闭上眼睛就梦见5 800米处那顶帐篷，梦见自己在喊石明纪的名字，甚至梦见石明纪在扯自己的衣袖……

进藏之前，就听说登山队员在山上特别容易流泪。登山与其说是体育项目，不如说是勇敢者的探险。雪崩、滑坠、伤冻、晕厥都不是新鲜事，随时可能发生；更不用说忍饥挨饿或一般的高山反应了。我国自20世纪50年代末开展登山运动以来，大多数重大的登山活动都有牺牲。苏联、日本等国登山队，还曾发生过"全军覆没"的情况。刚才还同饮一口雪水，同在一顶帐篷下用相互的体温取暖，顷刻之间便成永别。因此，登山队员之间特别重感情，同志、战友的感情，艰危之时、生死之交的感情。把最后一点食物和氧气留给战友，把最重的行装背起；把死的危险留给自己，把生的希望让给战友——这在我国的登山队员中是理所当然的。谁要是怯懦和自私，登山队员就会像躲避麻风病一样躲避他……

如今，我亲身体会到了这种感情。这些年来，除开周总理逝世那阵，我还没有像这两天这样不住地流泪，为一个并不很熟悉的同志牺牲而流泪。这在北京大概是不可能的。我和新闻组的其他同志每天都往新影的帐篷里跑几次，给他们送水送饭，尽可能给他们一些安慰。

石明纪的遗体被抬到北边的小山头上火化了。楠木制的一块墓碑矗立在那里，正面朝南，与珠穆朗玛峰遥遥相望。上面漆写着：

"石明纪烈士永垂不朽！"

他的一部分骨灰就埋在那座碑下，另一部分将由他的战友带回北京。

我不由得想起1975年攀登珠穆朗玛峰时牺牲的登山队副政委邬宗岳。邬宗岳可是永远留在山上了。邬宗岳是登山队里有口皆碑的硬汉子，1960年王富洲、屈银华、贡布三人登上珠穆朗玛峰，邬宗岳曾为他们搬运物资到达8 500米的突击营地；后来在贡格尔久别峰，他为了抢救战友，还曾冒着生命危险只身下到冰裂缝之中。1975年的几次行军，差不多都是他带队在前边开路。连日的大风，严寒，帐篷刮倒，彻夜未眠，严重消耗了他的体力。但他说得很肯定："只要我还有一口气，就一定往上爬，一定把队伍带到顶峰上。"他的踏实、苦干，顽强的意志和细致的作风为大家所信赖，因此由他来率领登顶突击的梯队并指挥登顶后的科考和摄影，是没有争议的。每次出发，他还都要比别的队员多背10来斤东西，因为他还负有拍摄电影的任务。那一年的5月上旬，他带着已经两次冲击顶峰未成下撤的疲惫之师，重新踏上了征程。走到8 200米以上风化岩很多的"黄色地带"，为了拍电影方便起见，他解开了结组绳，并嘱咐别人先走，他随后就赶到。然而，由于疲劳过度引起昏厥，他滑坠了。后来登顶的几名队员下山时在8 100米处发现了他的尸体。他们只能拣一些石块垒在他的身上，那是祭奠烈士的永远不会凋谢的花朵。

邬宗岳都来不及像石明纪那样留下哪怕是一句话的遗嘱。他的遗体也是根本无法运下山来的。但是，珠穆朗玛的冰雪之神会永远守护他的安宁。他将逐渐成为一尊化石留在顶峰之下，并载入中国登山史册。

我想，还应当矗立一块更大的碑，以纪念20余年来在历次登山活动中牺牲的人，包括那些修路的战士。

然而，眼泪毕竟不能寄托我的哀思。我忽然记起了那太阳鸟，尤其是那高举着火把的杜鹃林。我一定要为他们写一首诗。

采来鲜红的杜鹃，
献给不朽的战士。
你长眠在冰山之巅，
头颅仍然高高昂起。
你像山南的杜鹃树，
有着高大健壮的身躯，
大洋的湿风滋润着你，
任你舒展绿叶青枝。

采来鲜红的杜鹃，
献给无畏的勇士。
洒上洁净的泉水，
让它分外鲜丽。
你像山南的杜鹃树，
一丛丛耸向天际；
高原的雷火击不倒你，
你的青春刚刚开始……

4 月 20 日～4 月 28 日 重返日喀则

倘若没有石明纪的牺牲，第一次适应性行军会是相当圆满的。5 500 米、6 000 米、6 500 米三个营地相继建好，储备了相当的物资；上北坳的道路已经打通，根据地形的变化，对 1975 年时的线路作了较大的修整，并且插好了路标，安放了尼龙保护绳。

大本营敲锣打鼓迎接战友凯旋。从山上下来的人，一个个脸都被高山紫外线晒成了酱黑色，有的还晒出了泡，嘴唇也都干裂着血口。当他们启口大笑时，那两排牙齿分外洁白。特别要提到的是电台的张记者，他上到了 6 600 米的高度，打破了历次登山中文字记者到达的最高高度。

遗憾的是伊朗国家登山队仍无确切的抵达时间。我觉得没有必要在大本营干等，就搭了一辆卡车重返日喀则。

这一回是“坐地日行八百里”。进山时三天的路程，下山一天赶到。就我们一辆车。就司机跟我两人。早晨 10 点钟至晚上 10 点钟。除了在鲁鲁兵站吃一顿午餐花了半个小时，司机几乎没有休息。

“帮我点一支烟！”司机命令我。

我擦划着火柴，一根、两根……汽车颠簸，加上缺氧，第三根都失败了。我直恨自己笨，不会抽烟，连点一支都不会吗？第四根火柴，趁着刚着的一刹那，我凑到火上猛吸一口：终于着了！我一边递给司机，一边高兴得直咳嗽。

就这样，司机一支接一支地抽着，实在太困太倦了。我这才体会到作为一个司机的辛苦。这里一二百里都不一定见到行人行车，要是中途抛锚或翻车，那是不堪设想的。偶尔，我打开一桶菠萝罐头，示意他吃一点，他总是摇头，继续全神贯注地把车开到最高速度。没法，我用勺子盛了送到他嘴边，就跟点着了烟送到他嘴边一样，他这才勉强吃几口。只有两次，他不得不把车停下来，那是因为水箱的水温达到了 100°。他熄了火，提着一个水桶下到那条绵长而细小的雪水河中，提回一桶雪水。

当卡车翻过嘉错拉，沿山谷下行，重新穿过拉孜平原时，稀疏的柳树刚刚开始透出嫩绿。渠水在公路的两边，正灌溉着耕地；晴天丽日之下，村舍显得益发雪白；曲夏桥边，少许几辆牛、马拉的播种机正在工作，牛马的脖颈上都系着红色的缨穗。

我终于见到了西藏高原的春天，西藏高原的生机！

重返日喀则，感觉完全不一样，觉也睡好了，饭也吃香了。第二批进藏的国家登山队主力队员和几名记者刚乘专机抵达，先期从陆路进藏体验生活的鲁光、王丁、周新德、詹忠效等几名电影剧作家和画家也刚好从亚东赶到。老朋友们在日喀则相聚，情绪特别兴奋，是不必多说的。兴奋之余，我居然还同日喀则地区乒乓球代表队的一名小伙子气喘吁吁地赛了一局乒乓球，我以四分之差败北。告辞的时候，我拍拍他的肩膀说："小伙子，我相信我在北京能打败你。"

热闹的时间不长。登山队员们进山了，剧作家、画家们去樟木了。新华社老杨和另一名记者却下来了，医生发现杨记者心电图很不正常。日喀则招待所冷清了，剩下因不适应暂缓进山的画报记者小赵和等着迎接伊朗队的登山队总教练王振华。聊天、打牌、逛街，反应轻时读点小说。几个人彼此相依为命。

时近五月，日喀则街边的青杨树刚刚冒出黄绿色的嫩尖。年楚河边，藏族农民开始开沟放水，喷洒农药。小麦早已返青。河边林卡里那些百年老树，树干旋转弯曲，形状十分古怪。它们似乎是死了，似乎还没有完全死，偶尔还能找到几片新叶。它们给我的感觉，真像童话电影中魔鬼的居处。据说，这林卡以前相当于动物园，饲养狗熊、鹿等几种动物，是专供几家贵族来游玩的。

不知是谁提议，去亲眼看一看藏族天葬的风俗。我想：凡是我不知道的，我都想看看。

我和杨记者、小赵三人打听了天葬台的位置，便兴冲冲地出发了。绕过扎什伦布寺，跨过几道似乎是地震留下的断裂沟，西边的一个小山包上，有一块一间房子那么大的巨石，那便是天葬台。

我们来晚了，只剩下一片残局。死者已经升天。可以见到周围山包上，二三十只巨鹰已吃得饱饱的停在那儿栖息，一群乌鸦正在天葬台边争抢着残羹剩饭。巨石的四周，有十几堆冒着白烟的东西，还在继续燃烧，那淡淡的烟气里没有任何异味，反倒有一股清甜的气息。天葬台下还有一堆火，木柴、干牛粪和煤油相混的火，可以看见烧的是部分骨骼。

一位天葬师用自己的尿洗过头遍手，又接着死者家属——一位老太太提过来的塑料水桶洗二遍手，最后打开一个纸包，用酥油糌粑洗第三遍手。

另一位穿着中山装、30来岁模样的人，正捧着一碗酥油茶喝着。我们估计他是个工人或是小"本布拉"（干部），但不知他在这里的确切身份。

听说藏族同胞是不愿意别人来看天葬的，怕惊走了神鹰，死者升不了天。既然现在死者已经升天，我们想看看也无妨了。

于是，我两手合掌上前向他问好。见我们和颜悦色的样子，这位穿中山装的藏胞赶忙站起来，很友好地向我们回礼。我说："我们是登山队的。我们可以看看吗？不影响你们吧？"

他果然懂得汉话："可以，可以，那有什么。"

"去世的是什么人呢？"

"是个姑娘，24岁，病死的。"

"可惜了，这么年轻。"

"是你的什么亲人吗？"

"是我朋友的孩子。我来帮忙做一做。"

我点了点头。我想这轻轻松松的三个字"做一做"，便是给天葬师当助手了。我指着那一缕缕白烟，又问："烧的是什么东西呢？"

"那是酥油、糌粑和白糖拌在一起的。"

"怪不得有股清甜的味道！"

我们恍然大悟。那些鹰一定闻到烟味就"召之即来"。这烟或许还有香烛的功能，有送别死者和祈祷死者冥福的含义吧！

5月3日 勇敢者的事业

"五一"国际劳动节这一天，我是在吉普车上度过的。新华社的杨记者直接从日喀则搭机飞回北京，我与接替老杨的小孙和画报的小赵同车前往大本营。大本营的人以讹传讹，以为我被送回北京了，对我重返大本营都表示惊讶。

“你怎么又上山了？别人还得替你担心。你不如去拉萨等我们。”

我回答说：“大本营热闹，我还没有住够呢！”

大本营一切如旧。不知不觉之中，已能感到一丝春天的气息。最起码的是，晚上钻进鸭绒睡袋之后不再有冷的感觉了；早晨起来茶缸里的水也不至从杯沿冻到杯底了；一般情况下，戴一副尼龙手套也不会冻手了。空气里的氧气在悄悄地增多。远方在萌生着春草和绿叶，风没有忘记把它们的呼吸送到这里。

但是，几天前以一批主力队员为骨干进行的一次适应性行军，未能达到预期的目标。预期的目标是到达 7 007 米的北坳顶部，在那里建立第一号高山营地（从 5 500 米至 6 500 米的三处营地在珠穆朗玛峰只能算是低山营地），储备一部分物资，为下一次中国和伊朗两队联合登山到达 7 600 米打下基础。

雪太大了。我们的气象预报还无法测出某个小地区某个日期的天气情况。一场两尺来厚的大雪将第一次行军勘探好的线路掩埋了，指示的路标找不到了，红色的主绳也被埋住了。山上出乎意料地冷，睡在帐篷里，鸭绒睡袋都冻在了身子底下的石头板上或是冰上，揭都难揭下来。

人，一个个被晒成了黑人——比黑人还黑。黑人的肤色是健康的、有光泽的，而他们的皮肤是被强烈的紫外线灼伤的，脸皮脱落，斑斑驳驳，甚至因感染直渗黄水。登山之苦，不身临其境是很难想象的。

有病号被提前送下山来。病员是一个二十二三岁的小伙子，隐去他的真名实姓，姑且叫他W吧；送病号的是二十二三岁的姑娘小樊。小樊我是认识的，她参加了 1975 年那次登珠峰的活动，上到北坳以上，被作为女队的骨干留了下来。1977 年进新疆登 7 435 米的托莫尔峰，她登了顶。

我去女队员的帐篷访问小樊。小樊似乎刚生过气，气还没有消。

“小樊，听队里说你这次行军表现很不错呀！”

“什么不错？见鬼了！”

“你一个人护送一个大小伙子下山，真不简单。”

“杨记者，我直说吧，不是我表现不错，是那个小W太窝囊了！”

我笑了。我认识小W，这个外表看起来有点傻气的小伙子，是从北京部队某部选拔来支援此次登山活动的。他曾经在北京部队举行的运动会上获得过马拉松第五名。他本来是安排在炊事班的，队里见他体质好，也肯干，就有意培养他，让他随主力队员参加行军，将来好将他作为一名骨干留在队里。

谁想到这小伙子不争气，在6 000米附近就“趴窝”了。他直嚷嚷头痛得不行，怎么也走不到目的地了。带队的一见此状，怕再出现第二个石明纪，赶紧请示了大本营，马上往山下送。6 000米以下没有太危险的地段，这送病号的任务就交给了小樊，因为小樊是老队员，不至于迷路。

小樊同小W走上了归路。走不了多远，小W就哼哼着坐在地上，不想走了。

“快起来！天黑以前要赶回大本营的！”小樊起初是劝说。

小W勉强站起来，没走几步，又不肯走了。或许他真的头痛得厉害。

小樊忍着火气说：“你想在这儿冻死吗？那我背你！”

小W还在磨磨叽叽，小樊已不容分说，憋红着脸，把个大小伙子背了起来。好在是下慢坡，要是上坡的话，多几倍力气恐怕都不行。

其实小W头脑还挺清醒，他知道让一个女队员背着是很丢脸的。他挣扎着，双脚着了地。

小樊是命令的口气了：“那你自己走！走啊？”

小伙子又慢腾腾地挪动着步子。没走多远，又不肯走了。他歪倒在一块漂砾旁边。

“你到底走不走？要不要再背你？”

“我不行了，你走吧！”

小樊发怒了：“怎么？你想死在这儿呀？”

“死在这儿我也不走了。”

小樊尖着嗓门吼了起来：“我今天偏不准你死！你给我起来！草包！”

她抡起冰镐，用镐把抽打过去。

小W挨了几镐把，哭丧着脸，支撑着爬了起来，继续往山下挪步。小樊余怒未息，上去又抽了他一镐把：“我看你还赖着不走！”

就这样，好一个小樊，终于在天黑之前把个大小伙子像赶羊似的赶回了大本营。

队部表扬了小樊。要是误在杳无人迹的山上，冻死、迷路、滑坠，什么意外都可能发生。小W这个小伙子，固然有高山反应方面的原因，但这次归途已经说明，至少他在意志方面不是个强者，不适合继续培养。登山是勇敢者的事业，作为一名合格的登山队员，体力、适应性、技术无疑是重要的，可更重要的是面对恶劣环境，面对生死考验，有超人的顽强坚韧的意志与品格。倘缺乏这种素质，即使你是奥运会马拉松冠军，也未必可以做合格的登山家。

如果把女队的另一个人物周怀美来跟小W作比较，也是怪有意思的。1975年攀登珠穆朗玛峰之前，要从部队里挑选一批队员。当时，年仅19岁的周怀美正在黑龙江军区通讯营当电话接线员。几十个参加体格检查的女兵中只留下了3个人，3个人中间偏偏选中了周怀美。登山是怎么回事？周怀美一点也不知道。问她喜欢体育不？她说了实话：“我不喜欢。”她说她甚至懒得做广播操。

命运就这么有意思。军人以服从命令为天职，周怀美被选送到了登山队。排里战友开会欢送她，鼓励她，她回答的尽是一些泄气话，一句豪言壮语也没挤出牙缝。集训开始了,她连跑一圈都嫌累,累得都不愿意上楼梯。可教练又接着叫她背沙袋,举杠铃。真不知是哪个神仙的慧眼,找了一个几乎是"体盲"的人进了国家登山队。

上山了。高山反应,一天只吃一碗面条汤,还吐掉了一半。昏昏沉沉,直想睡觉。仰望着陡峭如壁的7 007米的北坳,简直让人起鸡皮疙瘩。

可是奇迹恰恰在她和另外几个姑娘身上发生了。她们硬是凭着一股坚韧不拔的毅力,不仅攀越了第一道死亡之墙——北坳,不仅在连日风寒中安营扎寨,不仅冲过了时速相当于12级的大风口,而且上到了7 500米的前进营地。她和另外一个叫邢玲玲的,成为汉族女性中有史以来登山登得最高的人物。

有意思的还在于小樊和周怀美都不是常人推测的出身于"苦大仇深"的家庭。小樊父母是文化人,周怀美是一位县级干部的女儿。她们又都是南方人。

唉!这个不争气的小W啊!

凑巧得很,我刚告别小樊从女队员的帐篷出来,就在"珠穆朗玛大街"上迎面遇到了小W。

小W已经恢复如常。队部让他在大本营办公室打打杂,不必再上山了。他自知队里上上下下在骂他窝囊废,见了谁都不好意思。看样子,他还挺勤快的,一定是想将功补过吧。

我叫住了他:"喂!小W!"

"是杨记者。"小W躲不及了。尽管他晒黑的脸还没有褪色,我还是看出他脖子根都涨红了。

我笑笑说:"你可真行呀!叫人家一个姑娘把你背下来。你得好好感谢小樊救你一命,她要是不揍你,你就永远回不来了!"

"嘿嘿……"小W只是傻笑。

我撸了撸他十分稀少的短发:

"以后好好儿干!回去还跑马拉松吗?"

"嘿嘿……"小W还是傻笑。

5月9日 白雪铺成的丝绸之路

珠穆朗玛广场的北边，扯起了巨大的横幅，还插了10来面彩旗。两块临时矗起的黑板上，写着我为欢迎外国登山者来华而写的一首诗《把白雪铺成丝绸》：

把冰川裁作门楼，
把白雪变成丝绸，
献给你，异邦的朋友，
愿我的歌，在你我胸中长留。

与其说我们才相识不久，
难道不正说明历史的绵长源流？
西去的马队，
东来的沙漠之舟，
不早已载着我们的祖先，
把远方的兄弟问候？

与其说我们才刚刚见面
难道不正说明真诚的友情早涌上心头？
东来的旅人，
西行的使者，
不早已代表我们的前辈，
把丝绸之路铺就？

无垠的远天，无边的沙丘，
我们路上无处不有甘泉美酒；
古时的神话，今时的传说，
我们征途无处不有琴声歌手。

于今登攀的事业，
把我们系在同一根绳头。
我们将同住一顶篷帐，
同顶一方月色；
我们将同抗一山风暴，
同遏一天狂流。

艰危之时我们用生命互相援救，
胜利之日我们举鲜花高歌畅游。
我们将在群山之巅。
欢呼并肩挽手，
除了友谊与胜利，
我们又有何求？……

伊朗国家登山队一行 18 人，终于抵达了大本营。时间是 1978 年 5 月 7 日午后。

欢迎场面是热闹非凡的。所有的帐篷都空了，人们集中到广场两侧，夹道欢迎的队伍往北延伸了上百米。

伊朗队员披着我方发给的崭新的棉军大衣，戴着花花绿绿的各种毛线帽，刚进大本营就到处照相。他们第一次见到珠穆朗玛峰时的激动神情，并不下于我们。

我们在前一天学了几句波斯语，马上就现炒现卖。“萨劳姆！”（你好）“好里胥么呼贝？”（身体好吗）乱叫一气，伊朗队员听了很高兴。

新影的小刘逗趣说："这波斯语最好记。好里胥么呼贝——好的熊猫在湖北——这不记住了？"

当晚，中国登山队设便宴为伊朗登山队洗尘。珠穆朗玛大街的北头，已搭起了一座帐篷专作伊朗队的食堂，里边铺上了毡毯。

两名厨师是从乌鲁木齐宾馆请来的维吾尔族人，据说给赛福鼎做过饭。宴毕，伊朗队员极为满意，他们说，他们在国内也没有吃过这么美味的菜肴。

两名厨师高兴极了。我们刚刚吃过晚饭，他们坚持要新闻组全体记者去尝尝他们的手艺。

真是名不虚传。炸鸡、烤羊肉串、鸡蛋清做的奶酪状的东西、几种点心和烤馕。伊斯兰教是不准饮酒的，啤酒属饮料，不在此例。我奇怪我的食欲突然变得那么好，进大本营以来第一次吃得那么多。而且，更使我高兴的是，昨晚我第一次不靠安定片睡了一个好觉；今天还居然凑热闹同伊朗队员一起打了一局排球，这一定是地球上海拔最高的排球赛——当然不能用"慢镜头"动作了，每发一个球都要喘好一会儿。

男队队长王洪宝向伊朗队员介绍登山路线，王洪宝1979年10月在帮助日本队侦察线路时牺牲；照片中伊朗队员为巴列维国王的卫士，命运可以想象；中为作者

两天以来，我方队员和伊方队员广泛地接触。

在没有翻译的场合，就用可怜巴巴的几句英语、法语（甚至有人连俄语都搬了出来，简直是病急乱投医），加上手势。当然表达不了多少意思，只能交流一点情感吧。看来，伊朗队是一支守纪律的队伍，在联合指挥部和联合技术组内，对我方的意见都很尊重。大本营的气氛十分融洽。因此，尽管伊朗队来晚了，两队合练的前景相当乐观。

我刚刚搬到最南头那顶帐篷，同新近上山的作家鲁光、王丁、周新德和画家詹忠效住到一起。我原本是应当在三月初同他们一起从陆路经唐古拉进藏的，因为误了两次飞机，直到今天才真正会合。

小詹是我们中间最年轻也是最勤快的。他一上山，就不顾高山反应，每天拿着画夹子跑出去画速写。画牦牛，画登山队员，画珠穆朗玛山景，画绒布寺的断壁残垣。他独到的线描功夫已使他在全国美术界引起了注意。

一个伊朗队员站到了小詹身后，看了半天，啧啧称赞着什么。等小詹回帐篷休息，这个队员带着翻译来了。他说，他没想到在珠穆朗玛峰下会遇到这么了不起的画家；他还说，看画家的年龄，几乎还是个孩子，这更使他惊讶。随即，他掏出了一张照片，未婚妻的照片，他希望画家能照着画一张，他带回去作为礼物送给她。

小詹慨然允诺，这对他自然不是什么难事。画很快就完成了，只剩下喷胶这项工序在大本营没法做。那伊朗队员满意极了，忙不迭地表示感谢，并要求小詹在画上签上名字，他好回去为画家作宣传。可这一来不要紧，我们的帐篷常常被踏破门槛，伊朗队员鱼贯而入，都是来求小詹画画的，或是画自己，或是画妻子，或是讨一张速写，甚至是画老母亲的。小詹为难了，他不好厚此薄彼，只好答应日后逐一完成。

日复一日的帐篷生活是单调乏味的。天南海北的高雅交谈和半荤半素的浅俗取笑便成了人们主要的精神食粮。甚至也有用恶作剧激将法诱迫某人读一篇夫人的来信之类，都是缓解高山反应的一剂良药。

唯一受优待的是小詹，他是个腼腆又不“同流合污”的童男，30出头了还没有结婚。我们不是因为怕他不好意思受不了，而是觉得应当爱护和尊重这个专注于艺术的纯洁伙伴，尤其是不拿他开粗俗的玩笑。

但是，完全是出于关心，我忍不住问他：“小詹，你的那个小朋友没有给你写信吗？”

“来了几封了，差不多两个多星期就来一封。”

“那多够意思！别人羡慕都羡慕不过来呢。分给我两封怎么样？”

“没什么情绪。”

“怎么没情绪呢？你回信了没有？”

“顾不上。”

“她对你好吗？”

“公平地讲，她对我没得说的。”

“那你拿什么架子？”

“我好像总是没有心思写回信。”

“你是有毛病怎么的？我们这是在西藏，家书抵万金哪！”我跟他急了，摆出老大哥的架势。“这么着吧，你把她的姓名地址告诉我，我给你回信，保证写得热情洋溢。

詹忠效1978年在大本营画的速写，詹现是著名旅美画家

末了你签个名就是了。”

说实在，我和小詹也是不止一两年的朋友了。可他给我留下了这个难解的谜。这个对艺术如痴如醉、对爱情不咸不淡的家伙！

大本营附近的积雪在悄悄地融化，四周斑斑驳驳，黑白相间。掰开营地附近稀疏而枯黄的草棵，可以发现有细细的绿色的嫩尖。春天毕竟是不可抗拒的啊！你看这顽强的小草，终于从这死亡之地冲杀出来了。

再往前，那终年不化的冰川，那隐约可见的神奇的冰塔林，在晴空的阳光下面泛着丝绸一般柔和的光亮。我又想起我的诗来，我们的前方不正是一条白雪铺成的丝绸之路吗？

入夜，我走出帐篷。我爱在临睡之前缓缓地散一会儿步。大本营的夜晚真迷人。天空中没有尘埃，星光比内地出奇地紧密，似乎连最遥远的星星都跑来了。我想，倘若在这儿建一座天文台，架一座天文望远镜，一定会多发现几颗新星。

五月，该是蟋蟀和青蛙放声歌唱的季节了。可这里只有风卷着尼龙绳拍打旗杆的铮铮响声，只有营地附近牦牛队的铃铛发出的叮叮当当的声音；倘若屏息静听，还能听到附近帐篷里均匀的打呼噜的声音。我忽然觉得这些声音都在孕育热烈的战斗情绪。我想，战斗的声音未必就是嘈杂的声音，一个战士平静的呼吸要比一个庸人慷慨的表白伟大；战斗也未必是激烈的枪声或刀光剑影，也表现为无声的语言和行动——对登山队员来说更是如此。

5月10日 潘多和老队员们

潘多、侯生福、尚子平等几个老的主力队员，还有中国登山队队长史占春，是和伊朗队同机进藏，又是一起抵达大本营的。他们的来到给这荒寒的山谷增添的不止是一点点暖意。

我和他们是老相识了，也可以说是老朋友了。中国历史上有一段短暂的不寻常的时期，即1975年夏天到1976年夏天，我和他们是在一起度过的。那时我一周中有5天住在怀柔的登山队基地。

侯生福是个老实巴交的“老陕”，1975年的登顶队员中唯一的汉族队员。他来队前在部队，他话不多，口音又重，还带点腼腆。真看不出来他还参加过国宴，不知他跟尼克松碰杯时能说出什么精彩的话来。不过我和他在一起倒是很融洽，尽管还是话不多。一起沿着水库边散散步，会心地笑笑，在那个时候也是一种很大的快乐呢！我们还一起照过相，我记得他忽然说我像大学里的老师。

尚子平参加登山队前是北京地质学院的体育教师。他开朗、活跃，嗓门粗大。两次登珠穆朗玛峰他都到达了8 000米以上高度，只是因为服从“需要”，他把登顶的机会让给了别人，而自己则做了一颗铺向顶峰的石子。他是快40岁的人了，早早地谢了顶。可他不管登山队基地人丁爆满还是人走楼空，他一个人也坚持着大运动量的身体素质训练。我记得他跟我说过：人生难得，不就是上一回珠峰吗？他要积蓄力量，等待机会。

他担当着女队教练。一个大男子汉做婆婆妈妈的工作。他开口闭口这帮姑娘们如何如何，这帮孩子们如何如何。一半是父亲，一半是兄长。他说：“杨记者你可不知道这些藏族姑娘开始多难带，她们解手都不知道上厕所，走到墙根往地下一蹲就行了。我说了好几遍才改过来。不过她们也真是朴实，能吃苦，后来就好带了。”

不过给我印象最深的还是春天的时候，大喇叭里广播的“反击右倾翻案风”的宣传步步升格。尚子平在楼前碰到我，说：“杨记者，你说这个形势，我怎么老是不理解啊！”我察觉他黑红的脸上带着几分忧郁，我说：“是啊，大家都不理解，等着瞧吧！”尚子手抓过我的手握了一下，扭头走了。

说实在，那一段时间里接触得多的还是登山队长史占春。怀柔基地留下的人不多了，我们又是“无冕之王”。史占春是中国登山界的元老，50年代曾率队去苏联留学。这个铁路工人出身的东北汉子精力过人，快50的人了还能在篮球比赛中打主力和没完没了地喝酒、熬夜。想来他年轻时会有些今天能够理解的荒唐事。他的妻子在登山队食堂帮忙，也常常同我们一起往返于北京怀柔之间。我和鲁光都认为这是个十二分温和柔顺的女人，她对她的铮铮铁汉的丈夫像崇拜皇帝一样，只要听见老史说话，她就一脸笑意而且目不转睛地望着她的丈夫。

然而那一段时间里人们说话还是总留有余地，彼此既有信任又存着几分戒心，阶级斗争恐惧症嘛。我注意到史占春的家里堂堂正正地挂着一张周总理与他握手的照片，我想这就可以了。我们毕竟认识才几个月，说那么多也没有用。他也听说过我同郭小川挺好，于是大家都心照不宣，管它大喇叭里雄赳赳地放些什么。反正白天我就一卷接一卷地读《丘吉尔回忆录》，晚上就串门聊天打牌。登山队的牌技是一流的而且还有独树一帜的牌规，如果队长亲自出阵背后肯定还有观战助阵的拉拉队。有两次我和鲁光组成的记者队和史占春为首的登山队从晚上8点一直打到第二天3点，直到双双扳平不分输赢。然后拿酒来，喝了酒睡觉。反正那个时候没事情干，不能议论国事，钻研钻研牌技也好嘛。人总得找点乐趣，找点寄托。

我跟潘多也是那段时间熟识的，我要采访她嘛。她的登顶啦，身世啦，她跟她“老头子”的恋爱啦，都是记者感兴趣的。

潘多给人第一眼的印象便是憨厚、温和、纯朴和饱经风霜。她的脸因高原的干寒和阳光的烧灼显得粗糙，头发也过早地花白了。她刚刚步入中年，却已经有点老大姐甚至是老妈妈的样子，若不是她穿那身运动衣的话。若是只凭第一感觉你很难想象她是世界上第一位从北坡登上珠穆朗玛峰的女性。

年轻时的潘多(左)在登山途中

她向我谈起过自己的身世。她是日喀则人,父亲是个藏兵。旧时藏律有个规定;有几个儿子的话,必须有一个去当兵,有一个去当喇嘛。她父亲在藏军当马夫,当马夫是不供给粮食的,只好自己打野兽吃。她父亲练就了一手好枪法。可是他积劳成疾,得了胃病,今天看来就是胃癌了。躺了一年,皮包骨头。藏军先是把他赶到马厩里,后来连马厩也不准他住,到去世也请不起医生。

她的母亲一直靠纺羊毛、织氆氇维持生计,所以她也就从6岁起学会了纺羊毛,12岁开始织氆氇,帮着母亲还债。父亲是她8岁时去世的。母女俩靠着解放军给的一点路费从江达讨饭到日喀则,在那儿给领主织氆氇,换到的糌粑总是不够吃的。她帮着母亲捻羊毛,手指都磨出血来了,母亲心疼也没有办法。她大冬天也只穿一件衣服,还穿不起带袖子的。

艰难的生活形成了她吃大苦和敢闯的性格。她十三四岁就代替病弱的母亲,挑起了养家的重担。她在日喀则街上当小工,搬石头,打土坯,什么都干。不久又离家去给领主放牛羊,领主不让你手停着,你边放牧还必须边拣牛粪(这在西藏是主要的燃料)或者捻羊毛和看地,还要拔萝卜种青稞,收油菜和豌豆。她的手拔得青肿,割了好多口子,疼得她直哭,直想母亲。她没有鞋穿,脚也被草茬子刺得直流血,靠好心的乡亲用热羊油烫了裂口,才治好了。

领主觉得一个小姑娘哭是很不吉利的，整天骂她还揪住她的头发晃。她实在忍受不了，一年之后跟一个卖酥油的驴队逃回了家，要三天路程呢！赶驴的也是受苦人。母亲抱着她痛哭一场，母亲说，讨饭也不去那儿了。

她们听说到印度当背夫可以糊口，打算去试试看。她们经江孜、帕里、亚东去到锡金和印度，开始给商人背东西。一趟来回要十天，大人背一百斤，孩子背五十斤，都是山路。好在是一二十人成群结队走，谁受欺侮，大家一齐起来对付。有一次她把肥皂箱子磕破了，商人抡起文明棍要打她，她被大家保护下来了。一路上总有病倒的，在哪儿倒下就在哪儿住山洞，一个女背夫就死在里边。大家给她留一点吃的就走了，也算是尽了点意思。老的老，小的才八九岁就跟着全家走。大雨大雪日晒都得走。一路上常有死的。狼也多，夜里狼嚎得人没法睡。

后来，她母亲想，在哪儿都一样，就回了日喀则。她寄父也撇开她们去了。母女俩找了个破瓷缸，背一只口袋，带一根打狗棍上了路，在日喀则到西康的路上要饭……

我清楚地记得潘多谈起她的这段身世时语调非常平静，还带点浅浅的笑意。好像是给我讲述一件遥远而又遥远的事，一件与己无关的别人的事。

她生活道路的转折出现在1957年，她到日喀则工程采石场当了一名工人，从此生活就好了起来，可惜她的母亲1958年就去世了。母亲留给女儿的唯一的东西是给她取了一个名字：潘多是有用的意思。母亲去世后，她就跑到拉萨找舅舅，留在了拉萨"七一"农场当工人。1959年，登山队在拉萨大街上招收队员，她出于看热闹也围了上去报了名，接受了体检。一周后录取了她。她还以为是去给解放军带路的，根本不知道登山是怎么回事。

就这样，一次偶然的机遇使她委身于登山事业，成为不仅对于民族，而且对于国家乃至世界都"有用"的人。和她同时参加登山队的姐妹有好几个，她们转战慕士塔格、珠穆朗玛、贡格尔久别、希夏邦玛诸峰，受伤的受伤，退役的退役，牺牲的牺牲。如今这一茬的女队员几乎只剩下她一个人了。难怪女队员们没有一个不亲亲热热地叫她“阿姐拉”而不是喊她的名字。她呢，早就是两个孩子的母亲了。有意思的是 1975 年登山队进藏之前三个月，忽然检查出她怀孕了，气得登山队的领导直骂娘：本来还指望她作为女队的主力参加登顶突击的呢！这下子吹了。第一次适应性行军都已经出发了，她还在拉萨养着呢！但命运常常同人开玩笑，事情的结局也常常是歪打正着。或者正因为她没有赶上前两次适应性行军，保持了充分的体力，才能够一鼓作气地踏上地球之巅。而不少参加了前两次突击的本来比她更有希望的队员，却因为遇上恶劣的天气最终饮恨而归。

不参加登山，不知道结组的意义

这便是命运之神对于一个昔日的女背夫、女乞丐的厚爱。

更有意思的是她的丈夫也是她在登攀的道路上找到的。她丈夫便是现今登山队的副政委邓嘉善。她曾经行进在他率领的结组中。老邓是个地质学院的毕业生，江苏无锡人。他们的结合简直不可思议吧？但在高山缺氧的环境下，爱情成了他们共同的氧气。不用说，背夫出身的潘多是强者，是她帮助了老邓。老邓若是敢不爱她，她的冰镐可是不饶他的。如今倏忽过去了十来年，她已经喊她的老邓为“老头子”了。她常常用不宽裕的工资买几包好烟来“孝敬”“老头子”。听说他们的两个孩子都长得很美丽……

我掀起帐篷的棉门帘。果然，热气腾腾的一屋子人。除了几个我熟悉的老队员，还有昌措、央宗几个年轻女队员。

不知是谁递给我一茶缸刚刚煮好的酥油茶，我照旧捧起来一饮而尽。我看到藏族队员们都向我咧开嘴笑。

下一个节目是学习“54号文件”。学得不好剃了光头的人要自己叠一顶纸高帽戴在头上，再输光一次则再追加一顶，待赢回来了才能逐一“平反”。这是登山队制定的“宪法”，史占春来也得执行。

我和潘多打对家，我们在怀柔时就配合得挺默契了。

5月14日　“你的高度是5 300，不准超过了！”

珠穆朗玛的黎明更美。当整个高原仍被昏蒙的夜幕遮盖的时候，珠穆朗玛率先出现在湛蓝的南天。金红色的塔尖像是一支冲天的火炬，像是一块正在熔化的钢锭，给这荒寒世界报告光明，报告温暖，报告希望。

蓝天啊！谁靠你最紧？太阳啊！谁离你最近？珠穆朗玛啊！你承受最多的阳光，才这般举世闻名。

难得的风和日丽。大本营举行了中国—伊朗两国登山队合练仪式，仪式之隆重和庄严，简直可以同迎接国家元首媲美：升两国国旗，奏两国国歌，双方领队讲话（伊方的领队刚到，是伊朗登山协会主席哈兹比乌准将），队员宣誓。然后，两国队员混合编组，背起全副登山装备，拄着冰镐，在彩旗和锣鼓声的簇拥下出发了。

这次中伊两队联合行军，指挥部对新闻组的记者们作了严格的限制：除了允许少数三四名有摄影任务，又经过前几次登山锻炼、身体确有把握的记者随队上6 000米或北坳，其余的一律不准超过5 300米。

那意思，无非是让我们稍稍体验一下而已。出发前重又进行了体验，做了心电图，量了血压。目的是防止第二个石明纪事件。

我们夹在两个梯队中间出发了。我们没有背登山包，只带了水和一顿午餐，换了一件面是尼龙里是鸭绒的冲风衣。

这是去登珠穆朗玛峰呢，还是在春天来临的时候进行一次远足呢？怎么今天偏偏又没有风，即便有风也没有太多窒息的感觉。

5 200 米以后，我们沿着狭窄的山谷向南行进。这是一片滚石区，东边的山坡，全是云南石林式的地形，只是不是石头，而是泥沙柱子，上面却顶着大块的石头。稍有地震、风，甚至是声音的撼动，便有滚石从坡上奔下，“克克察察”地碰到谷底，声音又难听又令人胆颤。可以眼见到比脸盆还大的滚石下来，砸在人身上那是够劲儿的。再往前一段路，两边的山坡倒不算陡，也没有挨滚石的危险，可哪有路？完全是乱石，挤在一起的乱石，大的有一辆小轿车那么大，小的也有茶几那么大。

两个多小时之后，出现了一段较为好走的平地。我留意着四周，想在这儿找到一簇草稞，哪怕是枯萎的、没有长出嫩尖的草稞。我失望了，没有见到。这儿大概还不到 5 300 米吧？

行军途中，左二为作者

第一梯队已在前面一小块平地上歇息，各自从登山包里取出罐头开始午餐。两国队员很随便地交叉着，彼此让着食品，说笑着。我倒想，即使是总统或皇帝到了这种环境怕也会这样的。

我们同他们打着招呼。还是那几句“萨劳姆”，“好里胥么呼贝”。都快成了万金油了。我们也席地而坐吃午饭。

稍事休息，第一梯队出发了，我们也跟着继续往前走。这时，在我们的东边出现了一个30°左右的漫坡，翻过这道数百米长的漫坡，就接近第一号低山营地——5 500米营地了。

在拐上漫坡的地方，副政委邓嘉善拄着冰镐喊道：“新闻组的同志，除了特别批准的，到这里为止了，不准往上去了！”

怎么？给我们规定的目标已经到了？

我嚷嚷道：“老邓，我自我感觉很好，我可以上5 500。”

“不行！批准你上多高你就上多高，这是纪律。”

“可我还能上一点儿。就50米，怎么样？”

只能这样喘喘气，歇歇了

“你的高度是5 300，不准超过了！”

我边讨价还价，边同画报的小赵磨叽磨叽上了漫坡。

乘着老邓同后边的人说话之际，我们上到了漫坡腰部的一块突出的大岩石上。可这时，前边队伍里不知哪一位教练回过头喊了起来：“喂！新闻组的，不要再上了！”

前有堵截，后有追兵。得了！

小赵打开照相机：“算了。

我们照几张相作个纪念吧！”

作者在珠穆朗玛海拔 5 350 米处

透过高山镜，我心旷神怡地瞭望着。珠穆朗玛峰不见了，被东侧那个大漫坡挡住了，北峰和北坳也不见了。往西南方望去，视野特别开阔。那一大片密密匝匝的帐篷状的东西是什么？淡蓝色的，在强烈日光照射下熠熠闪光。哦，我看清了，原来那就是中绒布冰川底下的冰塔林，鬼斧神工的冰塔林，冰雕玉琢的冰塔林！珠穆朗玛脚下有好几座这样的冰塔林，多在 5 500 米至 6 000 米左右。可惜，我们没能够靠近它，一睹它奇峻的丰采。

然而，我终于在 5 350 米留下了永生难忘的一瞬。比起真正的登山队员，这个高度是不足挂齿的。这也许就是我一生的高度。我既没有登顶的实力，也缺乏登顶的意志和勇气。我这一生，大概只能站在半山腰上，朦朦胧胧地领略远处险峰上的无限风光了。

5 月 15 日 雪人之谜和“记者招待会”

大队人马上山了，大本营显得冷清起来。前几天“珠穆朗玛大街”上热烈的排球比赛场面和北头广场上三五成群踢足球的场面不见了。好在天气不错，不然气氛便凄惶了。

趁着好天气，留下的几个记者、队员各自搬把椅子围坐在“大街”上聊天。透过高山墨镜，正南方的珠穆朗玛像是湛蓝色的海洋中雄峙的一个岛屿，一片旗云像薄薄的纱巾一样围在她的颈间。

今天的议题是珠穆朗玛地区有没有雪人的问题。说的再具体一点，珠穆朗玛北坡、大本营绒布寺周围有没有雪人？

听一个老教练讲，60 年代攀登希夏邦玛峰的时候，曾经见过浑身长着白毛、白发的野人，他正要追，怎奈那人跑得飞快，一下子就不见了。带我们记者组训练的曾曙生也说，1975 年登山时，有一个晚上也有野人样子的动物出现在大本营周围，等他们拿了枪追出去，也是很快就没有踪影了。

都是有来头的，说的都有鼻子有眼。这个谜就更难解开了。当今世界，“野人”已和飞碟、尼斯湖怪、百慕大三角并称为四大怪谜。而“野人”之谜更为世人注目，因为它可能是人类始祖的活化石，蕴藏着人类起源的最丰富的奥秘。这些年来，世界各地时有“野人”的报道，只是名称不同：在苏联和蒙古叫“柯尔玛斯”，在澳大利亚叫“约威提”，在印度和尼泊尔叫“雪人”。

聊天本身是一种观潮，观潮本身又包含着怀疑。

理由之一是喜马拉雅山的北坡，特别是绒布寺周围是否适合高等生物居住。绒布寺早在 20 年前就已经相当破败，没有什么僧尼居住了。即便是有人居住的时候，除开饮用水，食物都要由几十公里外的山下村庄背来。像这样的海拔超过 5 000 米的地方，只有 5 月到 8 月能生长一点稀疏的小草，通常连飞鸟的影子都很少见到。那么，如果有“雪人”居住，姑且承认他有特殊的耐寒本性，但他的食物是什么？这比不得在大森林里，上可以采摘浆果，下可以捕食虫兽，外国登山家曾经在印度和尼泊尔那边发现某种大型高等动物，那毕竟是在喜马拉雅南坡的缘故，那里是森林地带和永久冰雪地带的交界处。而南坡和北坡的自然条件相距十万八千里。

理由之二是对于目击者本身的怀疑。目击者是在身体条件很正常的情况下看见“雪人”的呢，还是在一定程度高山反应的情况下，出于某种幻觉看见的呢？况且至今没有抓获“雪人”的一根毛发或者拍摄下“雪人”的一个脚印。

第三种设想是那不是什么“雪人”，而仅仅是一只野狼。狼的活动范围和生存能力要比人大，我们大白天在离大本营三四十公里的地方发现过野兔和野狐，而50公里外还有藏民的村落。

第四种设想是那不过是流窜的土匪。

第五种设想是那可能是一个受迫害的农奴，一个“白毛女”式的人物。我的准备写电影剧本的朋友们自然对这一种设想最感兴趣，它可以演绎出又离奇又浪漫又悲怆的故事。

这样的讨论自然是不会有结果的。想要亲自验证一下看来也是不大可能的。今年是中国登山史上第一支外国登山队来华，为了确保安全起见，绒布寺东西两边的山坡顶上搭起了两顶大帐篷，西藏驻军派了一个排的战士日夜居高临下地守卫在这里，连只苍鹰要袭击大本营都不那么容易了。难怪至今我们连狼嗥的声音都没有听到过。

据悉中国科学院综合考察队已要求同中国登山队合作，来年到湖北神农架地区寻找“野人”。我不禁有一种跃跃欲试的冲动。

正聊得起劲，伊朗队的两名工作人员端来几个大盘子请客，盘子里盛着无花果、桑椹、腰果、葡萄干，还有一种名叫阿尤混子的、像花生一样香脆的果子。随即，伊朗队的领队哈兹比乌先生也搬了把椅子来了。

彼此亲亲热热地打过招呼，自自然然地形成了一个记者招待会。哈兹比乌先生五十出头，健壮而有风度。他早年在法国陆军军官学校受训，后来又学习登山技术。他的军衔是准将，他是伊朗现代登山运动的奠基人之一。

“你们来提问题。谁的问题问得最有意思，我就送他一枚奖章。”哈兹比乌先生掏出一枚纪念章，请翻译解说着：“这是伊朗的最高峰，得到它是很大的荣誉。”

大家活跃起来，传看这圆形的精巧的纪念章。

“领队先生，伊朗的最高峰海拔多少米？”

“五千几百米。所以，我们非常向往到中国来登山。”

“将军阁下，请你谈谈你第一次见到珠穆朗玛峰时的心情。”

“唔？这个问题有意思。我心情很激动——”哈兹比乌接连地打起手势，努力地寻找恰当的词汇，却终于没有找到。翻译赶忙补充道：“领队先生是不是想说，你激动得都没法说了？”

“对，对，对！我正是这个意思。”

大家哄笑起来。有一个人高兴得墨镜都掉到了地上。

我说：“将军先生，因为您刚才是那样要求的，我不知道究竟是登上珠穆朗玛峰容易呢，还是得到您的奖章容易？”

“唔，这位先生的问题很有意思。我想这两件事都是非常非常难的。”

“记者招待会”开了近一个小时，这或许是地球上最高的记者招待会了吧？

最后，哈兹比乌先生离开了座椅，把奖章递到我手里。

“你提的问题有意思，应当得到这枚奖章。”

我有几分得意地接过纪念章：“谢谢！”

哈兹比乌先生忽又掏出一枚纪念章递给另一位记者：“你提的问题同样有意思，你也应当得到它。”

“谢谢！”

哈兹比乌先生像变戏法似地掏出一枚又一枚纪念章分赠给了在座的每一个人。大家恍然大悟，他是开开玩笑让大家高兴高兴。在海拔5 000米，哪能开什么严肃的“记者招待会”呢？

5月18日 难忘的归程

留在大本营的新闻组的人提前踏上了归程。因为等上山的人下来，还得一个星期。那时车辆就安排不开了。从5月底起，高原进入夏季。从大本营到定日一段的几条冰河一化，车就没法儿通过。所以，大队人马也必须抢在6月上旬之前全部撤离大本营。

反正今年是中伊两队合练，明年才正式攀登呢！

明年还要来的，明年还要来得更早呢！

再见了，大本营！再见了，珠穆朗玛！

现在，我可以说了：我这个冒牌的登山队员，基本上经受住了考验。

一路如旧。拉孜平原和年楚河谷呈现出更多的生机，麦苗已经全部返青，拖拉机在两道山脉挟持中的窄长的平原上奔驰着。路边稀稀拉拉的杨柳树，也已经满是绿叶了。

我们在日喀则住了一宿。服务员送来一叠子寄给登山队的信，有我的一封。

是我老母亲的笔迹，我的心怦然一动。从落款下的日期看，已经是半个月之前了。我记得我是在离开北京的前一天才写信给母亲告诉她我要参加登山队的事，也可以说是先斩后奏。我当然说了些安慰她的话，说自己会量力而行不会去瞎冒险。

但母亲总是担着心。对儿女要做的一切，她几乎从来没有阻拦过。母亲做了30多年小学教师，曾经是陶行知先生的追随者。她一个接一个地把两个儿子和一个女儿送到了北方，我们离家的时候，都只有十六七岁。她一次都没有流泪。她懂得子女的事业不在她身边。甚至我从五七干校“毕业”，有可能回到她身边照顾她，她都劝我还是事业第一。只有她送最小的女儿去东北插队时，她才哭了。因为那时是上山下乡“一片红”，她已经退休多年，身边的唯一一个女儿也留不住。况且那时她和父亲都还在受着革命的“审查”。

母亲的信从来不太长，也总是很平静。讲讲家里的情况，问问这里的天气、生活、身体之类。她怎么已经听说登山队有人牺牲了？要我多加注意但也不能随便打退堂鼓。还要我尽量多写信，说她每天下楼从信箱取报纸，都盼望着子女的信。

把母亲的信塞进登山背包。我想，到拉萨的第一件事是发一封平安家书。

下山的一夜总是睡得特别香。黎明即起，向拉萨进发。

这是一段我没有去过的新路，比起进山的四百多公里，要好走得多。

近中午的时候，我们经过西藏著名的高原湖泊羊卓雍湖。羊卓雍湖绵延数百里，倘若从飞机上看，它像是跌落在白雪皑皑的群山之中的一只海星。它海拔4 400米，是西藏的三大“圣湖”之一（另两个为藏北的纳木湖和阿里地区的玛法本错湖）。它是喜马拉雅山断裂倾陷而成的，比青海湖要高出约2 000米，实在是世界上少有的高山湖泊。

羊卓雍可真美。又一股诗情从我胸中油然而生。

西望冈底斯山哟，
南望喜马拉雅。
我心驰神往的羊卓雍哟，
你果然在辽远的天涯。
你是蓝空的一幅裙衫，
蓝得使我如此惊讶；
你是大海的一片衣袖，
望不尽你无边的波涛浪花。

你有玻璃样透明的心胸，
在天地之交闪烁光华；
你有明镜一般的脸庞，
任群峰对你梳理白发……

羊卓雍可真美。曲曲弯弯、没有尽头的湖岸，岸边是广阔的草甸子。比起定日草原来，这里的水草自然要丰美多了。据说这湖滨牧场方圆有一千多里地呢！湖边，一群一群牛羊悠然地徜徉着，牛羊也显得肥壮，但几乎看不到牧人。远远的一队一队的天鹅或者是野鸭，不时从水面扑腾而起，在平静的水面上掠出扇形的涟漪。再往远处，可以看到有一两只皮筏子在湖心划动。

我们禁不住请司机停车，好在这童话一般的仙境之中哪怕是多待那么一会儿。似乎没有任何念头，我只觉得心旷神怡，开阔极了，舒畅极了。我直想喊，直想唱，甚至想喝得酩酊大醉，为了这大自然神奇的美丽！我还想到，那些终年挤在大城市的亭子间小阁楼里自得其乐的同胞，那些挤在小街陋巷的青石板路上愁眉不展的同胞，请你同我一起作一次远行吧，做一个远行人吧！我们的国家是多么辽阔，生活本身又是多么辽阔啊！你的眼界将因此而十倍地扩展，你的胸襟将因此而十倍地宽广！大自然的豪放和优美将会陶冶你的性格，将会赋予你许许多多创造的灵感和奋进的勇气，也将会给你安慰和温情，抚平你可能有过的创伤。

告别了羊卓雍湖，辗转数百旋，上到海拔 5 400 米的冈巴拉山口。此时再回首俯瞰羊卓雍，觉得它越发地像一只海星。接着又辗转数百

作者在西藏江孜

旋，历时一小时，下到了曲水。

吉普车沿着曲水向东行进，公路越来越宽，河面却时窄时宽，时而湍急时而平缓，那就是拉萨河了。气温明显地增高了，我们一个个脱下已经穿了整整半年的棉袄，有一种突然获得新生的感觉。景色也明显地改观了：路边时不时有铁皮屋顶和成片的麦田出现，高大的树丛也不再罕见。不用说，前面不远已经是海拔 3 600 米的拉萨河谷平原了。

吉普车像是在飞了！不，那是我自己在飞。

哦，布达拉宫已经遥遥在望。

我笑问我的同伴：

“明年还去珠穆朗玛吗？”

“说不定。还去！你呢？”

“也说不定还去！不过我觉得现在自己还没有离开珠穆朗玛。”

1978 年 3~5 月于西藏　1983 年 10 月整理于北京

后　记

事与愿违。第二年（1979年），由于伊朗发生了伊斯兰革命，巴列维国王下台，政局急剧变化。原本由华国锋与巴列维签署的中伊两队联合攀登珠穆朗玛峰的计划只好终止。而我们几个本来相约再一次进藏的朋友也各奔东西了。那些曾经和我们一起饮冰卧雪的伊朗登山队队员，他们的命运也不得而知了。他们珍藏的小詹的画是否会毁于战火呢？我只有在心里默默地祈愿真主保佑他们连同他们的家庭平安。可庆幸的是跟我同一结组、同一帐篷，我的同过甘苦也可以说是共过生死的朋友们，他们在各自的岗位上，30年来都卓有成绩。他们（包括我在内）都曾从攀登珠穆朗玛的活动中获得过启发和奋进的力量，我想是可以这样认为和估价的。

鲁光是不必说了。他的《中国姑娘》一炮打响，成为体育界炙手可热的报告文学作家；之后又先后成为体育报社和体育出版社社长，之后又自称半路出家当起画家来了。忠厚的王鼎华呢？尽管作品没有他经手的公文多，但他总结乒乓球队和写王猛的长篇文章总是同他的人一样扎扎实实，不尚浮华；以后他长期出任体委研究室主任直至悠然自得地退休。而那个只因稍稍爱吹而常常被人过分取笑的周新德，也冷不丁地抛出过《特高课在行动》等几部小说和电影。

我们那顶帐篷里最受关心的还是画家小詹。他最年轻，没有多少学历。他完全是靠着勤奋和灵气跻身中国一流画家的行列，曾得过那年全国连环画唯一的一名一等奖。就连“狂”得出名、很少赞扬别人的画界一绝范曾，都承认詹忠效的线描有水平。我们对他另一层的关心是他的婚事。他怎么老不结婚呢？追他的人大有人在嘛！几年后才弄明白：他在西藏时给他来信的那个姑娘，曾经有过一个男朋友在“文革”中被错打成反革命被捕入狱。小詹回广州后，她那个男朋友平反出狱了。那个姑娘陷入了极度苦恼之中。她已深深爱上了小詹，要求小詹立即决定是否同她结婚。小詹冷静地考虑之后，以一种绅士风度劝说姑娘回到她原先的男友身边去。这情节就跟当年流行的小说《我该怎么办》一模一样。小詹依然孑然一身，在他酷爱的事业中埋头耕耘。改革开放之初他就任广州《现代画报》社社长，曾就艺术问题跟任仲夷多次对话。80年代中期他去了美国，创办《美中画报》，以此为平台访问了中美两国许多高层或著名人士，对促进两国人民了解起到了桥梁作用。20年后他复又回到广州，继续他的创作。他结过婚，有了一个聪明可爱的女儿，可他依然孑然一身。

我的“对家”潘多“阿姐拉”到哪里去了呢？她要到她的孩子那里去，尽一个母亲的责任和得到一个母亲应有的幸福。她和邓嘉善一起调到了无锡市工作，除了作为人大代表一年来北京一两次开会，她就成了太湖边的人了。1982年5月，我参加一个笔会从苏州乘车路过无锡，要在无锡市有名的“王兴记”小笼包子店用午餐。也就在无锡停留那么一小时吧。出发前，苏州市文联的一位好心人往无锡市体委挂了一个长途。真没想到，我们的面包车刚刚在“王兴记”门口停下，潘多和她的“老头子”便迎了上来，他们已经等了好久了。我们也就谈了几分钟吧，来不及说更多，更来不及上他们家作客了。但彼此都感到一种说不出来的亲热。以后20来年中我每次路过无锡，也都会同他们两口子见上一面。

使我难过的是又有两位老队员在1979年给日本登山队当向导时遇到雪崩牺牲了。尽管我跟他们不是太熟悉。一位是藏族的尼玛扎西，另一位是地质学院毕业生王洪宝。我记得1975年那时王洪宝曾为了一点小小的不够检点几乎抬不起头来。但他硬是咬着牙到达了8 600米。若不是命令他往下撤，他登顶的希望是很大的。那一次他下撤时因消耗过大在山上休克，差一点儿送命。他完全是靠着毅力很快恢复了体力，到1978年出征珠穆朗玛时他已担当起了男队教练兼队长的重任。登山队里像他这样有意志，适应性好，有技术，文化水平高的骨干队员是为数不多的。对于他的牺牲，也有人说他是自找的，他是向导，本来不必上那么高的。但我觉得，对于这样的死者是不该责难的，他身上的顽强和英雄主义品格，对一个运动员来说是极为宝贵的。使我难过的还有宋志义，一个憨厚的甘肃小伙子，1991年在攀登梅里雪山时牺牲；还有继任的中国登山队队长曾曙生，他与我同是老大学生，共同语言自然多一些。他于2002年突发心脏病去世。我跟他接触不算多，但深知这位地质大学学生是条铁汉。我是从电视上得到这消息的，竟不知不觉中流下两行泪来。

弹指一挥，整整30年了。我这个本来是“冒牌”的队员，何以对中国登山队总怀有一种“娘家”的感情。我想，这不仅因为她对我的熏陶和孕育，还因为她本身包含着丰富的人生启示，这对一个作家来说是非常重要的。当我听说邬宗岳烈士的妻子曾把我发表的登山诗认真地抄录下来时，当我从《中国登山史》上看到石明纪的名字时，我突然觉得我不再是冒牌的而是应当更理直气壮一些。因为在中国登山队的花名册中同样有过我的名字。而每当我重游怀柔登山队训练基地时，又总有一种回到我的“第二故乡”或“第三故乡”的感觉。那里的一草一木是同我一起长大的。在那里我总是能遇到当年珠穆朗玛大街上的可亲的街坊。

而且，既然我在同大自然的搏斗中不算弱者，那么我在我热爱的事业中更不该是弱者。参加登山后的若干年，是我文学道路上收获最丰的时期。我在报告文学、诗歌和文学评论的三岔路口左冲右突，尽管未杀出一条大路，却也各有所得。我能很快跻身中国作家的行列，应当承认，几个月的登山队生活是起到了一点点催化剂的作用。

2008 年 5 月 8 日，我在电视机前观看奥运圣火登上珠穆朗玛峰顶的直播。奇怪的是，我已少了那份激动，因为我觉得 30 年来我们的国力、科技发展已经无与伦比，把火炬送上去是绝对有把握的事情。于今身体健康的旅游者都可以达到我当年训练几个月的水平，何况我们是用举国之力。

我真正的激动是 3 个月后，当我看到“阿姐拉”潘多作为护旗手走进“鸟巢”，我觉得她代表的是一种高度，中国的高度也是世界的高度；当然，她也代表着一个群体，登山者的群体，这群体中有我，尽管我是很不起眼很差的一个。

1988~2008 年几经改写